Das Auge des Pharao

LYNDA S. ROBINSON

Das Auge des Pharao

Historischer Kriminalroman

Band 3

Aus dem Amerikanischen
von Nicole Hölsken

WELTBILD

Die amerikanische Originalausgabe erschien 1996
unter dem Titel *Murder at the Feast of Rejoicing*
bei Walker Publishing Company, Inc., New York.

Besuchen Sie uns im Internet:
www.weltbild.de

Genehmigte Lizenzausgabe für Verlagsgruppe
Weltbild GmbH, Steinerne Furt, 86167 Augsburg
Copyright der Originalausgabe © 1996 by Lynda S. Robinson
Copyright der deutschen Ausgabe © 2001 by Aufbau
Taschenbuch Verlag GmbH, Berlin
Übersetzung: Nicole Hölsken
Umschlaggestaltung: Studio Höpfner-Thoma, München
Umschlagmotiv: Corbis, Düsseldorf / AKG, Berlin
Gesamtherstellung: Oldenbourg Taschenbuch GmbH,
Hürderstraße 4, 85551 Kirchheim
ISBN 3-8289-7398-1

2007 2006 2005 2004
Die letzte Jahreszahl gibt die aktuelle Lizenzausgabe an.

Eine bloße Auflistung von Eigenschaften – freundlich, spirituell, selbstlos – wird dem Mann wohl kaum gerecht, dem ich dieses Buch widme, einem Mann, den ich bewundere und der mir hilft, mir meinen Glauben an die Menschheit zu bewahren, auch wenn unsere Welt manchmal allzu unmenschlich und grausam ist. Dieses Buch sei also Bill Pieper zugedacht. Ihm gilt meine Dankbarkeit und Liebe, denn er hat meine Familie ins Licht geführt.

Danksagungen

Zunächst möchte ich Dr. Charles van Siclen für die Durchsicht dieses Manuskripts sowie für die wunderbaren Gespräche über so geheimnisvolle Themen wie die Bärte der Alten Ägypter und die Stabilität ihrer Streitwagen danken. Sein professioneller Rat, seine Freundlichkeit und Geduld haben mir sehr geholfen. Für sämtliche Fehler, die in diesem Buch noch enthalten sein mögen, bin ich verantwortlich.

Ein Autor, dessen Roman im Alten Ägypten spielt, hat einige Probleme zu lösen. Zum Beispiel das Problem der langen, unverständlichen Eigennamen. Namen von historischen Persönlichkeiten wie Tutenchamun oder Anchesenamun können nicht verändert werden, aber bei erfundenen Personen habe ich versucht, kürzere Namen oder Spitznamen zu wählen, um den Text lesbarer zu machen. Außerdem kann ein Autor nicht zu viele Namen verwenden, die mit dem gleichen Buchstaben beginnen, ohne beim Leser heillose Verwirrung zu riskieren. Derlei Vorbedingungen haben die Menge von Namen, aus der ich schöpfen konnte, beträchtlich verringert.

Hinzu kommt die Tatsache, daß Wissenschaftler sich häufig nicht einig sind über die Frage, wie bestimmte historische Informationen zu interpretieren sind. In strittigen Fällen habe ich grundsätzlich diejenige Variante gewählt, die mir am logischsten oder wahrscheinlichsten erschien. Zuweilen entschied ich mich aber auch für diejenige Version, die am besten in die fiktionale Welt paßte, die ich um

Fürst Meren habe entstehen lassen. Bei derlei literarischen Freiheiten hat die ehemalige Anthropologin in mir jedes Mal aufs heftigste mit der Autorin kämpfen müssen.

Jenseits all dieser Schwierigkeiten sind die Qualität und die bloße Menge der Literatur über das Alte Ägypten geradezu überwältigend. Ich möchte mich deshalb an dieser Stelle bei den vielen Wissenschaftlern bedanken, deren Arbeiten mir dabei geholfen haben, das Alte Ägypten wiedererstehen zu lassen. Es sind zu viele, um sie hier im einzelnen aufzulisten. Doch ohne sie hätte ich es nicht geschafft, den Lesern die Welt Tutenchamuns zugänglich zu machen und die Geschichte jener bemerkenswerten Menschen zu erzählen, die sich – obwohl sie viele tausend Jahre vor uns lebten – doch gar nicht so sehr von uns unterscheiden.

Kapitel 1

Im Jahre fünf der Regentschaft des Pharao Tutenchamun

Kysen hätte es vorgezogen, niemals herzukommen, in diese von Geistern heimgesuchte und verlassene Stadt des Ketzers Echnaton. Aber welcher Sohn Ägyptens hätte es gewagt, dem Wunsch des lebenden Gottes, des Sohnes der Sonne, Tutenchamuns, zu widersprechen? Er schritt zur Reling der Barke, die ihn nach Amarna gebracht hatte. Er beugte sich über das Wasser und horchte auf die Wellen, die gegen die Schiffswand klatschten. Der Schreiber, dem er einen Brief diktiert hatte, hielt inne und wartete geduldig, wobei er den Binsenhalm zwischen den Fingern drehte. Als Kysen nicht gleich zurückkam, wurde er ungeduldig.

»Stimmt etwas nicht, Herr?« fragte er.

»Nein ... nein, ich glaube nicht. Hast du etwas gehört?«

»Nein, Herr.«

»Ich dachte, ich hätte ein Geräusch ..., aber wahrscheinlich war es nichts weiter.« Seit er hier war, verließ ihn die Anspannung nicht. Er war sich sicher, daß Überläufer, Gesetzlose oder zufällige Eindringlinge die Ruhe stören würden, die für das Erfüllen ihrer Aufgabe so überaus wichtig war.

Vor ihm, am Ostufer des Nils, erstreckte sich die Stadt, in der einst Höflinge, Regierungsbeamte, Diener und Angehörige der königlichen Familie gelebt hatten. Ihre sorgfältig geplanten Straßen, die sich so sehr von den gewundenen und verschlungenen Gassen der alten, gewachsenen Städte unterschieden, lagen nun verlassen da. Und sogar die Männer auf den fünf Barken, die in einer Reihe neben ihnen vertäut waren, verhielten sich still.

Kysen fuhr sich mit der Hand über die Stirn. »Es war nichts.«

Der Schreiber blieb sitzen und wartete auf weitere Befehle. Er war einer von Merens Männern. Wenn Kysen es befohlen hätte, hätte er die ganze Nacht gewartet. Die Sonne ging gerade unter, aber das Licht reichte aus, um die winzigen Gestalten der Fußtruppen noch erkennen zu können, die auf den Klippen im Osten Wache hielten. Kysen warf einen Blick über die Schulter und sah, wie sich in der Ferne etwas bewegte. Ein Streitwagen fuhr über die felsige Ebene der Westwüste. Es war der erste einer langen Phalanx, die in der Umgebung der Stadt auf Patrouille unterwegs war.

Die Einwohner der umliegenden Dörfer waren vertrieben worden, ebenso wie die königlichen Grabpriester und Wächter der Nekropole. Echnatons ehemalige Hauptstadt lag verlassen da. Nur die Soldaten des Pharao und die Flotte aus Barken, Frachtschiffen und Dienstschiffen war zu sehen. Die ganze Sache war Merens Idee gewesen.

Die Schiffsbesatzungen waren in Wirklichkeit königliche Seeleute, die Passagiere wiederum königliche Agenten, die vom Pharao persönlich oder von seinen Ratgebern ernannt worden waren. Der Schiffskonvoi wirkte wie eine ganz normale Flottille, die auf dem Weg nach Süden war. Kysen und seine Begleiter gaben vor, Händler im Dienste des Tempels des Ra zu sein. Tempelhändler, königliche Beamte und große Haushalte verkehrten eben auf den Wassern des Nils und auf den Märkten Ägyptens und trieben Handel mit seltenen ebenso wie mit einer Fülle ganz alltäglicher Waren. Kysens Schiffsladung bestand allerdings eher aus seltenen Gütern.

Nachdem Verbrecher das Grab des ketzerischen Bruders Tutenchamuns, des Pharao Echnaton, geschändet hatten, hatte der König ihn gebeten, die geheime Überführung der Leichname Echnatons und seiner Königin, seiner Mutter und seiner Töchter aus ihren Ewigen Häusern zu überwachen. Ihre Körper sollten in Sicherheit gebracht werden, bis man neue Gräber errichtet hatte; ein Plan, dessen Verwirklichung eher großen Generälen und Priestern hätte obliegen müssen. Doch der Pharao hatte ihn für diese heilige Aufgabe ausgewählt und dazu noch ein paar andere, deren Gesichter nicht allzu bekannt waren. Und nun war es beinahe vollbracht. Einiges von dem Getreide und dem Kalkstein an Bord war an Land gebracht worden, um Platz für die neue Ladung zu schaffen. Kysen beobachtete, wie zwei Matrosen einen Sack Getreide an Land trugen, der an einer Stange hing, die den beiden auf den Schultern ruhte.

Die anderen an Deck legten Säcke auf einen langen, mit Planen bedeckten Hügel. Die äußere Schicht dieses Hügels bestand aus Getreide. Hätte es sich hier tatsächlich um eine Flottille von Kaufleuten gehandelt, wären die Schiffe voll beladen mit Gold, Weihrauchbäumen, Leopardenhäuten und auf dem Mast sitzenden Pavianen aus dem Süden zurückgekehrt. Kysen biß sich auf die Unterlippe und versuchte nicht daran zu denken, was unter den Planen verborgen war.

Niemals würde er vergessen, was er beim ersten Anblick dieser kostbarsten aller Schiffsladungen empfunden hatte. Damals hatte sie noch im königlichen Grab gelegen und war ihrer äußeren, herrlich verzierten Sarkophage beraubt gewesen. Auf Geheiß des Oberbefehlshabers des Unternehmens war er ins flackernde Licht der Fackeln getreten. Die Vorarbeiter ächzten, während sie versuchten, das unglaubliche Gewicht zu heben. Und dann war ihm klar geworden, warum die Vorarbeiter sich so sehr anstrengen mußten. Der innere Sarg Echnatons bestand nicht - wie die äußeren - aus mit einer dünnen Goldschicht überzogenem Holz, sondern aus massivem Gold. Seitdem hatte er keine Nacht mehr ruhig geschlafen.

Er war nur der Sohn eines einfachen Handwerkers, war so

bescheidener Herkunft, daß er es normalerweise niemals gewagt hätte, dem Pharao auch nur in die Augen zu sehen. Es spielte keine Rolle, daß Fürst Meren, der Falke des Pharao und gleichzeitig jener seiner Berater, dem er am meisten vertraute, ihn adoptiert hatte. Tief in seinem Inneren, in den tiefsten Winkeln seines *Ka*, seiner Seele, war er immer noch der ungeliebte Zimmermannssohn. Und beim Anblick des Leichnams eines Pharao in einem Sarg aus purem Gold wäre er am liebsten in den Staub gesunken und hätte sein Gesicht vor Angst darin verborgen. Doch das hatte er nicht getan, denn es hätte seinem Adoptivvater ebenso Schande bereitet wie seiner eigenen jetzigen Stellung.

Und nun erwartete er die Ankunft jenes goldenen Sarges, der die Form eines Mannes besaß. Im Innern des hohlen Hügels auf seinem Schiff war ein besonderer Platz dafür vorgesehen. Dort befanden sich bereits die ausgeraubten äußeren Särge Echnatons und der Großen Königlichen Frau, Nofretete. Die Särge der anderen Familienmitglieder würden auf den übrigen Schiffen versteckt werden. Auch sie würde man an abgelegenen Orten verbergen, die der Wesir Ay festgelegt hatte. Dort würden sie auf ihre neuen Ewigen Häuser in den königlichen Grabkammern Thebens warten. Kysen hingegen wartete im Augenblick auf Nentowaref, der gemeinhin Nento genannt wurde.

Nento war Oberster Aufseher dieses Unternehmens, der Chef der vorgeblichen Händler des Ra. Seine wahren Titel waren zahlreich, wie Kysen sehr zu seinem Bedauern hatte feststellen müssen. Nento war sehr stolz auf die einfache Anrede Königlicher Schreiber, aber ebenso liebte er es, Schreiber der Königlichen Schatzkammer, Hüter des Siegels, Hüter der Kornkammer im Tempel des Amenophis III. und Träger der Blumenopfer an Ra genannt zu werden. Bei diesem Unternehmen war er in erster Linie priesterlicher Hüter der königlichen Ladung.

Kysen konnte sich nicht erinnern, welche Ehrentitel

Nento ihm sonst noch genannt hatte. Zu Beginn hatte er Nento nur für übereifrig gehalten und vermutet, daß der Schreiber sich einem jungen Mann niederer Abstammung einfach überlegen fühlte. Aber dann war ihm klar geworden, daß Nento ihm zu imponieren versuchte – und zwar um Merens willen. Nento hatte viele Titel, aber keiner von ihnen lautete Freund des Königs.

Kysen lehnte sich gegen die Reling und blickte die Straße hinab, die vom Kai in die Stadt hineinführte. Er hörte ein Rumpeln, bevor er sie sah. Langsam, im Gleichschritt zum Klang der Trommel, näherte sich eine Reihe von Männern und Ochsen, die einen Schlitten über Baumstämme hinweg zum Boot zogen. Die Last war in Leinentüchern gehüllt, um sie zu schützen und die wahre Form zu verbergen. Darüber lagen große Planen, die mit dicken Seilen verschnürt waren. Vor dem Schlitten entdeckte Kysen Nento. Er fuhr in einem Streitwagen, der allerdings von einem Fahrer gelenkt wurde. Nento selbst war nicht in der Lage, einen Streitwagen zu führen. Zu beiden Seiten des Schlittens ritten Angehörige des Wagentrupps.

Kysens Blick schoß zu den Klippen hinüber, die die Stadt in weitem Bogen umschlossen. Wieder einmal suchte er nach einem Soldaten, der nicht an seinem Platz war, nach einer verdächtigen Bewegung. Er ließ seinen Blick über die Dächer der Stadt schweifen, dann über den Fluß und die Felder und die immer weiter vordringende Wüste. Nichts als Streitwagen und Fußtruppen. Plötzlich wurde ihm klar, wie unsinnig seine Wachsamkeit war. Viel erfahrenere Männer als er waren an strategischen Aussichtspunkten postiert worden und ausschließlich damit beschäftigt, den Horizont nach Verdächtigem abzusuchen. Plötzlich schien es ihm, als nähme man eine Steinplatte von seiner Brust. Er tat einen langen, tiefen Atemzug.

Vor seinem geistigen Auge sah er, was sich wahrscheinlich momentan in der Ostwüste abspielte: verkleidete Priester der königlichen Nekropole Theben, die sich um den wiederaufgebauten königlichen Grabschacht scharten. Mörtel, der in dicken Schichten aufgetragen wurde, ein Arm, der wieder und wieder einen großen, wirbelnden Bogen beschrieb. Und dann, zum Schluß, das Siegel, das für immer auf die weiße, noch feuchte Masse gepreßt wurde, das Siegel des königlichen Ketzerfriedhofs. Es würde danach nie wieder benutzt werden.

Bald würden die Totenpriester und Wachleute nach Amarna zurückkehren. Sie würden die alten, heiligen Rituale wieder aufnehmen. Patrouillen würden die Wüste durchkämmen und unaufhörlich nach Eindringlingen Ausschau halten. Kysen fragte sich, wie lange sie die leeren Gräber wohl bewachen würden.

Er seufzte, kehrte zu seinem Schreiber zurück und nahm auf einem Hocker neben ihm Platz. »Na gut, fangen wir an.«

Die beängstigende Aufgabe, einen Brief an den Pharao zu verfassen, hatte er bereits hinter sich gebracht. An Meren zu schreiben war danach ein leichtes. Zumindest würde es ein leichtes sein, solange er den wahren Inhalt seiner Botschaft nicht verschlüsseln mußte.

»Die übliche Begrüßungsformel«, sagte Kysen.

Er hielt inne, während der Schreiber die Worte niederschrieb: »Tjerkerma« – diesen Namen hatte Kysen für diese Reise angenommen, dann Merens Namen und seine Titel und anschließend »das Jahr fünf«, gefolgt von der Angabe des Monats und des Tages in der ausgehenden Trockenzeit.

Er räusperte sich. »Tjerkerma grüßt seinen Herrn Meren. Möge ihm ein langes Leben, Wohlstand und Gesundheit beschieden sein und er stets Gnade vor den Augen Amuns finden, des Königs der Götter, vor Ptah, Toth und allen Göttern und Göttinnen. Mögen Sie ihm Liebe, Klugheit und ihre Gunst schenken.« Es hatte ihn Jahre gekostet, um den formellen Stil zu erlernen, in dem derlei Briefe gemeinhin abgefaßt wurden.

»Seht, ich werde morgen bei gutem Wind von diesem Ort aus, der Zuflucht Maats, in See stechen. Alles ist bereit. Die Ladung wurde angeliefert, wie Ihr befahlt. Die Händler segeln nun weiter zu den ihnen bestimmten Zielorten.«

Durch diese verabredeten Sätze ließ er den Vater wissen, daß sich die Familie Echnatons mit den verbliebenen Grabbeigaben am Morgen auf die Reise begeben würde. Mit vollen Segeln würde es von Amarna nach Süden gehen, in Richtung Theben. Sie würden an Thinis vorbeifahren, wo der alte Sitz der Familie von Kysens Vater lag, und an Abydos, der heiligen Stadt des Gottes Osiris.

Während Kysen weiterdiktierte, wurde ihm ganz flau im Magen.

Er haßte Merens Plan. Oh, nicht alles daran. Nur den Teil, in dem sein Vater sein Leben riskierte, denn darauf lief es unweigerlich hinaus. Vor weniger als drei Wochen wäre Meren beinahe getötet worden. Er hatte sich noch lange nicht erholt von der Schulterverletzung, die ihm beigebracht worden war, als er die Rebellion eines seiner besten Freunde niederschlug. Die Trauer über den Tod des ehemaligen Freundes hatte er bislang ebenso wenig verwunden. Doch in ein paar Tagen würde er etwas tun, das ihn in ebenso große Gefahr bringen konnte wie die Verfolgung jenes Verräters.

Der offiziellen Version zufolge wollte sein Vater sich auf seinem Landsitz Baht ausruhen. Als Kysen hörte, daß Meren dorthin reisen wollte, hatte er versucht, ihn davon abzubringen. Er kannte Merens Familie: Sie zu besuchen war wohl kaum der richtige Weg, um inneren Frieden und Trost zu finden, insbesondere nicht, da Meren nun diesen neuen Auftrag vom Pharao hatte. Es ärgerte Kysen, daß Meren glaubte, sich trotzdem ausruhen zu können. Zweifellos würde er bei dieser Ansicht bleiben, bis die Dämonen des Chaos zuschlugen, wie sie es immer taten, wenn man mit den Mysterien göttlicher Könige befaßt war.

Das Morgengrauen war schon lange gleißender Helligkeit gewichen, als Meren seine Korrespondenz endlich erledigt hatte. Er verließ den kühlenden Schutz des Palastes an der königlichen Raststation und trat in die Sonne und den glühenden Westwind hinaus, der durch das Tal fegte. Es gab zahlreiche Liegeplätze dieser Art an den Ufern des Nil, für den Fall, daß der Pharao, seine Familie oder seine engsten Freunde auf ihrer langen Reise flußabwärts dort halt zu machen wünschten. Diese Station hier war nur eine halbe Tagesreise von Merens eigenem Landsitz entfernt.

Gefolgt von zwei Kriegern schritt Meren die langgestreckte Auffahrt neben dem Palast empor. Sie führte zu einer hohen, mit Ziegelsteinen gepflasterten Plattform, auf der sein Haushalt die Zelte aufgeschlagen hatte. Dann stieg er über eine lange Treppe zur Verteidigungsmauer hinauf. Einige wenige Männer hielten dort Wache. Aber er war ja offiziell nicht im Dienst, sondern auf dem Heimweg, um sich auszuruhen. Vor ein paar Tagen noch war die Mauer schwarz vor Wachleuten gewesen, weil der Pharao auf dem Weg nach Memphis hier vorbeigekommen war.

Er warf einen Blick auf sein Schiff, die *Schwingen des Horus*. Dann runzelte er die Stirn und rieb sich die sonnenscheiben-förmige Narbe am Handgelenk. Der Pharao hatte versprochen, sich auf den Plätzen nahe Sphinx militärischen Übungen zu unterziehen. Meren konnte nur zu den Göttern beten, daß keine Banditen auf die Idee kamen, nahe gelegene Dörfer zu plündern, solange Tutenchamun in der Hauptstadt war. Wenn der Goldene doch nur davon Abstand genommen hätte, ausgerechnet Kysen zu bitten, sein Vorhaben in Amarna inoffiziell zu überwachen. Meren hatte mit der Anwesenheit seines Sohnes im Heer des Pharao gerechnet. Eigentlich hätte er Tutenchamun von der Idee abbringen sollen, endlich Kampferfahrung sammeln zu wollen.

Er schüttelte den Kopf und ließ den Blick erneut über

sein Schiff schweifen. Es war schwarz lackiert und mit roten und goldenen Linien verziert, und es war schneller als jedes andere Gefährt auf dem Fluß. Nur wenige Schiffe aus der Flotte des Pharao konnten es mit ihm aufnehmen. Vor nicht allzu langer Zeit hatte es ihm bei der Verfolgung eines Verräters wertvolle Dienste geleistet. Nun würde es ihn nach Hause bringen. Ein Großteil seines Haushalts war bereits auf sein Landgut zurückgekehrt, einschließlich Nebamuns, sein Arzt, und Remis, Kysens Sohn. In seiner Abwesenheit kümmerte sich sein Diener Abu um das Haus in Theben. Während Meren noch sein Schiff bewunderte, glitt ein weiteres vorbei. Es fuhr mit der Strömung in Richtung Norden, nach Memphis.

Meren bedeutete den Kriegern hinter sich, ebenfalls hinzusehen. »Reia, Iry, ist das nicht Fürst Pasers Jacht?«

Die beiden jungen Krieger traten näher und spähten zu dem langsam fahrenden Schiff hinaus.

»Gelb mit grünem Deck«, sagte Reia.

Iry nickte. »Ja, Herr, das ist das gleiche Schiff, das wir schon gestern bemerkten.«

»Und vorgestern«, sagte Meren. Er verschränkte die Arme über der Brust. »Hmmm.«

Paser gehörte zu jener Gruppe bei Hof, die sich um Prinz Hunefer scharte. Hunefer hielt sich für einen geeigneteren Ratgeber des Pharao als den Wesir Ay, welcher ein äußerst fähiger Staatsmann war. Obwohl Hunefer kein kluges Herz besaß, hatten unzufriedene Emporkömmlinge auf ihn gesetzt, in der Hoffnung, Ay damit zu Fall bringen zu können.

Die Frage war nur, warum Paser Meren folgte? Offiziell reiste er nach Hause, um sich auszuruhen und die Schulterverletzung, die Tanefer ihm beigebracht hatte, auszukurieren. Jeder wußte das. Zumindest *sollte* das jeder wissen.

Gerade erwog Meren die unwahrscheinliche Möglichkeit, daß entweder Paser oder Hunefer klüger waren als er bislang angenommen hatte, als Reia einen erstaunten Ausruf von sich gab und auf den Kanal deutete, der neben dem königlichen Lagerplatz verlief.

»Seht doch, Herr!«

Ein Boot legte am Ufer an, und drei Personen stiegen aus: ein Mann und zwei Mädchen. Die Mädchen sprangen an Land und verschwanden hinter den Toren der Raststation, noch bevor ihr Begleiter das Boot vertäuen konnte.

»Was? Wieso?« Meren warf erst Reia und dann Iry einen fragenden Blick zu.

Die Gesichter der beiden Männer blieben ausdruckslos, aber er sah, wie sich um Reias Augen amüsierte Fältchen bildeten.

Meren nahm sich zusammen. Er würde bleiben, wo er war, und warten, bis seine beiden jüngsten Töchter zu ihm kamen. Und dann wollte er eine Erklärung von ihnen fordern. Eigentlich sollten sie jetzt zu Hause sein. Sie sollten auf ihn warten und nicht allein über den Nil segeln, in Begleitung nur eines einzigen Dieners. Es dauerte nicht lange, bis die beiden auf ihn zugerannt kamen; ihre langen Flechten wehten hinter ihnen her.

Das ältere der Mädchen, Bener, verlangsamte seinen Schritt, je mehr sie sich ihm näherte, Isis aber überholte sie und warf sich ihm in die Arme.

»Vater, Vater, ich wußte, wir würden dich finden! Bin ich nicht klug? Ich habe vorausgesagt, daß man dich aufhalten würde, und es stimmt! Bener glaubt, sie sei die Erwählte des Toth, weil sie schreiben und lesen kann, aber ich bin diejenige, die dich gefunden hat. Es war alles meine Idee.«

Meren umarmte sein jüngstes Kind, und als ihre Worte sich über ihn ergossen, vergaß er, daß er streng zu seinen Töchtern hatte sein wollen. Monate hatte er damit verbracht, gegen die bösartigsten Intrigen anzukämpfen, hatte jedes Wort auf die Goldwaage gelegt, weil er stets befürchtet hatte, seinen Pharao zu verraten, war ständig mit allen

Sinnen auf der Hut gewesen und hatte nach Gefahr Ausschau gehalten. Bis zu diesem Augenblick war ihm nicht bewußt gewesen, wie sehr ihn das alles belastet hatte.

Kysen und Tutenchamun hatten ihn beide davor gewarnt, seine Erschöpfung nicht ernst zu nehmen. Er hatte nicht auf sie gehört. Aber nun, da Isis auf ihn einredete, entspannten sich seine verhärteten Nacken- und Schultermuskeln. Die Dämonen, die seit einiger Zeit schon Nadeln in seine Schläfen trieben, verschwanden.

Isis drückte ihn an sich. »Ich habe dich vermißt, Vater.«

»Ich dich auch, meine kleine Göttin.« Er machte sich von ihr los und sah über ihren Kopf hinweg zu Bener hinüber, die ruhig und gelassen näher getreten war. Mit herabhängenden Armen stand sie da, und ihre ganze Gestalt strahlte eine erstaunliche Selbstbeherrschung aus. War dies sein kleines Mädchen, das einst auf Palmen geklettert war und Granatäpfel aus der Küche gestohlen hatte? Sie war fast genauso groß wie Kysen.

Er streckte die Arme aus. »Bener, meine Süße.«

Zu seiner Verblüffung sah sie ihn nur an. Dann warf sie einen Blick auf Reia und Iry, als ob sie ihn darum bitten wollte, die beiden fortzuschicken. Meren bedeutete den beiden jungen Kriegern mit einer Handbewegung, sich zu entfernen. Als sie ihnen den Rücken gekehrt hatten, kuschelte Bener sich in seine Arme.

Sie legte ihm den Kopf an die Schulter und murmelte: »Ich habe dich vermißt, Vater, und ich weiß, du ärgerst dich darüber, daß wir hier sind, aber wir mußten dich warnen.«

»Es war meine Idee«, sagte Isis und zupfte an seinem Schurz.

Viel zu schnell löste Bener sich aus seiner Umarmung. Ihre Beherrschung irritierte ihn. Sie blickte ihre Schwester an.

»Ich habe dir doch gesagt, du sollst dich Vater nicht an den Hals werfen wie ein kleines Äffchen. Dein Verhalten ist würdelos.«

Die beiden gerieten in Streit, aber Meren war viel zu sehr damit beschäftigt, seine Töchter zu beobachten, um sich einzumischen. In den wenigen Monaten, in denen er sie der Obhut seiner Schwester Idut überlassen hatte, hatten sie sich verändert. Idut hatte ihn zwar vorgewarnt, aber er hatte es nicht ernst genommen. Leider. Bener war zur Frau herangewachsen, groß und schlank wie ein Papyrus-Stengel, ihre Arme und Beine waren lang und geschmeidig wie die Glieder eines Leoparden. Ihr Gesicht war noch immer kindlich-rund, aber sie bewegte sich mit der Würde einer Priesterin und verhielt sich wie eine Frau, die dreimal so alt war wie sie. Sie erinnerte ihn an ihre Urgroßmutter.

Und dann Isis. Ihr Anblick machte ihm Angst, denn sie war schön, und er kannte die Gefahren, die diese Welt für schöne Frauen bereithielt. Sie war immer schon hübsch gewesen, aber nun glich sie mehr und mehr ihrer Mutter, deren Ähnlichkeit mit der sagenhaften Nofretete alle Welt verblüfft hatte. Wenn sie die Unreife der Jugend hinter sich gelassen hatte, würden ihr die Männer scharenweise zu Füßen liegen.

Meren rief sich zur Ordnung: Er machte sich um Dinge Gedanken, die es noch gar nicht gab.

»Hört auf, euch zu streiten«, sagte er leise. Seine Töchter verstummten sofort, was ihn mißtrauisch machte. »Wie seid ihr hierhergekommen, und warum seid ihr hier? Nein, Isis. Laß Bener sprechen.«

Bener tauschte einen raschen, besorgten Blick mit der Schwester, befeuchtete die Lippen und begann. »Es ist nicht unsere Schuld.«

»Was ist nicht Eure Schuld?«

Wieder der rasche Blick.

»Erinnerst du dich an den Brief, in dem du Tante Idut dein Kommen angekündigt hast?« fragte Bener. »Weißt du ... Also, die Tante hat jenen Teil, in dem du darum batest, deine Rückkehr so diskret wie möglich und nur im engsten Familienkreis publik zu machen, einfach ignoriert.«

Und mit kläglicher Stimme fiel Isis ein: »Ich wußte, sie würde alles verderben. Und wir haben dich seit Monaten nicht gesehen!«

»Vater«, sagte Bener, »die Tante wird anläßlich deiner Rückkehr ein großes Freudenfest veranstalten.«

Meren lehnte sich gegen die Verteidigungsmauer in seinem Rücken. »Ich habe doch klar und deutlich geschrieben, was ich will. Ich habe genaue Anweisungen gegeben.«

»Tante Idut behauptet, es vergessen zu haben«, sagte Bener.

Isis trat mit der Sandale gegen die Wand. »Dumme Ziege! Wie kann man so etwas vergessen?«

»Isis!«

Seine jüngste Tochter wandte ihm das hübsche Gesicht zu, und er registrierte, wie sie ihr hübsches Kinn vorstreckte – es sah aus, als sei es in Stein gemeißelt.

»Sie hat alles verdorben. Wie können wir zusammen segeln oder auf Vogeljagd gehen, solange all diese *Leute* anwesend sind?«

Meren rieb sich den Nacken und fragte: »Wer kommt? Wen hat sie eingeladen?«

»Alle«, antwortete Isis.

»Sehr präzise ausgedrückt«, rief Bener. Isis verzog ihr schönes Gesicht zu einer Grimasse und streckte der Schwester die Zunge heraus.

Meren warf ihr einen strengen Blick zu. »Also, raus mit der Sprache.«

Bener wickelte sich eine Locke um den Finger. Sie zögerte, doch dann begann sie die Gäste aufzuzählen: Zunächst einmal gehörte Iduts Sohn Imset dazu, der normalerweise in Memphis studierte, dann Merens Vetter Sennefer und seine Frau Anhai, drei seiner Onkel mit ihren Ehefrauen und über ein Dutzend Angehörige des örtlichen Adels. All die Gefolgsleute und Diener der Gäste, die ebenfalls anwesend sein würden, ließ sie unerwähnt.

»Oh, und beinahe hätte ich vergessen, Idut hat auch Großtante Nebetta und Großonkel Hepu eingeladen.«

Merens Gesicht blieb ausdruckslos, als Bener die beiden Namen aussprach, die er am allerwenigsten zu hören wünschte. Alter Haß stieg in ihm auf. Wie konnte Idut ausgerechnet Nebetta und Hepu einladen? Sie wußte schließlich, daß er die beiden diesseits der Unterwelt niemals mehr wiedersehen wollte. Sie wußte, was sie ihrem eigenen Sohn angetan hatten. Sein geliebter Vetter Djet war tot, und sie hatten ihn auf dem Gewissen – so, als hätten sie ihm eigenhändig einen Dolch ins Herz getrieben.

Nein, denk nicht darüber nach, du regst dich bloß auf. Das ist nicht der richtige Zeitpunkt dazu. Alte Trauer mischte sich mit der neuen. Djet, Tanefer und er – sie hatten miteinander gekämpft und gefeiert – nun hatte er nach Djet auch noch den klugen, fröhlichen, aber verräterischen Tanefer verloren. Djet und Tanefer, beide waren fort. Tanefer mochte er eines Tages vielleicht vergessen. Aber er würde niemals aufhören, um Djet zu trauern. Früher hatte er Djet damit geneckt, daß sie beide verwandte Seelen seien. Gemeinsam hatten sie das Bogenschießen erlernt, ebenso wie das Jagen, das Angeln und das Segeln. Gemeinsam hatten sie als Jugendliche ihre Körper entdeckt, wie Jungen das eben tun. Sie hatten es sogar gewagt, zusammen eine Nacht im Geistertempel bei Baht zu verbringen. Mutig hatten sie in den verfallenen Mauern des Tempels übernachtet, und beide hatten sie vor Angst geschrien, als die Nacht am schwärzesten war und plötzlich die Dämonen der Wüste heulend auf dem Wind ins Tal hinabgeritten kamen.

»Stimmt etwas nicht, Vater?« fragte Bener.

Er schüttelte den Kopf und lächelte. »Ist schon gut. Aber jetzt erzählt mir, wie ihr zu diesem Anlegeplatz des Pharao gekommen seid.«

»Auch das war meine Idee«, sagte Isis. »Onkel Ra wollte

nach Hause fahren, und ich habe ihn gebeten, uns bis hierher mitzunehmen.«

»Ach«, antwortete Meren.

Er wandte ihnen den Rücken zu und starrte auf den Fluß hinaus. Fischerboote, Ruderbote, Barken und Vergnügungsjachten fuhren den Nil hinauf und hinunter. Eine der Jachten, die an ihm vorübergeglitten war, hatte also seinem Bruder gehört. Ra hatte nicht einmal angehalten. Der Grund war Meren sonnenklar. Er kannte ihn so gut, daß er den jüngeren Bruder schon in Kindertagen immer Ra genannt hatte – nach dem mächtigen Sonnengott. Ra wollte dem Ereignis von Merens Wiederkehr nicht beiwohnen. Er wollte nicht miterleben, wie die Menge zum Landungssteg drängte, um Meren zu begrüßen, wollte die Jubelrufe nicht hören, wollte nicht mit anhören, wie sie Merens Namen riefen, und wollte nicht sehen, wie Tausende von Menschen sich ehrerbietig vor ihm verneigten. Außerdem wußte Ra, wie sehr seine Abwesenheit den älteren Bruder verletzen würde.

Meren wandte seine Gedanken anderen Dingen zu. Es gab Wichtigeres. Er hatte in aller Stille heimkehren wollen, nun würde seine Ankunft zu einem großen Fest werden. Doch verlangte es ihn nach Ruhe. Er brauchte sie dringend, und zwar nicht nur für sich und seine Töchter, sondern auch für das geheime Vorhaben. Ein ruhiger, stiller, ereignisloser und völlig unspektakulärer Besuch, das war es, was er geplant hatte. Wenn die Feier seinem Vorhaben allzu sehr zuwider laufen sollte, würde er seinen Landsitz früher verlassen müssen. Er konnte nur beten, daß Isis sich irrte.

Kapitel 2

Es war schon spät am Nachmittag, als Meren das Deckhaus verließ und zu seinen Töchtern hinüberging, die am Bug der *Schwingen des Horus* standen. Er hatte darüber nachgedacht, wie es ihm gelingen sollte, irgend etwas im geheimen zu erledigen, wenn das Haus voller neugieriger Verwandter war. Die älteren von ihnen hielten ihn übrigens immer noch für einen Grünschnabel. Das Haus würde sich in einen wimmelnden Ameisenhügel verwandeln, in dem er nicht mal einen Ort finden würde, wo er sich mit seinen Töchtern unter vier Augen unterhalten konnte.

Das Schiff drehte zum Ostufer ab. In diesem Moment erblickte er Baht, seinen Landsitz, der sich seit unzähligen Generationen im Besitz seiner Familie befand. Er lag zwischen einem schmalen Streifen bebauter Felder und der Wüste, die seit Ewigkeiten drohte, die Macht wieder an sich zu reißen. Baht selbst war – ähnlich wie die Landsitze der meisten Adeligen – eine beständig wachsende Ansammlung von Häusern, Unterkünften für die Diener, Kornspeichern, Ställen für das Vieh und Nebengebäuden.

Aus dieser Entfernung konnte er lediglich die sorgfältig gepflegten Bäume erkennen, die seine Vorfahren angepflanzt hatten. Durch ihr dichtes Grün schimmerten helle Wände und Dächer. Im Inneren des Haupthauses war es wie im Paradies. Zumindest seiner Erinnerung nach. Tatsächlich hatte er nur wenig Zeit dort verbracht, seit sein Vater ihn im Alter von acht Jahren an den Hof geschickt hatte, um fortan an der Königlichen Schule zu lernen.

Damit gehörte er zu den wenigen Privilegierten, die die Ausbildung königlicher Prinzen absolvieren durften.

Er dachte daran, wie klein er gewesen war, als er hier mit seiner Mutter gelebt hatte. Er erinnerte sich an die Tage der Ruhe und des Friedens, an die Stimme seiner Mutter, die den Dienern Anweisungen gegeben hatte, sowie an das leise, rhythmische Geräusch der Worfler, die Korn in die Kornschwingen schütteten und es in die Luft warfen, um die Spreu vom Weizen zu trennen. Nach wie vor träumte er von heißen, stillen Tagen wie dem heutigen, Tagen in der Trockenzeit, an denen die abgeernteten Felder zu Staub verbrannten und es nichts zu fürchten gab als die sengende Hitze des Wüstenwindes.

Ein Ruf riß ihn aus seinen Träumen. Ein Fischer hatte die *Schwingen des Horus* erkannt. Sein Signal wurde von ein paar Arbeitern aufgenommen, die am Ostufer Ziegelsteine aus Lehm herstellten, und weitergegeben zu den Bauern und Dienern. Aus allen Richtungen konnte er Menschen herbeieilen sehen. Isis reckte sich auf die Zehenspitzen und winkte, bis Bener sie deshalb tadelte. Einen Augenblick lang stand sie reglos und würdevoll da, dann ergriff sie Merens Hand.

»Sieh mal, dort kommt Tetiky, Vater. Er ist mittlerweile noch reicher als bei deiner Abreise.« Sie deutete auf einen Bauern, der an einem Kanal entlang auf sie zu trottete.

»Du darfst unter keinen Umständen mit ihm sprechen«, fügte Bener hinzu, »denn er hat eine Klage gegen Pemu eingereicht. Er wird dich bestimmt dazu bewegen wollen, ihm den Prozeß zu machen.«

Meren grinste und deutete mit einem Kopfnicken auf die Menge, die sich am Ufer versammelte. »Der alte Pemu, faul wie ein Löwenmännchen, und doch kann er immer noch Grenzsteine bewegen, wenn er glaubt, daß keiner hinsieht.«

Isis plapperte weiter, und das tat sie immer noch, als sie auf den Landungssteg traten. Da jedoch hob Meren die

Hand, um sie zum Schweigen zu bringen. Sie und Bener folgten ihm. Plötzlich schritten die beiden Mädchen mit der Würde von Prinzessinnen einher. Der Wind fing sich in den durchsichtigen Falten von Merens Umhang und wirbelte ihn um seine Beine. Zar, sein Leibdiener, hatte darauf bestanden, daß er bei der Ankunft höfische Kleidung trug, obwohl er sich nichts sehnlicher wünschte, als einfach von Bord zu springen und den ganzen Weg zum Haus hinaufzulaufen. Schon seit vielen Jahren hatte er dazu nicht mehr die Freiheit gehabt.

Statt dessen stand er da und nahm die Huldigungen der Arbeiter, Fischer, Diener und Bauern entgegen; seine goldenen Armspangen, Ringe und der Halskragen fingen die Hitze der Sonne ein und verbrannten ihm die Haut. Er versuchte, seine Ungeduld zu verbergen und in wohlwollendem Ton zu antworten. Diese Menschen unterstanden seinem Befehl, und schon vor langer Zeit hatte er gelernt, daß ihr Fleiß sehr von ihrer Zufriedenheit abhing. Trotzdem war er froh, als sein Verwalter Kasa mit einem Streitwagen und einer Schar Diener erschien, die sein Gepäck ins Haus schaffen würden.

Er überließ es Kasa, zusammen mit Zar die notwendigen Dinge zu veranlassen, und fuhr mit den Mädchen die Straße hinab, die am Hauptkanal entlangführte. Schon bald ging sie in einen befestigten Weg über, der von den Feldern abbog und vor den Toren Bahts endete. Das von einer dreifachen Mauer umgebene Haus war eine kühle, schattige Oase in der sengenden Hitze. Eine Schar nackter Kinder schrie ihnen aus dem Schutz der Palme neben dem Tor etwas zu. Bener winkte, und sofort rannten die Kinder hinter dem Wagen her. Die Türsteher hatten die schweren Tore bereits geöffnet und verneigten sich tief, als sie hineinfuhren.

Meren führte die Pferde eine mit Maulbeerfeigenbäumen gesäumte Straße hinab. Zu beiden Seiten lag je ein Teich, in dessen Oberfläche man sich spiegeln konnte. Diese Teiche wurden von Bäumen überschattet, die älter waren als Meren. Gänse schwammen im Wasser, und Reiher staksten darin herum. Er atmete die warme, feuchte Luft ein. Bener legte ihm den Arm um die Taille, und er sah zu ihr herab. In ihren Augen spiegelte sich seine eigene Freude. Plötzlich wurde ihm bewußt, daß sie die einfachen Sinnenfreuden des Lebens ebenso liebte wie er – den Geruch frisch geernteten Getreides, das Plätschern des Wassers, das gegen die Ufer eines Teichs schwappte.

Ihr Gesichtsausdruck veränderte sich jedoch, als sie einen Blick auf die Loggia vor dem Eingang zum Haupthaus warf. Ihre Mundwinkel senkten sich herab, und die Augen weiteten sich. Doch sofort verbarg sie ihr Mißvergnügen hinter einer fröhlichen Willkommensmaske, und Meren fragte sich, wieviel er sonst noch mit seiner Tochter gemein haben mochte, die sich so ganz ohne seine Erlaubnis in eine Frau verwandelt hatte. Bener wußte, wann sie ihre Gedanken verbergen mußte, um durchzusetzen, was sie wollte. Dessen war er sicher. Aber schließlich war sie immer schon sehr klug gewesen.

Er schwor sich, ihr kleines Geheimnis zu ergründen, während er vor der Loggia vorfuhr und aus dem Wagen stieg. Diesen Augenblick hatte er gefürchtet, seit die Mädchen ihm von dem geplanten Fest berichtet hatten. Er hatte eigentlich seine drei Onkel mit ihren Familien und Kindern hier erwartet – mit Ausnahme des Vetters Ebana, mit dem er verfeindet war – sowie seine Tante Nebetta und ihren Gatten. Doch keiner von ihnen stand auf den Stufen, um ihn zu begrüßen. Vielleicht würden sie ja doch nicht kommen? Nur Idut, ihr Sohn und seine Großtante in ihrer Sänfte warteten auf ihn, begleitet von einem halben Dutzend Diener.

Er reichte die Zügel des Streitwagens an einen Knecht weiter und hielt seiner Tante die Wange zum Willkommenskuß hin. Die alte Frau legte ihm die trockene, faltige

Hand auf die Wange und sah ihm mit kurzsichtigen Augen prüfend ins Gesicht. Cherit war alt, älter sogar als seine Großmutter. Ihr Gewand hing an ihrem zierlichen Körper wie ein schlaffes Segel, und ihre Hände zitterten, als sie ihn berührten. Aber ihre Stimme klang kräftig.

»Sie haben dich also noch nicht umgebracht. Offenbar bist du klüger, als dein Vater es war.«

»Mögen die Götter dich schützen, Tante Cherit.«

»Du siehst immer noch besser aus, als gut für dich ist. Bist nicht verheiratet, hast den Sohn eines einfachen Fleischers adoptiert und machst dich gemein mit diesem Narren Ay.«

»Kysens Vater ist kein Fleischer, Tante.« Er beugte sich herunter und küßte die faltige Wange. »Ich habe dich vermißt.«

»Ich würde doch gern mal erfahren, warum du nie in Erwägung gezogen hast, noch einmal zu heiraten und einen eigenen Sohn zu zeugen. Schließlich fehlt es dir ja nicht an Bettgenossinnen. Ah! Du hättest nicht vermutet, daß ich das weiß, nicht wahr? Aber meine alten Ohren hören ebensogut wie die einer Hyäne, und ich habe noch viele Freunde bei Hof. Sieh mich nicht an wie ein beleidigtes Prinzchen! Ich halte ja schon den Mund. Zumindest für den Augenblick.« Cherit klopfte einem ihrer Träger auf die Schulter. »Trag mich in mein Gemach zurück. Hier draußen ist es viel zu heiß. Willkommen zu Hause, Junge.«

Bener stand immer noch neben ihm.

»Ich habe mir selbst mal das Versprechen gegeben, meine Kinder niemals so zu quälen, wie mich meine Großtante quält«, flüsterte er ihr zu. Bener antwortete nicht, sondern zog nur vielsagend die Augenbrauen in die Höhe.

»Meren, Meren, du kommst einen ganzen Tag zu spät«, rief Idut.

Er umarmte seine Schwester und überhörte ihren Vorwurf. Idut war einen Kopf kleiner als er und einige Jahre jünger. In gewisser Weise war Idut immer so etwas wie ein

Geheimnis für ihn gewesen. Sie lächelte nur selten, außer wenn sie Gäste empfing und sagte oft lange Zeit kein Wort, was ihn irritierte. Sie schien ständig über irgend etwas nachzugrübeln, aber nie hatte er ergründen können, worüber.

Ebenso wie Isis' Gesicht erinnerte ihn das von Idut an Nofretete, aber im Gegensatz zur Königin hatte sie ein entschlossenes, spitzes Kinn. Als sie noch Kinder waren, pflegte er sie damit zu necken, daß sie mit diesem Kinn Löcher in eine kupferne Zielscheibe bohren könnte. Er bemerkte den Fächer feiner Linien, der sich von ihren Augenwinkeln aus entfaltete, und immer noch hatte sie die Gewohnheit, ihre Zehen leicht zu krümmen, wenn sie länger stehen mußte.

»Idut, ich muß mit dir über dieses Fest reden.«

»Imset, komm her und begrüße deinen Onkel.«

Geduldig hörte Meren sich an, was Imset zu seiner Begrüßung zu sagen hatte. Idut war stolz auf ihren Sohn, und Meren mußte zugeben, daß er wirklich ein kluges Kerlchen war. In der Tempelschule des Osiris im nahege legenen Abydos hatte er schon jetzt die Fähigkeiten eines Schreibers erlernt, obwohl er erst halb so alt war wie seine Mitschüler. Aber Idut verwechselte Intelligenz mit Reife.

Der Junge starrte ihn an. Seine schweren Lider verliehen ihm das Aussehen eines Frosches. Bener ignorierte ihren Vetter, und Isis war bereits verschwunden. Während sie ins Haus gingen, versuchte Meren, Imset in ein Gespräch zu verwickeln, aber der Junge konnte offenbar nur auswendig gelernte Reden hersagen. Idut kam ihm zu Hilfe.

»Ich weiß, was du jetzt denkst, Meren, aber du irrst dich«, sagte sie.

»Und was denke ich?«

»Du denkst, daß ich dich wegen einer Stellung für Imset belästigen werde, aber keine Angst!« Idut reckte das Kinn und warf ihm einen triumphierenden Blick zu. »Mein Verehrer Wah hat Imset einen Posten beim Vizekönig von

Kush verschafft. Etwas, das du, sein leiblicher Onkel, ebenfalls hättest tun können, aber nicht getan hast. Er macht sich noch in dieser Stunde auf den Weg. Er hat lediglich gewartet, um dich noch begrüßen zu können.«

»Ich freue mich über dein Glück, Schwester.« Und zu Imset gewandt sagte er: »Mögen die Götter dich auf deiner Reise schützen.«

Als Antwort bekam er nur einen weiteren krötenähnlichen Blick. Da lösten sich zwei Gestalten aus der kühlen Dunkelheit der Eingangshalle. Meren zwinkerte, um seine Augen an das fehlende Sonnenlicht zu gewöhnen. Dann erkannte er die beiden und spürte, wie ihm das Blut zu Kopf stieg. Die Stimme seines Herzens, der Puls, pochte in seinen Ohren. Nebetta und Hepu. Die einzige Schwester seines Vaters und ihr Gatte.

Die Zeit stand still; innerhalb eines Herzschlages war er viele Jahre in die Vergangenheit gereist. Ihm war heiß, er hatte Schmerzen und versuchte zu erwachen, die Augen zu öffnen. Doch er war zu schwach dazu, und seine Schwäche machte ihm angst. Er versuchte, um Hilfe zu rufen. Seine Lippen bewegten sich, aber kein Laut drang aus seiner Kehle. Er versuchte es erneut, und jetzt wurde ihm etwas Kühles, Feuchtes gegen die Lippen gepreßt, das Erleichterung brachte. Das kühle, feuchte Tuch strich ihm über die Wangen, die Stirn, die Augen, und schließlich gelang es ihm doch, die Lider zu öffnen.

Die Erinnerung kehrte zurück. Sein Vater war tot, und Pharao Echnaton hatte ihn so lange geschlagen, bis er klein beigegeben hatte. Dann hatte Ay ihn gerettet. Wo war er? Wieder das feuchte Tuch: Seine Augen sahen jetzt deutlicher. Sein Vetter Djet beugte sich über ihn und berührte noch einmal seine Lippen mit dem Tuch. Aufgrund seiner ungeheuren Körpergröße erinnerte Djet an eine Akazie, die sich im Wind bog. Meren und Djet waren fast gleich alt und hatten beide das eckige Kinn ihres Großvaters geerbt. Djets mandelförmige Augen leuchteten schalkhaft. Als Jungen waren sie eng befreundet gewesen und hatten so manche Mutprobe gemeinsam bestanden. Bis Merens Familie beschlossen hatte, ihn zu verheiraten. Kurz nach Merens Hochzeit war Djet außer Landes gegangen, hatte einen Posten im Ausland angenommen und Ägypten gemieden. Doch auch jetzt noch gab es niemandem, dem Meren mehr vertraut hätte.

Djet legte das feuchte Tuch beiseite und lehnte sich auf dem Ebenholzstuhl zurück, der neben dem Bett stand. »Du bist also endlich aufgewacht. Nein, schweig! Ich weiß, was du sagen willst. Ay hat schon vor vielen Wochen einen Boten nach Babylon geschickt, der mir alles berichtete. Ich bin im Bilde. Verdammt sollst du sein mit deiner vermaledeiten Ehrlichkeit und Aufrichtigkeit. Sie hätten dich beinahe umgebracht! Warum konntest du nicht lügen und behaupten, an den neuen Gott von Pharao Echnaton zu glauben?«

»Vater ist t-tot.«

»Weil er ein halsstarriger Narr war.«

Meren versuchte sich aufzusetzen. »Meine Familie!«

»Deine Frau und deine Tochter sind auf dem Land und in Sicherheit.« Djet schob Meren in die Kissen zurück. Er mußte keinerlei Kraft dabei aufwenden. Meren wollte gerade wieder ohnmächtig werden, als Djet seinen Kopf anhob und ihm eine Tasse an die Lippen hielt. Meren trank die heiße Rinderbrühe.

Dann schob er die Tasse beiseite. »Du solltest nicht hier sein. Du weißt nicht, in welcher Gefahr du schwebst. Der Pharao ist ...«

»Ich kenne die Gefahr. Trink von dem Wasser hier.«

»Warum mußtest du ausgerechnet jetzt zurückkehren? Ich bitte dich seit Jahren, nach Hause zu kommen, aber du hast es nie getan. Doch jetzt bist du wieder da, jetzt, da du wegen eines einzigen falschen Worts in die Krokodilgrube geworfen werden kannst. Du bist verrückt. Geh wieder zurück nach – ahhh!«

»Siehst du. Dein Gerede kostet dich deine letzten Kräfte. Schlaf jetzt, Vetter. Ich bin hier, und ich bleibe, bis es dir wieder gut geht und du in Sicherheit bist.«

Die Worte durchdrangen seine Erschöpfung und seinen Schmerz, linderten beides und minderten seine Furcht. Niemand würde ihm ein Leid antun, solange Djet über ihn wachte. Djet war ein hervorragender Krieger, der es mit jedem anderen Wagenlenker des Pharao aufnehmen konnte. Er konnte sich ausruhen. Zum ersten Mal, seit der Pharao seinen Vater getötet hatte, konnte er sich also ausruhen.

Jemand rief seinen Namen. Meren blinzelte, riß sich von der Erinnerung los und sah sich Djets Eltern gegenüber. Er lächelte kalt. Ihr bloßer Anblick war ihm verhaßt.

»Lieber, lieber Meren«, sagte Nebetta mit einer Stimme, die ihn von jeher an verdorbenen Honig erinnerte – viel zu süß, Übelkeit erregend.

Er ging mit ihr in den Empfangssaal, wo kühles Bier und Brot auf sie warteten. Meren betrachtete Nebettas stumpfes graues Haar, ihre erloschenen Augen, ihre Knollennase und ihre aufgedunsenen Wangen. Er war fest davon überzeugt, daß sie nur deshalb so unförmig war, weil sie ihr Lebtag lang ihren wahren Charakter hatte in sich verbergen müssen. Denn wie ihr Gatte war Nebetta ein Muster an Tugend. Ein Übermaß an Rechtschaffenheit hatte sich in ihrem Innern angesammelt – zusammen mit der ganzen Wut, die sie nie nach draußen gelassen, jeder Lüge, die sie nie ausgesprochen und jedem Fehler, den sie krampfhaft zu vermeiden gesucht hatte. Sie war kurz vorm Zerplatzen. Man erzählte sich, daß Nebetta sich ihre übertriebene Tugendhaftigkeit von Hepu abgeguckt hatte. Sein Onkel war noch schlimmer. Er war so verliebt in seine eigene Vortrefflichkeit, daß er sogar Bücher schrieb, die nachfolgende Generationen auf den rechten Weg bringen sollten. Derlei

Wälzer produzierte er unaufhörlich, um sie dann den Schulen und Bibliotheken in jedem größeren Tempel zu spenden, ob man ihn nun darum gebeten hatte oder nicht. Er sah darin seine Mission.

Lange hatte Meren ihrer Wichtigtuerei und ihrer Arroganz keine Beachtung geschenkt – bis zu dem Tag, da die beiden Djet verstoßen hatte. Djet war damals dreizehn gewesen. Ohne Vorwarnung oder Erklärung hatten sie ihn aus seinem Elternhaus hinausgeworfen. Er hatte bei Merens Familie Zuflucht gefunden. Der Kummer war ihm anzusehen, und er magerte ab. Sein Sarkasmus verschwand. Und so sehr es Meren auch versuchte, er weigerte sich, zu erzählen, was ihn um die Liebe seines Vaters und seiner Mutter gebracht hatte.

Jahre vergingen, aber die Kluft zwischen Djet und seinen Eltern wurde nur noch größer, bis Djet eines Tages Gift nahm. Was war seine Mutter für eine Frau, daß sie ihren eigenen Sohn so sehr ablehnte und ihn dadurch in den Selbstmord trieb? Was war Hepu für ein Vater? Wie konnte Merens Schwester Idut nur annehmen, daß er ausgerechnet von solchen Leuten hier willkommen geheißen werden wollte?

»Meren, du trinkst dein Bier ja gar nicht. Schmeckt es dir nicht?« fragte Idut in diesem Augenblick.

Sie saßen nun alle im Empfangssaal. Junge Mädchen wedelten ihnen mit Fächern aus Straußenfedern Kühlung zu. Nebetta unterhielt sich mit Bener, während der alte Hepu mit Isis sprach – oder besser: ihr einen Vortrag hielt. Hepu war weniger ein Freund der Konversation als des Dozierens.

»Meren, ich habe gefragt, ob dir dein Bier nicht schmeckt«, wiederholte Idut.

»Ich muß mit dir reden«, antwortete er. »Jetzt. Allein.«

»Gut, denn ich will ebenfalls mit dir reden.«

Überrascht folgte er seiner Schwester wieder nach

draußen auf den schattigen Weg, der zwischen den beiden Teichen verlief. Die Sonne ging hinter der Mauer im Westen unter, aber die Hitze schien noch genauso stark zu sein wie in den Mittagsstunden. Idut schickte die zwei Mägde fort, die ihnen mit ihren Fächern gefolgt waren; nun waren sie allein.

Sofort platzte Meren heraus: »Habe ich dir nicht geschrieben, daß ich meine Ruhe haben will? Habe ich nicht deutlich gemacht, daß ich Zeit für die Mädchen haben will? Liest du eigentlich nie, was ich schreibe? Nein, natürlich tust du das nicht. Du liest nur, was du lesen willst. Und zu allem Überfluß hast du auch noch ausgerechnet Nebetta und Hepu eingeladen. Du weißt, daß ich sie nicht ausstehen kann. *Du selbst* magst sie schließlich ebensowenig. In den kommenden Tagen wird dieses Haus nun voller störender, zänkischer Verwandter sein.«

»Familien sollten zusammenhalten«, sagte Idut leichthin. »Verwandte sollten harmonisch miteinander leben.«

»Das klingt, als hättest du es aus Hepus Lehrbüchern.«

»Das ist nicht besonders ehrerbietig, Meren.«

»Du mußt dafür sorgen, daß sie verschwinden. Und zwar alle.«

Idut berührte seinen Arm. »Ich muß mit dir über etwas viel Wichtigeres reden.«

»Wechsele jetzt bitte nicht das Thema...«

»Bener hat einen Geliebten.«

Auf dem Teich schrie eine Gans. Sie breitete die Flügel aus, klatschte sie einer Rivalin entgegen und zischte feindselig. Meren hatte Mühe, die Worte seiner Schwester zu begreifen.

»Erklär mir das näher.«

»Du weißt doch, wie sehr sie das Schreiben und Lesen liebt. Sie verbringt einfach viel zu viel Zeit mit dem Gutsverwalter und seinen Schreibern.«

Sein Verwalter Kasa kümmerte sich um die Felder seines

Landbesitzes; er überwachte seine Lehensmänner und Arbeiter und die Herstellung der Güter, von denen sie hier lebten. Schon vor dem Tod ihres Vaters war er für all das verantwortlich gewesen, und seine beiden Söhne sollten eines Tages in seine Fußstapfen treten.

»Einer von Kasas Söhnen?«

Idut schüttelte den Kopf. »Ein Schreiber-Lehrling. Nu.«

»Ich kann mich an diesen Nu nicht erinnern.« Langsam bekam er Kopfschmerzen.

»Er ist der Enkel deiner alten Amme.«

»Bist du sicher, Idut?«

»Sie verbringen jeden Tag Stunden zusammen im Büro des Verwalters.«

»Und das ist alles?« fragte er.

»Du weißt doch, wie es ist, wenn man sich verliebt hat, Meren. Wer kann schon sagen, ob das alles ist.«

Er starrte über die blaue Oberfläche des Teiches hinweg. Im Wasser glitzerten Fische. Plötzlich wurde er ganz ruhig.

»Na gut. Jetzt hör mir zu, Idut. All diese – diese Gäste, du mußt sie loswerden.«

»Ich kann nicht ... das Fest.«

»Nach dem Fest. Lüge ihnen was vor, Idut. Sag ihnen, die Diener hätten eine Seuche.«

»O Meren!«

»Tu es, sonst tue ich es. Und ich weiß, daß es dir nicht gefallen wird, wie ich das mache.«

»Ich weiß nicht, warum du so unhöflich sein mußt.«

»Und ich weiß nicht, wie du die Boshaftigkeit der meisten Menschen, die du eingeladen hast, so einfach ignorieren kannst. Und nun sag mir, wo sich dieser Nu aufhält.«

»Wahrscheinlich ist er gerade im Büro des Verwalters.«

Ohne ein weiteres Wort ließ er sie stehen und schritt zügig zu dem bescheidenen Haus ein paar Meter weiter südlich. Er hieß den Türsteher und die Diener zu schweigen und schlüpfte in das Zimmer, das Kasa als Büro diente.

Doch weder der Verwalter selbst noch seine Söhne waren anwesend.

Er wollte gerade wieder gehen, als er das leise Kratzen eines Binsenhalms vernahm. Durch eine offene Tür konnte man in eine überdachte Vorhalle sehen, in der sich Stapel von Papyrusblättern befanden. An eine Säule gelehnt, den Kopf über ein Papyrusblatt gebeugt, das er auf seinen gekreuzten Beinen hielt, saß ein Junge, tauchte seinen Binsenhalm in schwarze Tinte und schrieb.

»Du bist Nu?«

Der Binsenhalm zuckte. Ein breiter schwarzer Streifen verunzierte das saubere Blatt. Der Junge blickte wütend auf. Dann wurde ihm klar, wer vor ihm stand. Er ließ Schreibutensil und Papyrus fallen und rappelte sich unbeholfen auf, um sich gleich darauf tief und mit erhobenen Händen vor Meren zu verneigen.

Meren ignorierte es und fragte: »Stimmt das?«

»Ja, Herr. Ich bin Nu, Enkel Heryas und Lehrjunge Meister Kasas.«

Meren betrachtete Nu genauer, und was er sah, bereitete ihm Mißvergnügen. Einen mageren, schielenden Studenten hätte er diesem Jungen bei weitem vorgezogen. Nu war alles andere als mager; seine Augen waren groß und traurig, und dem Aussehen nach hätte er eher im Streitwagen gegen die Hethiter zu Felde ziehen sollen als in einer Schreibstube hocken. Die Gefahr, die von diesem jungen Mann für seine Tochter ausging, mußte unverzüglich aus der Welt geschafft werden.

Meren machte einen Schritt auf Nu zu. »Nu, du hast wirklich Glück.«

»Herr?«

Der Junge wich zurück und stieß mit dem Hinterkopf gegen die Säule. Meren blieb dicht vor ihm stehen und betrachtete sein Opfer schweigend, bis er den Blick zu Boden senkte.

»Sieh mich an.«

Nu hob den Kopf und gehorchte. Seine Augen weiteten sich, als Meren ihn anlächelte.

»Ja, du hast wirklich Glück, Nu. Die meisten Männer hätten dich getötet, weil du dich mit einer ihrer Töchter eingelassen hast.« Er hielt inne. »Ich hingegen bin kein heißblütiger Mensch. Ich möchte eine Erklärung von dir, bevor ich dich töte. Also erkläre es mir, Nu.«

Nus Mund bewegte sich, aber kein Laut kam über seine Lippen.

»Ich kann dich nicht verstehen, Junge.«

»Ich, ich, ich ...«

Das Klappern von Sandalen auf der festgetrampelten Erde rettete Nu – zumindest im Augenblick. Meren wandte sich um und sah Bener aus dem Haus eilen – atemlos und mit weit aufgerissenen Augen.

»Was hast du hier zu suchen?« fragte Meren scharf.

»Eine Nachricht, Vater.« Sie hielt ihm einen versiegelten Brief entgegen.

Meren warf ihr einen wütenden Blick zu und riß ihr den Brief aus der Hand. Er wollte ihr gerade befehlen, nach Hause zurückzukehren, als sein Blick auf den Absender fiel: Kysen. Er öffnete das Schreiben und las schnell.

»Ewige Verdammnis! Dämonen der Unterwelt!«

Nu verbarg sich hinter der Säule, Bener starrte ihn an. Jetzt wies Meren sie an: »Geh nach Hause, Tochter.«

»Aber Vater, Nu ist doch nur ein Schreiber-Lehrling. Die Tante hat sich da etwas eingebildet. Sie versucht dich abzulenken, weil du wütend auf sie bist.«

»Geh! Sofort!«

Bener verschwand, und er wandte sich erneut Nu zu. »Komm vor, du wertloser, kleiner Wurm.«

Nu stolperte hinter der Säule hervor und sank auf die Knie. Er berührte den Boden mit der Stirn und wartete schweigend. Meren fuhr mit der Hand an die Scheide seines

Dolches, aber dann besann er sich eines Besseren. Er kannte seine Tochter, und sie hatte ihm die Wahrheit gesagt. Zumindest teilweise.

»Wie ich schon bemerkte, du hast wirklich Glück. Das Wort meiner Tochter ist wie das Wort der Göttin Maat. Du kannst gehen.«

Nu stand auf und stahl sich an ihm vorbei. Er zuckte zusammen, als Meren noch einmal die Hand hob.

»Dies ist beileibe nicht das Ende unserer Unterhaltung.«
»Ja, Herr.«

Nu eilte davon und ließ Meren allein in der Vorhalle. Der blickte in die Ferne. Die Sorgen um seine Tochter wurden von anderen Problemen verdrängt. Kysen würde bald hier sein. Zweifellos würde er eintreffen, noch bevor Meren sich von dieser Heimsuchung, die sich Verwandtschaft schimpfte, befreien konnte. Nento würde ihn begleiten. Beide gaben vor, der Bequemlichkeit halber mit der Handelsflotte zu reisen. Keiner würde Verdacht schöpfen, wenn Kysen Nento einlud, seine Reise zu unterbrechen und ins Haus seines Vaters zu kommen.

Trotzdem, die Mitglieder seiner Familie neigten von jeher zur Neugier. Meren konnte nur zu den Göttern Ägyptens beten, daß seine außergewöhnlichen Vorkehrungen ausreichend Schutz gegen die Invasion bieten würde, die seine Schwester für das Willkommensfest in Szene gesetzt hatte. Doch Gebete allein würden da nicht genügen.

Er würde Reia und seine Männer aussenden, um die Umgebung abzusuchen. Das Schiff Fürst Pasers war heute Nachmittag erneut an ihm vorbeigesegelt. Vielleicht war Paser weiter südlich vor Anker gegangen und lag nun auf der Lauer, spionierte ihn aus.

Noch mehr Sorgen aber machte er sich wegen der anderen. Die mächtigen Priester Amuns führten einen erbarmungslosen, geheimen Krieg gegen den jungen Pharao Tutenchamun. Zur Zeit herrschte zwar Waffenstillstand, aber Meren war sich nicht sicher, ob der auch galt, was Echnaton, den Ketzerkönig, betraf, der versucht hatte, Amun und die anderen Götter aus Ägypten zu verbannen. Echnaton, Tutenchamuns Bruder, hatte den berühmten Tempel des Amun geschändet, er hatte den Namen dieses Gottes ausgelöscht und seine Priester an den Bettelstab gebracht. Heute galt es als Fluch, den Namen Echnaton auch nur auszusprechen. Unter der mittlerweile wieder eingesetzten Priesterschaft gab es einige, die ihr Leben hingeben würden, könnten sie Echnatons Leichnam vernichten und ihm auf diese Weise ein Leben nach dem Tode verwehren. Sie wollten vollkommene Rache. Meren hatte Tutenchamun geschworen, diese Art von Rache zu verhindern.

Unglücklicherweise hatte er am eigenen Leib erfahren, zu welcher Grausamkeit Echnaton fähig gewesen war. Seinem Vetter Ebana hatte dieser Pharao noch viel schlimmer mitgespielt als ihm. Echnaton war entschlossen gewesen, sämtliche Feinde seiner ketzerischen Religion zu vernichten. Und so hatte er befohlen, Ebana zu ermorden. Doch Ebana war entkommen – im Gegensatz zu seiner Frau und seinem Sohn. Zu Merens Bestürzung hatte er ihn – Meren – für ihren Tod verantwortlich gemacht, und nichts hatte ihn davon abbringen können. Im Augenblick diente Ebana dem Hohepriester des Amun, der natürlich ein Gegner Echnatons war, während eine widersinnige Laune des Schicksals Meren dazu auserkoren hatte, den Körper des Mannes beschützen zu müssen, der seinen Vater getötet und auch ihn selbst beinahe umgebracht hätte.

Er faltete Kysens Brief zusammen und lächelte. Wenn er Tutenchamun nicht lieben würde wie einen Sohn, würde er sich dann um Echnatons Weiterleben in der Unterwelt sorgen? Eine schwierige Frage und eine, von der er nicht sicher war, ob er sie überhaupt beantworten wollte.

Kapitel 3

Am dritten Morgen, nachdem er den Schreiber-Lehrling zur Rede gestellt hatte, schlüpfte Meren noch vor Sonnenaufgang aus dem Haus. In den Händen hielt er ein Tablett mit Speisen, Wein und einer Alabasterlampe. Schnell schritt er den Weg zwischen den beiden Teichen entlang und auf den kleinen Tempel zu, in der die Schreine der Götter und seiner Vorfahren untergebracht waren. Ein paar Treppenstufen führten ihn zum Eingang, der von zwei bemalten Säulen flankiert wurde. Er schob die geschnitzten Türen mit der einen Hand auf und trat ein.

Der gelbliche Schein seiner Lampe beleuchtete die Wandgemälde, Bilder seiner Familie: Hier sah man seine Eltern, seine Großeltern und jene, die vor ihnen dahingegangen waren. Tief im Herzen des Tempels gab es goldene Schreine, die Abbilder von Amun, des Gottes von Abydos, von Osiris und vom Kriegsgott Montu und von anderen beherbergten. Aber den Göttern wollte Meren heute keinen Besuch abstatten. Er wandte sich nach rechts und ging auf eine schmale Nische in der Wand zu.

Dort stand die Statue seiner Eltern, im Tod ebenso vereint, wie sie es im Leben gewesen waren. Der Bildhauer hatte sie in ihren feinsten Gewändern dargestellt, die einst ihre Körper umspielt hatten. Reich verzierte Perücken bedeckten ihr Haar; Gold schmückte ihren Hals, ihre Handgelenke und Ohren. Meren flüsterte ein paar Gebete für die Toten und bot ihnen Nahrung und Wein dar. Dann sah er das Bildnis an und fragte sich, warum er niemals den

Eindruck hatte, daß sie seine Anrufung vernahmen. Gestern, vor Einbruch der Dunkelheit, hatte er Sit-Hathors Ewiges Haus besucht. Bei seiner Frau hatte er stets das Gefühl, daß sie ihm zuhörte. Er hatte ihr alles gesagt, was er niemandem sonst anvertrauen konnte, und niemals mußte er sich Sorgen darum machen, daß es ihr vielleicht nicht recht war. Sie war immer auf seiner Seite gewesen – zumindest, nachdem sie gelernt hatte, ihn zu lieben. In der ersten Zeit ihrer Ehe hatte Sit-Hathor ihn für eine Plage gehalten. Aber sie hatte ihre Ansicht geändert – im Gegensatz zu seinem Vater.

Zu dessen Lebzeiten war es Meren nur selten gelungen, es ihm recht zu machen. Das aufbrausende Wesen und der Perfektionismus seines Vaters hatten in ihm immer eher den Wunsch geweckt, ihn zu bekämpfen als ihm zu gehorchen. Und seine Mutter? Woran er sich am besten erinnerte, war ihr ewiges Bitten. Tu, was dein Vater sagt. Mach keinen Ärger. Warum mußt du ständig mit deinem Vater streiten?

In einer seiner frühesten Erinnerungen spielt er gerade im Garten, als er von seiner Amme Herya hereingerufen wird, weil sie ihm das Gesicht waschen will. Plötzlich kommt sein Vater in den Raum gestürmt. In der Hand hält er Merens Spielzeug-Nilpferd. Dem kleinen Jungen erscheint sein Vater Amosis wie ein riesiger Dämon aus der Unterwelt. Amosis schleudert das Holzspielzeug auf den Boden. Meren schreit und bricht in Tränen aus, während Amosis herumwütet und ihm vorwirft, den Garten in Unordnung gebracht zu haben.

Natürlich hatte Meren damals nicht verstanden, wovon Amosis überhaupt sprach. Der plötzliche Schrecken hatte alles andere überschattet. Als seine Mutter hereinkam, um ihn zu trösten, sagte sie nur, daß der Vater es eben nicht liebte, wenn er seine Spielsachen herumliegen ließ. Mach keinen Ärger, provoziere deinen Vater nicht.

Waren derartige Erinnerungen der Grund dafür, daß Meren versuchte, nicht streng und aufbrausend zu sein? Im Laufe der Zeit hatte er seinen Vater immer mehr abgelehnt, bis er eines Tages – er war sicher nicht viel älter als zwölf – feststellte, daß er keinen Respekt mehr vor seinen Eltern hatte. Nichts war ihm seitdem mehr verhaßt, als sich ihnen gegenüber ehrerbietig verhalten zu müssen. Es fiel ihm schwer, daran zu glauben, daß sein Vater ein hervorragender Höfling, Kommandant und Krieger war. Und tatsächlich: Der Tag war gekommen, an dem Amosis aufbrausendes Temperament zur Konfrontation mit dem Pharao Echnaton geführt und ihn das Leben gekostet hatte.

Die Götter hatten Meren recht gegeben, doch um welch einen Preis! Meren blickte die Reihe der Statuen entlang, die neben seinen Eltern aufgestellt waren, bis er auf eine schaute, die etwas abseits auf einem Podest in der Ecke stand. So hatte Djet auch im Leben ausgesehen: breite Schultern, lange Beine, die weit auszuschreiten pflegten, und auf dem Gesicht jener traurige, grübelnde Ausdruck, der Meren nur allzu vertraut war. Nach Djets Tod war er es gewesen, nicht Djets Eltern, der sich um das Leben des Freundes im Jenseits gekümmert hatte. Er hatte die Statue beim Bildhauer des Pharao in Auftrag gegeben, der schon so viele schöne Abbilder von der königlichen Familie geschaffen hatte, die nun in Amarna standen.

»Sei gegrüßt, Djet«, flüsterte Meren. »Ich habe dir das Gewürzbrot, das du immer so gern gegessen hast, und guten Wein vom Delta mitgebracht. Und ich komme, dich um einen Gefallen zu bitten. Kannst du bei den Göttern Fürsprache für mich einlegen, daß meine Verwandten schnell wieder abreisen? Deine verfluchten Eltern sind hier, und außerdem hat Idut auch noch deinen Bruder eingeladen. Du weißt doch, was für ein Dummkopf Sennefer ist. Er versucht nach wie vor, jede hübsche Dienerin flachzulegen und prahlt zu allem Überfluß noch damit.

Meren brach ein Stück Brot ab, aß einen Bissen und seufzte. »Glücklicherweise konnten Onkel Thay, Onkel Bakenchons und ihre Familien nicht kommen. Den anderen konnte ich aus dem Weg gehen, indem ich zwei Tage mit den Mädchen segeln war. Aber heute abend findet ein Fest statt. Es ist Iduts Schuld. Du kennst sie ja. Sie ignoriert sämtliche Streitereien und tut so, als würden sich alle in der Familie prächtig verstehen und stets zusammenhalten.«

Er trank einen Schluck Wein, sank auf die Knie und sah zu Djets unbeweglichen Zügen empor.

»Ich habe geglaubt, ich würde zu Hause Ruhe und Frieden finden. Keine Menschenmengen, keine Gefahr. Ich habe geglaubt, ich wäre weit weg von den Spionen bei Hof und in den Tempeln. Doch jetzt ist das Haus voller herumschnüffelnder Verwandter. Ich habe Idut das Versprechen abgenommen, sie nach dem heutigen Fest hinauszuwerfen, aber wenn sie es nicht tut, muß ich sie selbst wegschicken, was mir noch mehr Ärger einbringen wird. Ebensogut könnte ich mich Ammit, der Dämonin der Unterwelt, die die Herzen der Verstorbenen verschlingt, vor die Füße werfen.«

Er erhob sich und legte das Brot wieder auf den Altar vor Djets Bildnis. »Ich vermisse dich, Djet. Weißt du, daß Ebana mich mittlerweile haßt? Warum mußte ich ausgerechnet dich und Tanefer verlieren? Ihr wart für mich wie Brüder – viel mehr als mein leiblicher Bruder Ra es jemals sein kann. Er ist einer der wenigen, der nicht kommen wird. Er ist sogar abgereist, damit er mir nicht begegnet. Und um das Maß voll zu machen, hat Großtante Cherit mir erzählt, daß Großmutter Wabet beschlossen hat, mich wieder zu verheiraten.« Er seufzte. »Ich glaube, Hofintrigen, königliche Machenschaften und Mord sind mir lieber. Ich kann einfach nicht klar denken, wenn ich von Verwandten umgeben bin.«

Meren trat einen Schritt näher an Djet heran. Er senkte die Stimme, so daß sie kaum noch zu vernehmen war.

»Wenn du Antworten für mich hast, dann schicke sie mir in einem Traum.«

Mit gebeugten Schultern wandte Meren sich ab. Er konnte sich nicht besinnen, wie oft er Djet gebeten hatte, ihm die eine, die wichtigste aller Fragen zu beantworten – nämlich warum er sich das Leben genommen hatte. Er hatte inzwischen aufgehört, ihn danach zu fragen. Was änderte es schon? Djet war fort.

Hör mit dem Grübeln auf, du Narr, ermahnte sich Meren. Kysen würde bald eintreffen, und er mußte auf der Hut sein. Er wandte sich der Tür zu und bemerkte das Licht, das durch eines der hoch in die Wand eingelassenen Fenster in den kleinen Tempel fiel. Heller Sonnenschein. Wie lange war er eigentlich schon hier?

Er ließ seine Gaben zurück und trat ins Licht hinaus. Die Sonne hatte die Kühle der Nacht bereits vertrieben. Vor ihm lag das Eingangstor und zu seiner Linken die langgestreckte weiße Fassade des Haupthauses. Die Loggia wurde durch papyrusförmige Säulen gestützt, die Tür war mit einem Fries aus roten und grünen Fächerpalmenblättern verziert. Im Haus befanden sich die Zimmer der Familienangehörigen, die große Haupthalle und sein Arbeitszimmer. An jeder Seite des Hauses waren Höfe, die durch Mauern voneinander getrennt waren: ein Hof mit riesigen Getreidespeichern und einer mit Ställen für das Vieh. Außerdem gab es einen separaten Brunnenhof. Im hinteren Teil des Haupthauses waren die Küche, Lagerräume und die Unterkünfte der Diener untergebracht.

Merens Landsitz Baht glich eher einem Dorf als einem Anwesen. Die kleineren Häuser, die momentan von seinen Onkeln, Vettern und anderen Verwandten bewohnt wurden, standen in der Nähe des Haupthauses.

Eine mit Getreidekörben beladene Eselkarawane trottete mühsam durch ein Seitentor auf den Hof zu, der die Kornspeicher beherbergte. Während Meren zurückging, sah er seinen Verwalter Kasa um die Ecke des Haupthauses biegen. Er war auf dem Weg zu den Ställen. Ein paar seiner Gehilfen folgten ihm: seine beiden Söhne, drei Hirten und der unglückliche Nu.

Der Anblick des Jungen erinnerte Meren daran, daß Bener ihn davon zu überzeugen versucht hatte, daß sie so viel Zeit mit Nu verbrachte, weil sie das Schreiben so sehr interessierte. Meren war jedoch skeptisch geblieben. Aber er hatte sich jedes Urteils enthalten, weil er befürchtete, übereilt zu handeln. Vielleicht war er schon zu lange am Hof, wo er stets von Intrigen und Betrug umgeben war. Suchte er vielleicht jetzt auch dort danach, wo all das gar nicht existierte? Bener neigte nicht zum Lügen. Und sie war auch keine Närrin. Der Verdacht, daß sie einfach so auf Nus hübsches Gesicht hereinfiel, mochte durchaus falsch sein.

Er stand auf der Vordertreppe des Haupthauses und dachte darüber nach, als Hufgetrappel die Ankunft eines Streitwagens ankündigte. Er wandte sich um und sah, wie sein Vetter Sennefer in rasendem Tempo auf ihn zu gefahren kam.

»Sennefer, halt!«

Sein Vetter zog die Zügel an. Meren trat einen Schritt zurück; ein Huf donnerte auf die Steinstufe, auf der er soeben noch gestanden hatte. Meren fluchte und sprang weiter zurück. Pferdeknechte eilten herbei. Sennefer sprang vom Wagen und warf den Männern die Zügel zu.

»Ha! Meren, alter Schakal! Dich habe ich ja schon seit Monaten nicht mehr gesehen.«

Sennefer schlug ihm auf den Rücken. Meren unterdrückte einen Seufzer und sagte so freundlich, wie es ihm möglich war: »Sei gegrüßt, Sennefer.«

»Gib mir ein Bier, Vetter. Es war heiß auf dem Boot, und die Wege sind staubig.«

»Du kannst jederzeit wieder verschwinden.«

Sennefer lachte und schlug ihm erneut auf den Rücken. »Und eines von Iduts Festen verpassen? Außerdem werden die Annäherungsversuche der Tochter des Stadthalters von Abydos langsam ziemlich aufdringlich. Warum versuchen die Frauen bloß immer, einem die Luft zum Atmen zu nehmen, Meren? Erst wollen sie, daß man alle Zeit mit ihnen verbringt, und dann verlangen sie mehr und mehr.«

»Eines Tages endest du noch mit einem Dolch im Herzen, wenn du dich ständig mit verheirateten Frauen einläßt, Sennefer.«

»Was kann ich dafür?« antwortete der. Sie begaben sich in die Eingangshalle. Sennefer lächelte der Magd zu, die ihm eine Schüssel mit Wasser zur Erfrischung reichte. »Was erwartest du? Es gibt so viele Frauen, und alle wollen mich. Sie betteln förmlich darum. Ich sehe es in ihren Augen.«

Mit einer Handbewegung bedeutete Meren der Magd, sich zu entfernen. Als sie gegangen war, fuhr Sennefer fort. »Da siehst du es. Die wäre doch bereitwillig gleich hinter den nächstbesten Busch mit mir gesprungen.«

»Sie hat dich doch nicht einmal angesehen, Sennefer!«

Sennefer zuckte die Achseln. Er ging in die Haupthalle voraus und ließ sich mit einem Bier auf eine Bank fallen. »Du warst immer schon eifersüchtig auf mich.«

»Oh, ganz bestimmt.«

Es war Meren egal, was Sennefer dachte. Sennefer war von jeher nichts weiter als eine armselige Kopie seines jüngeren Bruders Djet gewesen. Sennefer prahlte mit seinen sexuellen Errungenschaften; Djet hingegen hielt den Mund und hatte unzählige Bewunderer beiderlei Geschlechts. Sennefer gab unaufhörlich mit seinem Mut auf dem Schlachtfeld an, doch es war hinlänglich bekannt, daß er nie an etwas Gefährlicherem teilgenommen hatte als an einem Scharmützel gegen ein paar unbewaffnete Diebe; Djet hingegen hatte einst vom Pharao das Gold der Tapferkeit verliehen bekommen. Meren hörte nicht mehr hin, als Sennefer ihm einen Vortrag darüber zu halten begann, wie er seine Dienstmagd am besten verführen könne. Dann jedoch sagte Sennefer etwas, das seine Aufmerksamkeit erregte.

»Deine Frau will die Scheidung?«

Sennefer machte eine wegwerfende Handbewegung. »Sie sagt, daß sie Kinder möchte. Ich kann doch nichts dafür, daß sie unfruchtbar ist. Und sie sagt, daß sie meine Besitztümer in der Provinz Hare haben will. Eine absonderliche Vorstellung, findest du nicht auch?«

»Wenn sie unbedingt gehen will, wirst du sie wohl kaum zum Bleiben bewegen können.«

»Aber wenn ich ihr das Vermögen vorenthalte, das sie verlangt, wird sie nicht mehr weg wollen, glaub mir. Anhais größte Liebe gilt dem Reichtum. Ich schwöre dir, Meren, sie hat jedes Gersten- und Weizenkorn gezählt, das seit dem Tag unserer Hochzeit auf unseren Feldern gewachsen ist. Sie würde sogar Wüstensand oder Viehdung verkaufen, wenn sie daran etwas verdienen könnte.«

»Du sollst nicht immer so schlecht von deiner Frau reden«, sagte Meren. Krampfhaft suchte er nach einem Vorwand, um Sennefer stehenlassen zu können. In diesem Augenblick kam Isis in die Halle gelaufen.

»Vater, Remi sagt, daß er in den Teich springen will.«

Meren warf ihr einen überraschten Blick zu. Mit dem, was sein dreijähriger Enkel anstellte, behelligte man ihn normalerweise nicht. »Wo ist seine Kinderfrau?«

»Tante Idut hat ihr aufgetragen, in der Küche bei den Festvorbereitungen zu helfen. Ich soll mich heute um Remi kümmern.«

»Dann sag Remi, daß er nicht in den Teich springen darf.«

»Das habe ich, aber er hat erwidert, daß er es trotzdem tun will; sein Spielzeug-Streitwagen liegt im Teich. Und du weißt, daß er imstande ist, es zu tun, Vater.«

»Bei den Göttern, Isis, dann holst du ihn eben heraus!«

Seine Wagenlenker hätten die Verärgerung in seiner

Stimme bemerkt und sich aus dem Staube gemacht. Nicht so seine Tochter.

»Ich kann nicht«, sagte sie. »Es würde meine Garderobe ruinieren.«

Meren musterte Isis. Warum war ihm nicht schon früher aufgefallen, wie elegant sie gekleidet war. Ihr Gewand hatte mehr Falten als eine Ente Federn besaß. Ihre Augen waren schwarz und grün geschminkt, ihre Arme und Schultern mit Goldsilber und Karneol geschmückt. Bislang hatte er Isis immer als sein kleines Mädchen betrachtet, doch in diesem Aufzug wirkte sie sogar älter als Bener.

Meren schaute zu Sennefer hinüber. Dessen hungriger Blick ruhte auf seiner Tochter. Meren richtete sich auf und versperrte Sennefer die Sicht. Gelassen wandte sein Vetter den Blick wieder ihm zu, doch als er merkte, wie wütend Meren war, zuckte er zurück.

Meren senkte die Stimme, so daß nur Sennefer ihn hören konnte, und sagte: »Versuche es, und ich schneide dir den Schwanz ab und stopfe dir dein loses Mundwerk damit.« Sennefer mimte die entrüstete Unschuld, trotzdem mußte er heftig schlucken, als sei ihm plötzlich etwas in den Hals geraten. Zu Isis sagte Meren: »Gut, ich schaue mal nach Remi. Wenn du keine Lust hast, auf ihn aufzupassen, dann versprich es nicht erst. Such dir eine Magd, die deine Aufgabe übernimmt.«

Mit Sennefer im Schlepptau folgte er Isis. Sie kamen an Dienern vorbei, die saubermachten, um alles für das große Fest vorzubereiten.

Der Garten war von einer Mauer umfriedet und lag hinter dem Haus. Der Teich hier war deutlich tiefer als die beiden Teiche vorn und groß genug, daß kleine Boote darauf fahren konnten. Alles hier war von sattem Grün. Generationen von Merens Familie hatten Weiden, Sykomoren, Granatapfel- und Feigenbäume angepflanzt. Olibanumbäume zierten bemalte, irdene Töpfe. Es gab weinumrankte

Lauben, in denen man gern verweilte. Der Teich war von Blumenbeeten umgeben. Meren suchte mit den Augen nach der kleinen Gestalt seines Enkels. Da war er! Gefährlich tief beugte er sich zum Wasser hinab.

»Remi, bleib, wo du bist!«

Wie Merens Hunde und Pferde pflegte auch Remi nur das zu hören, was er hören wollte. Schon war er ins Wasser gesprungen. Meren fluchte und rannte durch den Garten. Er hechtete über ein Blumenbeet und tauchte hinter dem Jungen her. Die Wunde an seiner Schulter riß auf. Der Teich war an dieser Stelle dicht mit Seerosen bewachsen, hier zu schwimmen war gefährlich.

Fische glitten an seinem Körper vorbei. Die Schatten der Seerosen erschwerten ihm die Orientierung. Durch den undeutlichen Schleier hindurch entdeckte er plötzlich einen bronzefarbenen Schimmer und eine kleine Hand, die sich danach ausstreckte. Meren schoß darauf zu, schnappte sich Remi und den Spielzeugwagen und stieß sich dann wieder ab, um zur Wasseroberfläche zu gelangen. Als er aus dem Wasser herausschnellte, drückte das Gewicht des Kindes schmerzhaft auf seine Schulter. Remi spuckte, lachte und griff nach seinem Spielzeug. Meren schwamm mit einem Arm aufs Ufer zu. Dort reichte er Remi an Isis weiter.

Das Haar klebte ihm an der Stirn und ließ ihn kaum etwas sehen. Völlig durchnäßt stand er nun neben Sennefer und Isis. Plötzlich bemerkte er, daß noch mehr Menschen im Garten waren, als er zuvor gesehen hatte. Nebetta und Hepu saßen neben einem Weinstock und warfen ihm mißbilligende Blicke zu. Zweifellos waren sie empört, weil er sich einen Moment nicht wie ein großer Würdenträger verhalten hatte. Hepu hatte wahrscheinlich ein ganzes Lehrbuch zu diesem Thema verfaßt. Meren warf ihnen einen zornigen Blick zu, und sie machten sich eilig aus dem Staub, wobei sie miteinander tuschelten.

Dann hörte er ein leises Lachen. Noch immer völlig außer Atem, wischte er das Wasser fort, das ihm aus den Haaren in die Augen tropfte. Gleich neben dem Blumenbeet standen zwei elegant gekleidete Damen. Die eine war Sennefers Gattin Anhai, die andere Bentanta, eine der wenigen Frauen, die ihn zum Erröten zu bringen vermochten. Anhai kicherte leise vor sich hin. Doch Bentanta – Meren dankte den Göttern dafür – lächelte noch nicht einmal.

»Was treibst du denn da, Meren?« fragte Anhai. »Ich hab immer angenommen, du seiest eines der Augen und Ohren des Pharao und kein Kindermädchen.«

»Ich...«

Er hielt mitten im Satz inne, denn Anhai lachte plötzlich, kam auf ihn zu und tätschelte ihm die Wange. Ihr Lachen klang glockenhell.

»Du bist wirklich erstaunlich«, sagte sie. »Du bist einer der wenigen Männer, die sich Freund des Pharao nennen dürfen, dir vertraut unser Herrscher seine Geheimnisse an, mit dir spricht er über sein Befinden, dich beauftragt er mit seiner Verteidigung, du siehst gut aus, und überdies hast du auch noch ein Herz für deine Familie.«

»Ich danke dir, Anhai, aber...«

Sie beachtete seine Worte nicht und fuhr fort: »Während ich mit einem Mann geschlagen bin, der nicht nur bei Hofe versagt hat, sondern dessen Lenden zudem auch keinen Samen hervorbringen, so daß er mir in dem Dutzend von Jahren, die wir nun verheiratet sind, nicht ein einziges Kind zu schenken vermochte.«

Meren spürte, wie ihm der Mund offenstehen blieb. Einen Augenblick lang hatte er Anhais Charakter vergessen – Ihr *Ka* war voller Verwesung, was ihr äußerlicher Charme verbarg. Er starrte sie an, während sie über ihre eigenen Worte nachzudenken schien. Bentanta war taktvoll genug, um sich intensiv der Betrachtung der Seerosen zu widmen. Meren erwiderte Anhais Lächeln nicht, sondern sah ihr nur nach, als sie den Garten verließ – ihre ganze Gestalt war Ausdruck eines gerade errungenen, großartigen Sieges.

Auch Isis, die Remis nasse Hand festhielt, schaute Anhai hinterher. »Ich kann sie nicht ausstehen. Komm Remi, wir suchen dir jetzt ein Kindermädchen, bevor du mir noch mein Kleid naß machst.«

Langsam erlangte Meren die Fassung wieder. Er warf einen Blick auf Sennefer. Sein Vetter gehörte zu der Art von Männern, die den Mangel an Größe durch einen muskulösen Körper wettmachten. Er war puterrot geworden, seine kurze, spitze Nase hatte die Farbe von rotem Wein angenommen. Er murmelte etwas vor sich hin, das Meren nicht verstand, dann entschuldigte er sich und eilte seiner Frau hinterher.

Meren war nun mit Bentanta allein. Er fühlte sich ein wenig befangen in ihrer Nähe. Seine Freundin aus Kindertagen war heute eine anmutige Frau. Als kleiner Junge hatte er nackt mit ihr, Djet und Ebana im Nil gebadet, aber das Leben hatte sie unterschiedliche Wege geführt. Sie war jetzt Witwe und hatte Kinder, die im gleichen Alter waren wie seine Töchter. Sie hatte der großen Königin Teje gedient, der Mutter Tutenchamuns, und Nofretete, der Gattin Echnatons und Tochter Ays. Sie kannte sich mit Hofintrigen und königlicher Diplomatie ebensogut aus wie er selbst, doch vor kurzem hatte sie sich aus den Diensten der Königin Tutenchamuns, Anchesenamun, ins Privatleben zurückgezogen.

Ob als Privatperson oder als königliche Gesellschafterin, Bentanta war eine beachtliche Persönlichkeit. Und sie war die letzte Frau in ganz Ägypten, die ihn so sehen sollte: bekleidet nur mit einem nassen, am Körper klebenden Schurz.

Er räusperte sich. »Der Segen Amuns sei mit Euch, Herrin. Ich wußte nicht, daß auch Ihr zu meiner Willkommensfeier erscheinen würdet.«

»Laß die törichten Höflichkeiten, Meren. Ich weiß, daß du mich nicht erwartet hast. Deine Schwester ebensowenig. Ich bin hier, weil ich gerade bei Anhai zu Besuch war, und sie wollte unbedingt, daß ich sie begleite.«

»Das klingt, als wärst du lieber nicht hergekommen.«

Sie schenkte ihm ein Lächeln so falsch wie das Gold auf einem Sargdeckel. »Natürlich bin ich gern hier. Ich bin gekommen, um dich wiederzusehen.«

Er warf ihr einen mißtrauischen Blick zu. »Ach?«

»Nun, da ich nicht länger am Hof bin, habe ich viel Freizeit, Zeit, mich an unsere glückliche Kindheit zu erinnern. So ist der Wunsch in mir entstanden, alte Freundschaften wie die unsere zu erneuern.« Sie wandte sich ab und schritt davon. Dann drehte sie sich noch einmal zu ihm um und sagte: »Du kannst aufhören, wie eine gefangene Gazelle dreinzublicken, Meren. Ich habe lediglich von Freundschaft gesprochen, nicht von Heirat. Ich habe keine viel bessere Meinung über Ehemänner als Anhai.«

Meren strich sich das feuchte Haar aus der Stirn, blickte an sich herab und ärgerte sich. Heute morgen hatte er sich nicht die Mühe gemacht, mehr als nur einen Schurz anzulegen.

Mit steifen Schritten ging er ins Haus, in seine privaten Gemächer. Zar wartete bereits auf ihn und gab gerade seinen Gehilfen Anweisung, ein Bad zu richten. Er schien immer schon im voraus zu wissen, was Meren brauchte. Das war bequem, aber auch beunruhigend. Meren begab sich in sein Badezimmer und stieg in die steinerne Badewanne. Während einer der Gehilfen Zars ihn mit Wasser übergoß, tröstete er sich mit dem Gedanken, daß er nun nur noch den restlichen Tag und die abendlichen Feierlichkeiten überstehen mußte. Dann würden alle wieder fort sein: die schleimige Nebetta und ihr noch schlimmerer Gatte Hepu, Großtante Cherit, der lüsterne Sennefer, Anhai, Bentanta, sie alle. Dann würde er wieder seinen Frieden haben und die Freiheit, das Versprechen, das er dem Pharao gegeben hatte, einzulösen. Falls Idut ihre gemeinsamen Verwandten morgen nicht hinauswarf, würde er es eben selbst tun.

Kapitel 4

Fürst Paser war ein Mann von außergewöhnlichem Äußeren – zumindest war er selbst davon überzeugt. Er war stolz auf sein kurzgeschorenes Haar und seinen perfekt getrimmten Spitz- und Oberlippenbart. Auf der rechten Seite fehlte ihm der Eckzahn, und er fand, daß ihm dies das gestählte Aussehen eines alten Kämpfers verlieh. Niemand hatte ihm je gesagt, daß seine Stirn stets glänzte, als würde er sie täglich mit Öl einreiben, oder daß er im Zorn mit den Armen herumfuchtelte wie ein Pelikan mit den Flügeln, kurz bevor er zur Landung auf dem Wasser ansetzt.

Im Augenblick war Paser besonders zufrieden mit sich. Gestern nachmittag hatte er aufgehört, Fürst Meren weiter nachzuspionieren. Er war deprimiert gewesen, daß sein Plan, dem Freund des Pharao zu folgen, nichts eingebracht hatte als langweilige Tage, in denen er beobachten durfte, wie Meren auf seinem Schiff den Nil hinaufsegelte. Paser hatte vermutet, daß Meren irgendeinem geheimen Treffen beiwohnen würde, doch das hatte er nicht getan. Er hatte sich einfach nur nach Hause begeben, genau wie er es angekündigt hatte – und war dort geblieben. Paser hatte zwei Tage in der Nähe von Merens Landsitz auf der Lauer gelegen, dann hatte er es aufgegeben. Nachdem er Prinz Hunefer gegenüber betont hatte, daß Meren niemals einfach nur nach Hause fahren würde, um sich auszuruhen, sah sich Paser nun mit der Aussicht konfrontiert, an den Hof zurückzukehren und nichts berichten zu können, wofür es sich gelohnt hätte, all die Mühen auf sich zu nehmen.

Also hatte er sein Schiff wieder in Richtung Hauptstadt gelenkt und war langsam mit der Strömung nach Norden getrieben, als er plötzlich an einer südwärts reisenden Flotte vollbeladener Handelsschiffe des Ra vorbeigekommen war. Er hatte gerade unter dem Sonnensegel vor dem Deckhaus in seinem Lieblingssessel aus vergoldetem Zedernholz gesessen und sich den Nordwind ins Gesicht wehen lassen, als er zufällig einen Blick auf eines der Schiffe warf.

Sein Schiff fuhr in einem Abstand von nur ein paar Ruderbootlängen an dem anderen vorbei. Dort ging gerade ein Mann um einen riesigen Berg aus Getreide herum, der an Deck aufgestapelt lag. Paser eilte an die Reling, überschattete die Augen mit der Hand und sah sich die Sache genauer an.

Kysen! Wenn sein eigenes Schiff schneller gefahren wäre, hätte er nicht die Zeit gehabt, jenen unverwechselbaren, breiten Unterkiefer zu erkennen, ebensowenig wie das runde, jugendliche Kinn, das von männlichem Flaum überzogen war, sowie die halbmondförmigen Augen. Aber so hatte er ganz genau hinsehen können, lange genug, um sogar den Gesichtsausdruck des jungen Mannes wahrzunehmen. Kysen war nicht so geübt wie sein Vater, wenn es darum ging, seine Gefühle zu verbergen. Deshalb war er jetzt nicht auf der Hut und enthüllte, was man auf Fürst Merens Miene niemals entdeckt hätte: böse Vorahnungen, Sorge, Unbehagen.

Dieser Gesichtsausdruck reichte aus, um Paser zu veranlassen, seinen Leuten den Befehl zum Wenden zu geben, sobald sie nicht mehr in Sichtweite der Handelsflottille waren. Jetzt folgte er den langsam vorankommenden Schiffen, wartete ab, beobachtete sie. Wieder saß er im Schatten seines Sonnensegels und fächelte sich mit dem Fliegenwedel emsig Luft zu, als ein Ruf einen Besucher ankündigte. Während das letzte Schiff der Handelsflotte um eine der

Biegungen des Flusses verschwand, kletterte der Besucher über eine Strickleiter die Wand der Jacht hinauf.

Der Neuankömmling schwang erst das eine und dann das andere Bein über die Reling und ging anschließend geradewegs auf Paser zu. Dieser kehrte zu seinem Sessel zurück, wobei er den Fliegenwedel durch die Luft sausen ließ. Er war jetzt schon verärgert, obwohl er noch kein Wort mit seinem Besucher geredet hatte. Der Eindringling begann zu sprechen, noch bevor Paser den Schatten des Sonnensegels erreicht hatte.

»Was habt Ihr hier zu suchen? Ich bin auf dem Weg zur Willkommensfeier für Fürst Meren, und da sehe ich, daß Ihr Euch hier auf dem Fluß herumtreibt.«

Paser warf dem Mann einen grimmigen Blick zu. »Ich sagte doch, daß ich Meren folgen würde, um festzustellen, was er wirklich vorhat.«

»Aber Ihr folgt ihm doch gar nicht, Narr!«

»Wagt es nicht, mich einen Narren zu nennen. Immerhin bin ich nicht der einzige, der sich verzweifelt um einen Platz bei Hofe bemüht!«

»Und wer hat Euch geraten, Eure Verfolgungsjagd ausgerechnet in einer grün-gelben Jacht aufzunehmen? Haltet Ihr Meren für blind?«

»Es gibt viele Schiffe hier auf dem Fluß – meines ist nicht auffälliger als die meisten anderen.«

Der Gast stürzte sich auf Paser, zerrte ihn aus seinem Sessel und drängte ihn an die Reling. Dann deutete er auf das Wasser und zischte Paser ins Ohr: »Seht dort! Seht Ihr diese Fischer? Die habt Ihr schon seit Stunden im Schlepptau, doch ihre Netze sind leer. Was glaubt Ihr wohl, was der Grund dafür ist, Paser? Ich will es Euch sagen: Diese Männer sind keine Fischer, sondern Wagenlenker. Das sind Merens Krieger, Ihr wurmhirniger Sohn eines Mistkäfers.«

Paser riß seinen Arm los und warf den Fischern einen verächtlichen Blick zu. Dann kehrte er zu seinem Sessel zurück. Sein Gast folgte ihm dicht auf den Fersen. »Diese Spione sind mir egal. Mein Eifer ist belohnt worden. Auf der Handelsflotte vor mir sah ich Kysen, und so bin ich *ihm* hinterhergefahren, nicht Meren.«

»Ihr folgt Kysen? Warum?«

Paser schlug seinem Gast mit dem Fliegenwedel auf die Schulter und erwiderte: »Die Frage lautet eher: Warum reist Kysen auf einem Handelsschiff? Er wollte doch mit dem Pharao nach Memphis.«

»Er will an Merens Willkommensfeier teilnehmen, Narr.«

»Wer ist hier ein Narr? Würdet Ihr Euren Platz an der Seite des lebenden Gottes verlassen, nur um an so einem armseligen Fest teilzunehmen?«

»Kysen ist nicht wie wir, die wir von edlem Geblüt sind. Er weiß nicht, was sich für den Sohn eines Erbprinzen und Mannes gehört, der den Titel Einziger Geliebter Freund des Pharao trägt.«

»Aber das ist es doch!« antwortete Paser. »Was, wenn er es doch gelernt hat? Was, wenn er im Auftrag jenes Einzigen Geliebten Freundes des Königs unterwegs ist? Was, wenn er im Augenblick im Dienst ist?«

Es folgte ein langes Schweigen, währenddessen der Gast Paser anstarrte. Nun, da er den groben Eindringling wieder in die Schranken gewiesen hatte, lehnte sich Paser mit einem genüßlichen Grinsen in seinem Sessel zurück.

»Wenn Eure Vermutungen richtig sind, dann muß ich Euch erst recht fragen, warum Ihr Merens Sohn bei hellem Tageslicht in einem leuchtendgelben Schiff folgt.«

»Ich weiß, was ich tue. Also ...« Paser keuchte, als plötzlich ein Knie in seinem Magen landete und die Spitze eines Dolches das Leinen seines Gewandes genau über seinem Herzen durchbohrte.

»Hört mir jetzt genau zu. Ich kenne Meren erheblich besser als Ihr, und ich kenne Kysen. Keiner von beiden wird sich von Euren plumpen Vorkehrungen täuschen lassen. Ich begebe mich jetzt auf das Willkommensfest, und genau dorthin ist Kysen unterwegs. Ihr hingegen werdet Euren leuchtendgelben Kürbis auf der Stelle wenden und nach Memphis segeln, oder ich stopfe Euch dem nächsten Nilpferd in den Rachen, an dem wir vorbeikommen.«

Paser schlug den Dolch beiseite. »Ich bin nicht Euer Vasall. Ich tue, was mir paßt.«

»Ihr werdet tun, was ich Euch sage.« Der Gast trat einen Schritt zurück und ließ Paser frei. »Ich habe wegen Ay und Meren und den Veränderungen, die der neue Pharao mit sich brachte, schon eine Menge verloren. Aber Meren wird seine Ansicht über mich ändern, und ich werde nicht zulassen, daß Ihr meine Erfolgschancen schmälert. Kehrt zurück und erstattet dem Prinzen Bericht. Ich werde Euch folgen, wenn ich mit Meren fertig bin.«

Der Gast steckte den Dolch zurück in die Scheide. »Tut, was ich sage, Paser. Jede andere Entscheidung wäre Eurer Gesundheit äußerst abträglich.«

Nachdem er gebadet und Zar ihm die Haut mit Öl eingerieben hatte, fühlte Meren sich besser. Zumindest hier, in seinen Gemächern, war er vor störenden Verwandten und unerwarteten Gästen sicher. Er genoß seine Räumlichkeiten auf Baht. Früher einmal hatten sie seinem Vater gehört, Sit-Hathor hatte sie dann umgestalten lassen.

Den oberen Teil der Wände zierten gemusterte Friese: endlose Folgen von Lotusblüten in Blau, Weiß und Grün. Leuchtendblaue Fayence-Kacheln säumten die Wände in Bodenhöhe. In seinem Schlafzimmer gab es ein Wandgemälde, auf dem ein Papyruswald zu sehen war: Enten, Gänse und Reiher flogen über das Grün. Die übrigen Wände waren verputzt und in blassem Blau gehalten.

Sit-Hathor hatte genau wie er viel für einfache, klare Formen übrig gehabt. Er erinnerte sich, wie dankbar er ihr für die Neugestaltung der Räume gewesen war, als Djet ihn nach dem Alptraum in Amarna nach Hause gebracht hatte. Hierher würde er sich auch zurückziehen, wenn es ihm heute abend zuviel werden sollte.

Doch nun wollte er sich erst einmal aus dem Haus schleichen und mit dem Speer auf Fischfang gehen. So würde es ihm erspart bleiben, sich schon jetzt um die Gäste kümmern zu müssen. Ganz besonders lag ihm daran, seine Nachbarn hier aus der Gegend zu meiden, denn die meisten von ihnen wußten, daß er das Vertrauen des Pharao genoß, und versuchten sich bei ihm einzuschmeicheln. Er haßte diese schleimigen Speichellecker. Einmal auf dem Fluß, würde er nach seinen Töchtern schicken lassen. Und er würde die Gelegenheit nutzen, Beners Verhältnis zu Nu etwas näher unter die Lupe zu nehmen, denn es war unwahrscheinlich, daß er vor dem Fest noch einmal Gelegenheit haben würde, sich mit dem Jungen zu unterhalten.

»Das Gewand des Herrn liegt bereit.«

Meren schaute auf das lange Gewand mit den kaskadenartig fallenden Falten. Zar hatte es auf dem vergoldeten Bett ausgelegt. Daneben lagen ein Halskragen, ein Gürtel und Armreifen, die mit Tausenden winziger Perlen aus Lapislazuli, Gold und Türkisen besetzt waren.

Meren sah seinen Diener nicht gerade begeistert an. Die Jahre hatten Zars Haar an beiden Seiten der Stirn zurückweichen lassen. In der Mitte gab es nur noch eine spärliche Zunge der einstmals grauen Haarpracht. Im Gegensatz dazu wuchsen seine Augenbrauen überreichlich. Sein Körper war kurz und gedrungen, sein Bauch leicht gerundet, weil er den Genüssen des Tisches allzu reichlich zuzusprechen pflegte. Er warf Meren einen seiner mißbilligenden Blicke zu, bei denen er aussah, als ob er gerade an einem Nachttopf geschnüffelt hätte.

Zar und seine Vorfahren dienten der Familie Merens schon seit Generationen, weshalb er sich für eine Autorität in Sachen gutes Benehmen hielt. Er wußte genau, was sich für einen Fürsten geziemte und welches Verhalten angemessen war. Niemand kannte sich besser aus als Zar mit dem Hofzeremoniell, den richtigen Anreden und den richtigen Manieren, mit der passenden Kleidung und dem Protokoll. Und er achtete sehr auf die Einhaltung dieser Regeln, denn der Ruhm und die Bedeutung seines Herrn erhöhten auch seine Stellung. Doch seit er Meren diente, war Zars Dasein zu einer einzigen Prüfung geworden, denn Meren würde auf all den Luxus, das Zeremoniell und die Förmlichkeiten nur zu gern verzichten, die Zar für unerläßlich für ein glückliches Leben hielt.

»Zar, ich gehe fischen«, verkündete Meren jetzt.

Der Leibdiener wiegte sich auf den Fersen vor und zurück, während er die schwere, reich geschmückte Perücke betrachtete, die er gerade aus ihrer Schachtel genommen hatte. »Vornehme Gastgeber verschwinden nicht einfach in der Stunde, da ihre Gäste eintreffen.«

Meren tat die Bemerkung des Dieners mit einer Handbewegung ab, ging zur Tür des Schlafzimmer und öffnete sie einen Spalt. Er horchte hinaus.

»Die verehrten Gäste erwarten die großzügige Gastfreundschaft und die Manieren, die ein Freund des Pharao, ein Einzig Geliebter Gefährte und Fächerträger zur Rechten des Königs an den Tag legen sollte, zumindest, wenn er nicht Schimpf und Schande über seinen Namen bringen will, ein Mann, der ...«

»Ich kann nichts hören, Zar. Geh in die Halle hinaus und von da aus auf die Veranda. Sieh nach, wer sich dort aufhält.«

Zar legte die Perücke wieder in die Schachtel und verließ mit trauriger Miene den Raum. Als er zurückkam, schob Meren gerade einen Dolch in seinen Gürtel.

»Der edle Hepu und seine Gattin Nebetta ruhen sich am Gartenteich aus, gemeinsam mit dem edlen Sennefer, mit Fürstin Anhai und Fürstin Cherit, Herr. Herrin Idut ist in der Küche, um der Dienerschaft weitere Anweisungen zu geben, und Eure edlen Töchter sind bei ihr. Im Vorhof oder am Tor ist niemand zu sehen.«

»Gut. Sag dem Aufseher über Vogeljagd und Fischfang Bescheid, und dann schick Reia zu mir ans Ufer. Anschließend bringst du meine Töchter zu mir, und zwar ohne daß der gesamte Haushalt merkt, wohin sie gehen.« Mit äußerster Vorsicht öffnete Meren die Tür und glitt in den Flur hinaus. Er hielt sich dicht an der Wand und ging mit schnellen Schritten in die Haupthalle, in der es vor Dienern nur so wimmelte. Die Männer schleppten große Krüge mit Wein und Bier herbei, während die Mägde den Raum mit Blumengirlanden schmückten. Er sauste durch die Empfangshalle und eilte in die Loggia.

Doch er war immer noch nicht vorsichtig genug gewesen, denn kaum war er draußen, lief er einer Gruppe von Gästen geradewegs in die Arme. Beinahe hätte er die magere Gestalt umgestoßen, die in feines Leinen aus dem Oberen Ägypten gekleidet war.

»Ah, Fürst Meren, wie freundlich von Euch, noch vor der Fürstin, Eurer Schwester, nach draußen zu kommen, um mich zu empfangen.«

Meren wich zurück, blickte sich um, suchte nach einem Fluchtweg, doch dann wurde ihm klar, daß er in der Falle saß. »Möge Amun Euch stets gnädig sein, Wah.«

Während Wah sich umständlich nach der Gesundheit von Merens Familie erkundigte, verfluchte Meren sein Pech. Wäre er nur ein wenig schneller gewesen, hätte er es noch zum Fluß geschafft! Doch nun kam er nicht umhin, den Gastgeber zu spielen, denn Wah war Iduts neuer Verehrer.

Meren betrachtete seinen Gast und fragte sich sicher schon zum hundertsten Mal, wie Idut ernsthaft in Erwägung ziehen konnte, einen Mann zu heiraten, der in dem Ruf stand, der größte Speichellecker im Königreich zu sein. Als Meren als junger Mann in Amarna war, hatte Wah zu den Männern der ersten Stunde gehört, die an Macht und Einfluß gewannen, weil sie sich mit dem Ketzerkönig verbündet hatten. Er erinnerte sich noch genau an den Tag, da er in die Schreibstube der Schatzmeister des Pharao gekommen war und dort Wah vorgefunden hatte, der sich über eine riesige Papyrusrolle am Boden beugte.

Wah hatte von dem Dokument aufgeblickt und gesagt: »Ach, der junge Fürst Meren. Kommt und seht Euch an, was ich hier geleistet habe.«

Er gab der Papyrusrolle einen Stoß, so daß diese sich entrollte. Ein Gehilfe beschwerte das Ende. Mit einer ausladenden Armbewegung deutete Wah auf die endlosen Zeilen von Hieroglyphen.

»Sie ist fast fertig, die Liste der Ländereien der alten Götter. Ich arbeite an einem Enteignungsgesetz.«

Meren antwortete nicht, aber das merkte Wah nicht.

»Stellt Euch das nur vor! Sämtliche riesigen Ländereien und Besitztümer des Amun werden alsbald in den Dienst des einen Gottes gestellt, des Aton. Stellt Euch das nur vor!« Mittlerweile schien Wah Merens Anwesenheit vergessen zu haben, denn er fügte – eher an sich selbst gerichtet – hinzu: »Und ich werde Oberster Hüter der gesamten Viehbestände des Aton sein.«

»Sämtlicher Viehbestände?« fragte Meren. »Ihr wollt alle anderen Tempel enteignen? Und was wird mit den Priestern? Und den Künstlern, den Arbeitern, ihren Familien? Sie können doch nicht alle im Tempel des Aton arbeiten. Wovon sollen sie leben?«

»Ich bin beschäftigt, Fürst Meren.«

Ja, Wah hatte damals zu den schwer beschäftigten Beamten des neuen Systems gehört. Er war reich geworden, hatte Ländereien und neue Amtsräume für seine Bemühungen zugewiesen bekommen. Auch Onkel Hepu war es gut gegangen. Im Gegensatz zu seinem Bruder Amosis hatte Hepu sich der Unbarmherzigkeit des Ketzerkönigs angepaßt – mit der Genauigkeit und Gewissenhaftigkeit, die ihm zu eigen war, so daß es ihm ein leichtes war, den Gott Aton fortan als einzigen Gott anzuerkennen. Meren erinnerte sich noch genau an die Hingabe, mit der Hepu zu Werke gegangen war. Sie war ebenso überzeugend gewesen wie seine jetzige Hingabe an die alten Götter. Aber nach Echnatons Tod traf der Zorn des gesamten Reichs diejenigen, die mit der Abschaffung der alten Götter direkt in Verbindung standen. Hepu, der wie immer vornehmlich sich selbst diente, hatte sich vom Hof zurückgezogen, bevor der Sturm der Vergeltung losbrach. Wah war nicht ganz so schlau gewesen. Schon seit fünf Jahren versuchte er nun, seinen Platz bei Hof zurückzuerobern.

Auch Meren gehörte zu jenen, die Wah mit seinen Bemühungen, die Gunst Tutenchamuns zu gewinnen, behelligt hatte. Doch er hatte nicht allzu viele positive Erinnerungen an seine Zeit in Tell el-Amarna, weshalb er kein Interesse daran hatte, die Karriere eines Mannes zu fördern, dessen Verbindung mit dem Ketzerkönig so innig gewesen war. Echnaton hatte seinen Vater getötet – und ihn selbst beinahe umgebracht. Noch heute hatte Meren Alpträume, in denen ihm Echnatons schwarze Augen erschienen und ihn mit dem ihm eigenen unheimlichen Blick anstarrten. Außerdem lastete auf seinen Schultern noch immer die geheime Mitschuld an Echnatons Tod. Er hatte es zugelassen, daß Ay ihn fortschickte, obwohl er durchaus ahnte, daß eine Verschwörung im Gange war, die das Königreich von Echnaton befreien wollte. Als er wieder an den Hof zurückkehrte, war der Pharao bereits tot. Seitdem hatte Meren sich immer wieder die Frage gestellt, ob er den Tod des Königs hätte verhindern können, wenn er geblieben wäre. Ob er wirklich versucht hätte, Echnaton zu retten, oder ob er ihn hätte sterben lassen? Aber wollte er das wirklich wissen?

Während Meren auf Wahs Fragen nach der Gesundheit seiner Familie antwortete, stieg erneut Ärger in ihm auf über das ihm aufgezwungene Fest. Wah gehörte zu den unangenehmsten Gästen, weil er düstere Erinnerungen heraufbeschwor. Aber auch so war Iduts Verlobter ein äußerst lästiger Mensch.

Meren mochte Wah einfach nicht. Schon sein Aussehen war ihm zuwider. Seine Ohren sahen aus wie zwei Datteln. Seine Wangen waren von Furchen durchzogen, die geradezu höhlenartige Ausmaße annahmen, wenn er lächelte. Seine tiefliegenden Augen drohten beim Lächeln im Gewirr der Falten zu verschwinden.

Am gräßlichsten jedoch war der nasale Klang seiner Stimme und das ständige Tränen seiner Augen, die schwarze Schminke war davon ständig verschmiert. Und doch wäre das alles nicht so tragisch gewesen, hätte er nicht eine Angewohnheit gehabt, die Meren ihm absolut nicht verzeihen konnte: Wah pflegte grundsätzlich ein mit Datteln gefülltes Körbchen mit sich herumzutragen und sich eine Frucht nach der anderen in den Mund zu stopfen. Sein fortwährendes Kauen erinnerte Meren an eine Kuh.

Da erschien zum Glück Idut.

»Ich bedaure Wah, aber ich muß noch Korrespondenz für den Pharao erledigen. Idut wird Euch auf geziemende Weise willkommen heißen«, sagte Meren schnell.

Er ignorierte den warnenden Blick seiner Schwester und Wahs offenen Mund und eilte durch die Empfangs- und die Haupthalle davon. Er schoß um einen Sklaven herum, der ein Tablett mit schmutzigen Tellern in die Küche trug. Dann stieß er die Tür zu seinem Schlafgemach auf und wollte sie gerade wieder hinter sich schließen, als sich ein paar dicke Finger darauf legten und sie wieder öffneten.

»Da bist du ja«, sagte Hepu. Dann rief er über die Schulter zurück: »Du hattest recht, meine Liebe. Er ist in seinen Gemächern.«

Meren drückte gegen die Tür. »Ich bin beschäftigt, Hepu.«

Hepu stieß von der anderen Seite ebenfalls dagegen, so daß Meren das Gleichgewicht verlor. »Wohl kaum zu beschäftigt, um nicht mit deinem alten Onkel und deiner Tante zu reden.«

Meren versuchte, Hepu doch noch nach draußen zu drängen, doch ohne Erfolg. Neben ihm war mittlerweile Nebetta erschienen. Meren trat den Rückzug in sein Schlafgemach an, rief Zar und seinen Schreiber und ließ die Kisten herbeibringen, in denen er seine Korrespondenz aufbewahrte.

»Entschuldige Onkel, aber ich habe noch viel zu tun. Ich habe soeben Briefe vom Pharao erhalten, möge ihm Leben, Gesundheit und Reichtum beschieden sein. Sie müssen sofort beantwortet werden.«

Nebetta watschelte zu Merens Lieblingssessel hinüber – Sit-Hathor hatte ihn einst für ihn entworfen – und machte es sich darin bequem. Der Stoffsitz quietschte, ein Geräusch, bei dem Meren zusammenzuckte.

Hepu hatte ein paar Papyrusrollen bei sich. Er reichte einige davon seiner Frau und sagte: »Du hast deine Pflichten als Neffe und Gastgeber in letzter Zeit außerordentlich vernachlässigt, Neffe.«

»Ich sagte doch schon, daß ich Briefe zu schreiben habe.«

»Lieber, lieber Meren, wir machen uns Sorgen um dich«, sagte Nebetta mit viel zu süßer Stimme.

»Ja, mein Junge«, fügte Hepu hinzu. »Wie ich sehe, mußt du deine Schulter noch schonen. Zweifellos ist es deine Verletzung, die dich Älteren gegenüber so unhöflich sein läßt. Tante Cherit hat sich bereits beklagt, daß sie dich seit deiner Ankunft kein einziges Mal zu Gesicht bekommen hat.«

Meren wollte etwas sagen, aber Hepu ergriff seine Hand und ließ den nächsten Redeschwall auf ihn niederprasseln.

»Nein, nein, nein, du brauchst mich nicht um Verzeihung zu bitten. In gewisser Weise hat dein Verhalten mir sogar genützt und damit auch vielen anderen, denn nun werde ich eine Abhandlung über das richtige Verhalten eines Gastgebers von edlem Geblüt schreiben.«

»Aber das ist es nicht, worüber wir mit dir reden wollten«, sagte Nebetta. »Wahrscheinlich hast du unser kleines Komplott bereits durchschaut. Komm schon, tu nicht so, als ob du nicht wüßtest, daß wir dich wieder verheiraten wollen.«

Meren sah von Nebettas feistem Gesicht zu Hepus selbstgefälligem hinüber. Nebetta gehörte zu den wenigen Menschen, die er kannte, die sich dem Totengericht der Götter in der Halle der beiden Gerechtigkeiten und der »negativen Konfession« ohne weiteres stellen konnte. Soviel er wußte, hatte sie keine Leiden über die Menschen gebracht, hatte kein Verbrechen und keine Gotteslästerung begangen, hatte niemanden ausgenutzt.

Falls sie oder Hepu das Wiegen des Herzens gegen eine Feder, das Symbol der Göttin der Gerechtigkeit Maat, gut überstehen würden und ihnen Einlaß ins Totenreich gewährt würde, so würde er sich lieber der Verschlingerin Ammit, der Dämonin der Unterwelt, einem Löwen mit Krokodilkopf und dem Hinterteil eines Nilpferdes, zum Fraß vorwerfen lassen, als mit diesen beiden die Ewigkeit verbringen zu müssen.

Nebetta erhob sich und kam zu ihm herüber. Ihre kalte, feuchte Hand berührte seinen Arm, und ihre kurzsichtigen Augen betrachteten ihn. »Lieber, lieber Meren, es ist schon so lange her, daß Sit-Hathor ins Totenreich ging. Und du bist immer noch allein. Es wird Zeit, daß du wieder heiratest, daß du deiner Einsamkeit ein Ende setzt.«

»Ja«, sagte Hepu und legte seine Papyrusrollen auf einen Tisch. »Ich habe eine Liste passender Verbindungen zusammengestellt. Irgendwo hier muß sie sein. Natürlich hoffen wir eigentlich, daß deine Wahl auf Bentanta fällt. Schließlich ist ihre Familie mit dem Schatzmeister Maya verwandt, und in ihren Adern fließt königliches Blut. Zwar ist sie nur entfernt mit der Familie des Pharao verwandt, aber immerhin.«

Nun war es mit Merens Geduld endgültig vorbei. »Diese Unterhaltung haben wir vor einiger Zeit schon einmal geführt«, sagte er. »Ich bin überrascht, daß Eure Erinnerung daran so schnell verblaßt ist. Eigentlich müßtet Ihr wissen, daß ich es gar nicht schätze, wenn man sich in meine persönlichen Angelegenheiten einmischt.«

»Aber – aber, beiße nicht die Hand, die dich ernährt, lieber Meren«, begann Nebetta.

Hepu warf ihm einen grimmigen Blick zu. »Wir haben ausschließlich dein Wohl im Sinn.«

»Und denk doch nur an die starken Söhne, die Bentanta dir schenken könnte«, sagte Nebetta. »Na ja, ihre eigenen sind gesund und schön und …«

»Bei Hathors Brüsten!« Meren umklammerte den Griff seines Dolches. »Es interessiert Euch doch überhaupt nicht, ob ich glücklich bin oder nicht. Ihr wollt doch nur, daß ich wieder heirate, damit ich Söhne von vornehmer Herkunft zeuge und Kysen wegjage.« Er fügte ein paar kräftige Soldatenflüche hinzu.

Hepu richtete sich auf und straffte die Schultern, während Nebetta hinter ihm Zuflucht suchte.

»Hüte deine Zunge, mein Junge«, sagte Hepu. »Sämtliche Familienmitglieder denken so wie ich. Ich bin lediglich gebeten worden, für sie zu sprechen.«

Merens Stimme wurde plötzlich ganz leise. In gelassenem, gleichmütigem Ton, was Hepu eine Warnung hätte sein sollen, erwiderte er: »Ich verstehe. Dann sag mir nur noch eins: Wer sind diese Familienmitglieder?«

»Oh, deine Onkel, Tante Cherit und deine Großmutter.«

Meren wandte sich ab, ging zum Tisch hinüber und goß sich einen Becher Wein ein. Er trank einen Schluck und sah die beiden wieder an. Sie beobachteten ihn, Nebetta so besorgt, daß ihre Pausbacken zuckten, Hepu voller selbstgerechter Entschlossenheit.

Meren fuhr mit der Fingerspitze über den Rand seines

Fayencebechers und sagte in nachdenklichem Ton: »Wißt Ihr, warum ich Kysen überhaupt bemerkt habe? Ich war gerade in Theben auf dem Markt, als dieser Schweinehund von einem Vater ihn zum Verkauf anbot. Er war ein mageres kleines Ding, über und über bedeckt mit weißem Staub, Schweiß und Blut von den letzten Schlägen, die er bekommen hatte. Als ich an ihm vorüberging, sah er mich mit den Augen Sit-Hathors an. Zwei obsidianfarbene Halbmonde, Seen aus Feuer, ebenso verächtlich wie ihre, in einem Gesicht voller Leiden.«

»Oh!« Nebetta watschelte zu ihm hinüber und rang die Hände. »Du meinst, er ist Sit-Hathors unehelicher Sohn?«

Merens Hand umschloß fest den Griff seines Dolches, fast hätte er ihn aus dem Gürtel gezogen. Er löste den Blick von Nebetta und sah zu Hepu hinüber. »So dumm kann sie einfach nicht sein. Raus, gleich, bevor ich – geht jetzt, sofort!«

»Wir gehen«, sagte Hepu. »Trotzdem solltest du über das nachdenken, was wir dir gerade gesagt haben. Du solltest deine Trauer mittlerweile überwunden haben. Die Familie glaubte, dieser Unsinn mit Kysen sei eine vorübergehende Laune. Du kannst ihn mit Ländereien ausstatten und dich seiner entledigen. Die Familie braucht einen Erben, auf den sie stolz sein kann, Meren.«

»Bei allen Göttern, es ist kein Wunder, daß Djet sich das Leben genommen hat.«

Hepu errötete tief und drängte Nebetta zur Tür. Sie eilte hinaus, ihrem Mann dicht auf den Fersen, doch dann steckte sie den Kopf noch einmal durch den Türspalt.

»Ich weiß, was du über uns und Djet denkst. Aber denk mal über folgende Worte nach, lieber Meren. Djets Tod war deine Schuld, nicht die unsere.«

Er starrte sie mit offenem Mund an. »Was meinst du damit?«

Doch die einzige Antwort, die er erhielt, war das Zuschlagen der Tür.

Kapitel 5

Es blieb ihm nur noch wenig Zeit bis zum Beginn der Willkommensfeier, und schon jetzt war das Haus voller Spannungen. Er wußte nicht, was Nebetta damit gemeint hatte, daß er für Djets Tod verantwortlich war, aber sobald er seine dringendsten Aufgaben erledigt hatte, würde er es herausfinden.

Meren stand auf dem Dach seines Hauses und blickte über das Land, das er von seinen Vätern geerbt hatte. Sowohl in nördliche als auch in südliche Richtung erstreckte es sich am Ufer des Nils entlang. Viele Stunden mußte man segeln, bis man die Grenze der Ländereien erreichte, die nun trocken dalagen, ausgedörrt von der gewaltigen und glühenden Sonne Ras.

Er wandte sich um und beobachtete, wie sie über dem Fluß unterging. Seit vielen Generationen lagen dort die Gräber jener Familienmitglieder, die bereits im Land der Ewigkeit weilten, um in Frieden und Wohlstand zu leben. Außerdem befand sich dort der Tempel der Alten, in dem es angeblich spukte, weshalb die Leute aus der Umgebung sich vor Angst nicht in seine Nähe wagten.

Die Blätter der Palmen bewegten sich im leichten Nordwind, und Meren dankte den Göttern dafür, daß bei allem Übel Nebetta, Hepu, Sennefer und Anhai nicht im gleichen Haus wohnten wie er. Sie und Bentanta hatten sich in einem kleineren Gebäude eingerichtet, das sich dicht an den Hauptkomplex schmiegte; wenigstens hatten sie es sich nicht in den Gemächern neben den seinen bequem gemacht.

Sein Blick fiel auf das Haupttor, wo in diesem Augenblick die Musikanten Einzug hielten. Sie trugen Harfen, Flöten, Kastagnetten, Trommeln und Zimbeln bei sich. Ihnen folgte eine schwatzende Gruppe von Tänzern und Akrobaten.

Die jungen Frauen erinnerten ihn an Bener. Es war ihm nicht mehr gelungen, noch vor dem Fest mit seinen Töchtern fischen zu gehen. Er hatte sich mit Rechnungen, Streitigkeiten unter seinen Bauern und der Aburteilung von Verbrechern herumschlagen müssen. Irgendwann war Bener im Hause des Verwalters aufgetaucht, wohin er sich zurückgezogen hatte, um seine Entscheidungen zu fällen. Sie hatte ihm einige Stunden bei der Arbeit zugesehen und hatte dabei tieftraurig und verletzt gewirkt. Als er fertig war, waren sie gemeinsam zum Haupthaus zurückgegangen.

»Vater«, hatte sie gesagt, »du hast mich blamiert.«

»Wieso?«

»Du hast den armen Nu bedroht, obwohl er nichts verbrochen hat.«

»Wenn er tatsächlich nichts getan hat, braucht er keine Angst zu haben, und du solltest dich nicht schämen.«

Bener hatte die Augen verdreht. »Bitte, Vater! Erinnere dich, wie du dich gefühlt hast, als Großtante Cherit über dich herzog.«

»Hmm.«

Bener war einfach zu klug. Ihre Unterhaltung hatte ihn davon überzeugt, daß es an der Zeit war, eine Entscheidung zu treffen, die er schon seit Monaten vor sich her schob. Er wollte Bener und Isis bei sich haben, so daß er sie stets im Auge behalten konnte. Er dachte gerade darüber nach, wie er Idut möglichst diplomatisch davon in Kenntnis setzen konnte, als er auf der Straße einen Streitwagen mit zwei Männern entdeckte, der auf das Landgut zufuhr. Er durchquerte das Tor, und da erkannte Meren die Insassen: Kysen – in Begleitung von Nento.

Er hatte Nento schon eine ganze Weile nicht mehr gesehen, wußte aber sofort, daß er es war. Sogar Nentos ordentlich gekämmten und geölten Schnurrbart konnte er ausmachen. Nento war einer der wenigen Männer, die Meren wegen ihres Körpergeruchs ablehnte. Es war keineswegs so, daß er stank; Nento mied jegliche körperliche Anstrengung, benutzte aber stets Öle und Duftstoffe. Ständig war er von einem leichten Zimtgeruch umgeben.

Meren betrachtete Kysen aufmerksam, um von seinem Gesicht abzulesen, ob alles glattgegangen war. Kysens Miene wirkte sorglos, doch war er immer noch ziemlich weit entfernt. Meren wollte schon die Treppe hinabsteigen und seinem Sohn entgegengehen, da wirbelte er plötzlich herum, um noch einmal zum Tor zu sehen, denn etwas anderes hatte seine Aufmerksamkeit erregt. Die Sonne war mittlerweile hinter dem Fluß verschwunden, doch immer noch lag ein sanftes Leuchten über dem Nil. Es tauchte die Bäume, die die Straße säumten, welche vom Fluß hinaufführte, in weiches Abendlicht.

An der Straße stand eine große Palme, ihr Stamm war nur noch als dunkler Schatten erkennbar. Plötzlich löste sich ein weiterer Schatten vom Baum. Jemand trat auf die Straße und sah zum Dach des Haupthauses hinauf. Meren nahm die außergewöhnliche Körpergröße des Mannes wahr und die athletische Grazie seiner Bewegungen und fluchte. Er hob die Hand und deutete auf den rückwärtigen Teil des Hauses. Die dunkle Gestalt verschwand.

»Dämonen und Teufel«, zischte Meren. »Sohn eines Dungfressers, ewige Verdammnis.« Er rannte über das Dach, an einem Sonnensegel vorbei, unter dem ein paar Kissen zur Rast einluden, und zur äußeren Hintertreppe hinüber.

Er nahm immer zwei Stufen auf einmal und war flugs unten, sehr zur Überraschung von ein paar Küchengehilfen, die gerade Festtagskuchen ins Haus trugen. Mit einer

Handbewegung bedeutete er ihnen, Platz zu machen, und schritt zügig den Weg hinunter, der zwischen der Gartenmauer und dem Küchen- und Brunnenhof verlief. An einem langgestreckten, einstöckigen Gebäude machte er halt und rief: »Reia, Iry, kommt mit mir zum Hintereingang.«

Er führte die beiden zum Tor an der hinteren Mauer und befahl ihnen: »Sorgt dafür, daß niemand hier hereingelangt.«

Sie hielten am Tor Wache, während Meren nach draußen schlüpfte und das Tor verriegelte. Sofort schlug ihm der Gestank des Abfallhügels entgegen, der sich direkt neben der Mauer erhob. Er eilte darum herum und suchte die Umgebung ab. Hinter der Mauer ging die öde Steppe bald in Wüste über. Verschläge für Ziegen, Rinder und andere Tiere waren weit über das Gelände verstreut. Ein Hirte trieb sein Vieh auf das nahe gelegene Dorf zu, aber sonst schien jeder innerhalb des Landsitzes beschäftigt zu sein. Und auch der Hirte war bald verschwunden.

Ein paar Akazien säumten das öde Weideland. Als Meren den Schutz der Bäume erreicht hatte, trat ein riesiger Nubier hervor. Meren verbarg sich hinter dem größten der Bäume.

»Komm hierher«, sagte er ärgerlich. »Bleib hinter den Baumstämmen, sonst sieht dich noch jemand.«

Der Besucher überragte Meren um ein ganzes Stück, so daß er aufblicken mußte, um ihm in die Augen zu schauen. Einen Moment lang sprach keiner der Männer. Der Nubier verschränkte die Arme über der Brust, und seine Armmuskeln traten hervor. Sie schienen ebenso dick zu sein wie Merens Oberschenkel. Doch Meren blieb unbeeindruckt und sah ihn finster an.

»Du hast einen Brief für mich?«

Als Antwort erhielt er nur ein Kopfschütteln.

»Eine mündliche Botschaft?«

Keine Antwort. Meren spürte, wie sein Körper kalt wurde und Skorpione seine Wirbelsäule hinabzukriechen schienen.

»Dann habe ich also recht?«

»Ja, Herr.«

»Bei allen Dämonen der Wüste!« Meren dachte ein paar Minuten lang verzweifelt nach. »Ich kann es einfach nicht glauben! Geh jetzt. Bevor dich noch jemand sieht. In der Nacht treffen wir uns am Hafen. Ich komme, sobald dieses verfluchte Fest vorüber ist. Du weißt, daß es stattfindet, nehme ich an.«

»Ja, edler Herr.«

»Na gut. Geh, und bete zu den Göttern, daß du das hier nicht mit deinem Leben bezahlst.«

»Das habe ich schon, Herr.«

Meren hastete wieder zum Tor hinein und befahl Reia und Iry, ihre Wagenlenker bereitzuhalten. Dann machte er sich auf den Weg in seine Gemächer. Mittlerweile war Kysen wahrscheinlich angekommen. Wenigstens würde er diese neue furchtbare Angst mit ihm teilen können. Unglücklicherweise hatte keiner von ihnen beiden Einfluß auf deren Ursache.

Kysen wartete auf ihn, aber sie konnten sich nicht unter vier Augen unterhalten, bis Zar Meren für das Fest angekleidet hatte. Sein Geduldsfaden war bis zum Zerreißen gespannt, während er sich in ein gefälteltes Gewand aus feinstem ägyptischen Leinen hüllte. Er schlüpfte in vergoldete Ledersandalen und versuchte stillzustehen, während Zar ihn mit Schmuck belud: ein goldener Halskragen, schwere Armreifen aus Gold und Lapislazuli und die dicken Flechten der höfischen Perücke. Mit einer Handbewegung bedeutete Meren dem Diener, sich zu entfernen, als dieser sich mit einem Kranz für seinen Kopf näherte.

»Mir hängt schon jede Menge Gold von Armen, Beinen, Schultern und Ohren, Zar. Das reicht. Geh jetzt.«

Als der Diener endlich fort war, sagte Kysen: »Ich konnte es kaum glauben, als ich in deinem Brief von Iduts Fest las.«

»Vergiß das Fest. Du kommst spät.«

»Fürst Paser ist mir gefolgt. Ich mußte fast bis Abydos segeln, aber dann hat er von mir abgelassen. Er besaß ja noch nie allzu viel Geduld.«

»Verdammt. Ich dachte, er sei fort.«

»Du hast ihn also ebenfalls gesehen? Ich habe ihm ein paar Männer hinterhergeschickt, die sich davon überzeugen sollen, daß er nach Norden weitersegelt.«

»Gut, denn wir stehen einer weiteren Schwierigkeit gegenüber – nein, keiner Schwierigkeit, einer Katastrophe.« Meren warf die Hände in die Höhe. Das Gold und die Juwelen an seinem Körper funkelten. »Gerade eben habe ich erfahren ...«

Die Tür zu seinem Gemach wurde aufgestoßen, und Meren verstummte. Seine Schwester kam ins Zimmer gerauscht, dicht gefolgt von Bener und Isis.

»Ich wußte, daß du hier sein würdest statt in der Empfangshalle, wo jetzt dein Platz ist. Komm am besten gleich mit, ohne dich werde ich den Raum nicht verlassen.«

»Ich bin sofort da«, sagte Meren, aber Idut packte ihn am Arm und zerrte ihn mit sich fort. Bener hakte ihn an der anderen Seite unter, und Isis nahm Kysen bei der Hand und begann auf ihn einzuschwatzen.

»Na bitte, Meren«, sagte Idut, als sie seine Gemächer verlassen hatten.

Bald fand er sich in der Empfangshalle inmitten sämtlicher Familienmitglieder wieder und ließ das Begrüßungszeremoniell für eine nicht enden wollende Zahl von Gästen über sich ergehen. Die beruhigenden Klänge einer Harfe drangen von der Haupthalle zu ihm herüber. Dienerinnen schmückten jeden der Gäste mit Girlanden. Andere boten ihnen Salbkegel an, jene begehrten Gebilde aus Salbe, die man sich auf den Kopf setzte, wo sie dann schmolzen, so daß sich ihr wohltuendes Öl über den Gast ergoß. Zu dieser Jahreszeit war die Hitze unbarmherzig und die Salbe eine willkommene Erleichterung und Wohltat für die Haut.

Meren atmete den Duft von Myrrhe, Lilien und Weihrauch ein, als plötzlich Großtante Cherit am Arm einer Sklavin zu ihm herübergehumpelt kam.

»Ich muß mit dir reden, Junge.«

»Die Götter mögen Euch segnen, Tante. Mögt Ihr das heutige Fest genießen.«

»Nebetta hat mir berichtet, was du zu ihr gesagt hast. Es wird Zeit, daß jemand dein Schicksal in die Hand nimmt.«

Meren warf der Sklavin einen strengen Blick zu. Die Frau zog ihre Herrin am Ärmel, und Idut lenkte Cherit ab, indem sie ihr eine Girlande um den Hals legte.

Kysen, der bei Isis gestanden hatte, kam zu ihm herüber. Gemeinsam blickten sie der Gruppe entgegen, die auf sie zutrat. »Bei den Göttern, sie hat sogar Antefokers Familie eingeladen. Hat der nicht Anhai verklagt?«

»Lächle, mein Sohn. Ja, das hat er. Sie hat ihn beim Aufwiegen der letzten Zahlung für ein Stück Land betrogen. Hat falsche Gewichte benutzt, um die Deben mehr wert erscheinen zu lassen, als sie tatsächlich wert waren. Zu Anhais Pech fließt syrisches Kaufmannsblut in Antefokers Adern. Er wittert ein gefälschtes Gewicht wie ein Krokodil seine Beute, und eher würde er seine Söhne verlieren als den Zehntel eines Kupferdeben. Fast hätte er Anhai geschlagen.

»Oh, Antefoker, Herrin Nofru, wie freundlich von Euch, auch Eure drei Söhne und Eure Tochter zu meinem Fest mitzubringen.«

Antefoker, ein robuster Mann mit der vierschrötigen Gestalt eines in Stein gehauenen Standbildes, brachte lediglich eine knappe Verbeugung zustande. »Ich will mit Euch reden.«

»Natürlich, mein Freund, redet, eßt, trinkt, tanzt. Wir werden uns den ganzen Abend lang amüsieren. Nehmt Euch einen Salbkegel. Kysen, darf ich vorstellen, unser Freund Antefoker und seine Familie.«

»Wo ist Anhai?« fragte Antefoker ohne Umschweife.

Meren antwortete nicht. Er wandte sich dem nächsten Ankömmling zu und war überrascht. Es war Bentanta. Ihr graziöser Gang erinnerte ihn an die Bewegungen eines langbeinigen nubischen Kriegers. Aber etwas an ihr war anders als sonst. Für das Fest war sie prächtig gekleidet: Ihr Haar war mit goldenen Ringperlen durchflochten, und ihr Gewand war sorgfältig in Falten gelegt. Aber nein, es war nicht ihre Aufmachung, die sie anders erscheinen ließ. Normalerweise trug sie eine Art ruhiger Belustigung zur Schau, die ihn irritierte. Doch heute kam sie ihm zerstreut vor. Irgend etwas schien sie zu beschäftigen. Sie sah Kysen kaum an, als der sie begrüßte. Dann traten Sennefer und Anhai ein, und Meren vergaß, weiter darüber nachzudenken.

»Schau doch nicht so angeekelt drein, Meren«, rief Sennefer. »Ich verstehe nicht, wie du das schaffst, wo du von so viel Schönheit umgeben bist.«

Anhai ließ ihr glockenhelles Lachen erklingen. »Er meint natürlich seine eigene Frau. Nicht wahr, Sennefer?«

Sennefers Lächeln erstarrte.

»Gib nichts drauf. Ich meine all die zahllosen Damen mit ihrer weichen Haut und, und ...«

Sennefers Worte erstarben, als er Meren in die Augen sah.

»Ich bin sicher, daß dein Kompliment für deine Frau bestimmt war«, sagte Meren schließlich.

Da kam Wah herein und gesellte sich zu ihnen. Meren war gezwungen, ihn den anderen vorzustellen.

»Ich kenne Wah«, sagte Anhai. »Er war Haushofmeister bei Königin Nofretete im Nordpalast, während ich in ihren Diensten stand.«

»Ja«, bestätigte Sennefer. »Meine Frau hat mir häufig von Euch erzählt.«

Als der Name von Echnatons Königin fiel, warf Kysen Wah einen Blick zu. Dieser öffnete den Mund, schloß ihn aber sofort wieder, während Anhai sich in Lobeshymnen über die tote Königin erging. Nofretete hatte die Schönheit

Hathors und die Weisheit Toths besessen, so sagte sie. Hinter ihrer zarten Ausstrahlung hatte sich eine ungeheure Kraft verborgen. Nur deshalb hatte sie so viel Einfluß auf Echnaton ausüben können. Jahrelang hatte Nofretete Echnaton zu Mäßigung und Vorsicht gemahnt. Aber schließlich war auch sie Echnatons Neigung zu Extremen zum Opfer gefallen. Sie hatte seine Gunst verloren und war in den Nordpalast in Amarna verbannt worden. Dort hatte sie eine Weile gelebt, bis eine Seuche, die von Syrien aus über das Land hinwegfegte, auch sie dahinraffte. Mit ihr war jegliche Hoffnung geschwunden, Echnatons Ausschweifungen jemals Einhalt zu gebieten.

Wah trat von einem Fuß auf den anderen. »Liebe Fürstin«, unterbrach er Anhai. »Ich bin davon überzeugt, daß Fürst Meren heute abend nicht über Tote reden will.«

»Meren ist doch an Mord und Totschlag gewöhnt«, erwiderte Anhai. »Er hat etwas übrig für Mörder, Komplotte und Blut. Meine Worte über die Krankheit unserer armen Königin wird ihn kaum aus der Ruhe gebracht haben.« Und sie redete weiter.

Meren überließ sich seinen Gedanken. Er erinnerte sich daran, wieviel er der Königin verdankte. Er hatte immer vermutet, daß Nofretete nach dem Tod seines Vaters ein gutes Wort für ihn eingelegt hatte und daß es ihrem Einfluß und dem ihres Vaters Ay zu verdanken war, daß er überhaupt noch lebte. Noch lange nach ihrem Tod hatte er um sie getrauert. So viele bei Hofe waren Opfer jener Seuche geworden, die in ganz Ägypten gewütet hatte.

»Ich denke gar nicht gern an ihre letzten Tage«, fuhr Anhai gerade fort. Sie stand jetzt neben Wah und nahm sich eine Dattel aus dem Körbchen, das er wie immer bei sich trug. »Ihr erinnert Euch doch sicher, Wah. Die Seuche hatte ihre Haut ganz rot und trocken werden lassen, als ob man sie in der Wüste ausgesetzt hätte. Ihr Herz klopfte heftig, und sie litt an Fieberphantasien.«

»Verweilen wir nicht länger bei derlei traurigen Erinnerungen.« Wah lächelte Anhai an, wobei er seine bräunlich verfärbten Zähne zeigte.

Anhai fuhr unbeirrt fort: »Aber wir alle haben doch auch glückliche Erinnerungen an die Große Königliche Frau Nofretete, nicht wahr, Wah?«

»Doch sind wir nicht vornehmlich hier, um Fürst Merens Heimkehr zu feiern?« antwortete Wah.

»Der Meinung bin ich auch«, schaltete Meren sich ein. »Kommt, meine Freunde. Ich denke, es wird Zeit, hineinzugehen und uns an dem Mahl gütlich zu tun, das meine Schwester hat zubereiten lassen. Wie ich höre, hat sie außerdem Wein von den Weingärten bei Buto herbeischaffen lassen.«

Er führte alle in die Haupthalle zu den anderen Gästen. Dort standen Tische, die sich unter Rinderbraten, gegrillten Wachteln, Reihern und Enten mit Trauben, gekochten Feigen, Kuchen und Melonen förmlich bogen.

Plötzlich hörte Meren hinter sich Lärm. Junge Männer stürmten, Trommeln schlagend und laut lachend, in die Halle. Sie fielen beinahe über ihre eigenen Füße. Einer von ihnen stürzte über einen Tisch mit Wasserkrügen. Ein anderer stolperte über den Gefallenen und landete im Wasser, unfähig, sich wieder aufzurichten, so sehr wurde er von Gelächter geschüttelt. Die jungen Männer liefen auf Meren zu, johlten und amten den Schrei des Habichts nach. Einige tanzten mit Girlanden und Blumenbändern durch die Halle. Schließlich kam der Anführer dieser Bande von Trunkenbolden herein: Seine Kameraden trugen ihn auf ihren Schultern, er schwang einen goldenen Kelch und sang ein Jagdlied.

»Bringt mich zum Gastgeber!« schrie er.

Meren blickte über die Schulter und sah, daß die meisten seiner Gäste herbeieilten, um sich die Ankunft der Trunkenbolde anzusehen. Der Neuankömmling glitt von den

Schultern seiner Träger, seine Knie gaben nach, und er landete mit heftigem Schwung auf dem Boden.

»Ziegendung und Dämonendreck! Davon tut mir der Hintern sicher noch einen ganzen Monat lang weh!«

Die Augen des Mannes waren gerötet und tränten, seine Lippen waren schlaff, sein Körper war vom Trinken aufgedunsen und kraftlos. Er grinste Meren an und streckte ihm die Hand entgegen.

»Hilf mir auf, großer Fürst, edler Prinz, Einziger Gefährte, Auge und Ohr des Pharao.«

Meren ergriff seine Hand, zog ihn auf die Beine und erwiderte kühl: »Ich hätte nicht gedacht, daß du meiner Willkommensfeier beiwohnen würdest. Sei gegrüßt, liebster Bruder. Ist es möglich, daß du dich vor lauter Freude über unser Wiedersehen derart betrunken hast?«

Kapitel 6

Meren starrte seinen Bruder an, während Ras Freunde an ihnen vorbeitaumelten, um sich den Gästen in der Halle anzuschließen. Die Frauen kehrten zu den Kissen und Sesseln zurück, die an der einen Seite des Zimmers für sie bereitstanden, während die Männer zur anderen Seite hinübergingen. Lange würde das nicht so bleiben. Je mehr Bier und Wein flossen, um so geselliger würden die Geschlechter auch untereinander werden. Idut rief nach den Akrobaten, und innerhalb weniger Minuten waren Meren und Ra allein in der Empfangshalle.

Meren winkte einem Diener, der die Scherben der Wasserkrüge forträumte und dann verschwand. Die Türsteher an der Vordertür taten es ihm gleich. Meren verschränkte die Arme über der Brust und wartete darauf, daß sein Bruder zu reden begann. Ra trank den Rest Wein aus seinem Kelch und ging zu einem Tisch hinüber, auf dem ein dickbauchiger irdener Weinkrug stand. Er füllte seinen Kelch erneut bis zum Rand und führte ihn zum Mund, wobei er Wein auf seine Brust und den Boden verschüttete.

Er schwankte ein paar Schritte vorwärts, nahm jedoch den Kelch nicht von den Lippen. Mit der freien Hand fuchtelte er wild durch die Luft, bis er an eine Säule stieß. Er hielt sich an ihr fest, dann versuchte er weiterzugehen, fiel jedoch wieder zurück. Stirnrunzelnd blickte er sie an, lehnte sich schließlich mit dem Rücken dagegen und sank zu Boden. Dabei trank er immer weiter. Als er saß, streckte er Meren den Kelch entgegen.

»Du schenkst mir doch sicher noch etwas ein, nicht wahr?«

Meren schritt zu seinem Bruder hinüber und blickte zu ihm hinab. »Ich dachte, du wolltest nicht kommen.«

»Das wollte ich auch nicht, aber dann habe ich gehört, daß meine Lieblingsverwandte hier sein würde.«

»Welche Lieblingsverwandte?«

»Anhai«, antwortete Ra und winkte mit dem Kelch. »Dieser liebreizende Skorpion namens Anhai. Armer Sennefer. Er hätte niemals eine Frau heiraten sollen, die schlauer ist als er. Und ganz bestimmt keine, die noch rücksichtsloser ist als ein Hethiter.«

Er deutete mit dem Kelch auf die Haupthalle. Durch die offenen Doppeltüren konnte man die Seite des Raumes sehen, auf der die Frauen saßen. Anhai befand sich mitten unter ihnen. Sie hatte auf einem Sessel aus geschnitztem Zedernholz mit Elfenbein-Intarsien Platz genommen. Aus den argwöhnischen Blicken, die die anderen Frauen ihr zuwarfen, schloß Meren, daß sie ihnen vorkam wie ein Habicht unter Tauben. Die Frauen taten ihm leid, denn Anhai hatte in der Tat etwas Beunruhigendes an sich.

Sie war kühl, humorvoll, schlagfertig und fesselte ihr Publikum mit ihren Geschichten und Scherzen. Doch hinter ihrem Humor lauerte eine Boshaftigkeit, die einen ohne Vorwarnung traf. Anhais Zunge war wie der Stachel eines Skorpions. Einmal war Meren Zeuge geworden, wie eine Prinzessin aufgrund einer ihrer unerwarteten und erstaunlich boshaften Bemerkungen in Tränen ausbrach.

Ihre außergewöhnliche Persönlichkeit wurde durch ihr gewöhnliches Äußeres nur noch unterstrichen. Ihr Haar war von unauffälliger brauner Farbe und keineswegs glänzend schwarz. Mit ihren Augen verhielt es sich ebenso. Ihre Nase war weder zu lang noch zu kurz, aber spitz wie der Schnabel eines Spatzen. Sie war mittelgroß und erregte somit weder durch besonders lange Beine noch durch eine zierliche Figur Aufmerksamkeit. Doch trotz ihres unscheinbaren Äußeren hatte Anhai offenbar Merens Bruder für sich eingenommen.

Eine Magd legte ihr gerade einen Salbkegel auf die glänzendschwarze Perücke, während Anhai an einer Lotusblüte roch. Sie blickte von den Blütenblättern auf und sah Ra direkt in die Augen, ohne auch nur im mindesten so zu tun, als sei dieser Blickwechsel Zufall. Ra schenkte ihr ein schlaffes Lächeln. Meren hatte genug gesehen. Er trat vor seinen Bruder hin und versperrte ihm so die Sicht.

»Du läßt dich mit einer verheirateten Frau ein, mit der Frau deines Vetters?«

Ra schaute ihn aufgebracht an. »Sie wenigstens versteht die Last, die auf meinen Schultern ruht. Sie weiß, daß mein Leben eine einzige Prüfung ist.«

»Was für eine Last?« Meren spürte, daß er zornig wurde. Ein einziger von Ras Ich-habe-in-meinem-Leben-ja-schon-so-viel-gelitten Blicken reichte aus: Am liebsten hätte er seinem Bruder einen kräftigen Tritt versetzt. »Was für eine Last, Ra? Die Last, drei Tavernen pro Nacht aufsuchen zu müssen? Die Prüfung, auf die Jagd gehen zu müssen, statt in der Regierung, der Armee oder der Priesterschaft dem Gemeinwohl zu dienen? Meinst du das mit Last?«

»Im Gegensatz zu dir...«

»Ich habe dir angeboten, dich in jeglichem Beruf zu unterstützen, den du ergreifen willst. Ich habe dich gefördert, aber als du bei den Wagenlenkern eingetreten bist, hast du dich einfach geweigert, an den Waffenübungen teilzunehmen. Doch ein Krieger ohne Ausbildung ist undenkbar! Ohne ein gewisses Maß an Übung riskiert er nicht nur sein eigenes Leben, sondern auch das der anderen Krieger. Du bist nicht dumm; du könntest alles erreichen, wenn du nur arbeiten würdest.«

»Warum sollte ich arbeiten? Du tust es doch schließlich auch nicht. Du mußtest nur eines: als erster zur Welt kommen.«

Meren ließ sich neben Ra nieder und näherte ihm das Gesicht. »Wie oft muß ich es dir noch sagen? Ich *habe* gearbeitet; ich arbeite immer noch. Die ganze Zeit über. Du erinnerst dich vielleicht nicht daran, weil du zu jung warst, aber ich habe mein ganzes Leben mit meiner Ausbildung und militärischen Übungen verbracht. Vater hat jeden einzelnen Fehler registriert, den ich gemacht habe. Während du mit deinen Freunden spieltest, hat er mich angeschrien und mir vorgehalten, daß ich nichts wert sei. Ich *habe* gearbeitet, Ra. Ich habe die Ausbildung zum Wagenlenker absolviert, ich wurde von großen Kriegern und Regierungsbeamten ausgebildet.« Meren riß Ra den Kelch aus der Hand, erhob sich und blickte wütend auf ihn herab. »Mein Erfolg ist nicht das Ergebnis irgendeines Zaubers, lieber Bruder, sondern nur das Resultat ganz gewöhnlicher, niemals endender, harter Arbeit.«

Ra erhob sich. Plötzlich schien er ganz nüchtern zu sein. »Und vielleicht auch das Ergebnis einer gewissen Vorliebe, die Nofretete und Königin Teje für dich hatten. Hast du mit ihnen geschlafen, um dein Ziel zu erreichen?«

Meren stürzte sich auf Ra und schlug ihn ins Gesicht. Ra taumelte rückwärts gegen die Säule und lachte. »Eines Tages wird deine scharfe Zunge dich noch umbringen«, sagte Meren. »Die Götter werden dich hören und deine Frechheiten bestrafen.«

Ra wischte sich das Blut aus den Mundwinkeln. »Für die Wahrheit werden sie mich wohl kaum bestrafen, und die Wahrheit ist, daß du deine Macht niemals mit mir teilen wirst, weil du befürchtest, daß ich dem Pharao besser dienen könnte als du. Genau wie ich des Vermächtnisses unseres Vaters würdiger gewesen wäre als du.«

»Wo wir schon mal dabei sind, uns ein paar Wahrheiten zu sagen«, erwiderte Meren, »solltest auch du dir etwas davon anhören. Vater und Mutter haben gut für dich gesorgt. Ich habe nur aus dem üblichen Grund so viel geerbt: Ich bin derjenige, der sich um das *Ka* unserer Eltern kümmert. Ich sorge dafür, daß ihre Grabtempel von Priestern gepflegt werden und daß sie regelmäßig Speisen und Getränke erhalten. Du siehst also, lieber Bruder, von uns dreien bin ich der einzige, dem sie diese Pflicht für die Ewigkeit anvertraut haben.«

Ras Lippen verzerrten sich höhnisch. »Und du bist ja so pflichtbewußt! Der vollkommene Sohn. Allerdings kein vollkommener Vater, was? Oder vollkommener Ehemann. Du hast es zugelassen, daß Sit-Hathor starb, nicht wahr? Und jetzt hast du zu viel Furcht vor dem Zorn ihres *Ka*, daß du es nicht wagst, noch einmal zu heiraten. Also hast du einen Bauern adoptiert.«

»Du weißt, daß Sit-Hathor bei der Geburt eines Kindes starb«, antwortete Meren nach längerem Schweigen. »Nimm ihren Namen noch einmal in den Mund, und ich werde dir die Tracht Prügel verabreichen, die du seit Jahren verdient hast.«

Ra stieß Meren den Finger in die Brust. »Du verbringst lieber jede Menge Zeit mit deinem niedrig geborenen Sohn, statt deinen Töchtern ein pflichtbewußter Vater zu sein. Und was ist mit deiner Pflicht gegenüber dem Rest der Familie? Du würdest es ja noch nicht einmal merken, wenn wir uns in unseren Gräbern einmauern ließen, so sehr liegen wir dir am Herzen! Bei den Göttern, Meren, ich könnte kotzen!«

Meren schlug Ras Hand beiseite. Plötzlich wurde ihm bewußt, daß er den Griff seines Dolches umklammerte, als ob er ihn ziehen wollte. Ohne jegliche Vorwarnung wechselte Ras Stimmung erneut, und er lächelte.

»Aber tröste dich Bruder. Du wirst mich sogar noch seltener sehen als sonst. Ich trage mich nämlich mit dem Gedanken, wieder zu heiraten.

»Du bist doch schon verheiratet.«

»Oh, ich werde mich meiner jetzigen Frau entledigen,

wenn ich eine neue nehme. Ich bin schließlich kein Narr, der versucht, zwei Frauen gleichzeitig glücklich zu machen.«

»Die Familie deiner Frau hat bei Hof viel Einfluß. Bring sie nicht gegen dich auf. Wen willst du überhaupt heiraten?«

Ra gab keine Antwort, sondern lachte Meren lediglich ins Gesicht. Dann kehrte er ihm den Rücken, schlenderte in die Haupthalle und blieb vor Anhai stehen, um ihr etwas zuzuflüstern. Anhai kicherte so laut, daß einige Köpfe sich in ihre Richtung wandten. Meren fluchte im stillen vor sich hin. Ra hatte es immer schon genossen, ihn zu reizen, aber die Augen seines Bruders sagten ihm, daß Anhai ihm tatsächlich gefiel. Vielleicht bewunderte er ja ihre Zunge, die noch grausamer war als die seine.

Meren riß seinen Blick von der Szene los. Er zwang sich zu einem Lächeln und betrat die Haupthalle. Sofort eilte Antefoker auf ihn zu. Meren verschwand hinter einer Gruppe von Männern, die den Akrobaten zusah. Anschließend tauchte er in einer anderen Gruppe unter, die sich um ein paar Jongleure geschart hatte. Von einem Diener nahm er einen Becher Wein entgegen, schlüpfte hinter eine Säule und trank einen großen Schluck. Als er den Becher wieder absetzte, war es zu spät, sich der klauenartigen Hand zu entziehen, die sich auf seinen Arm legte.

»Ah, mein lieber Gastgeber«, sagte Wah. »Was für ein herrliches Fest dies doch ist. Und was für ein großes Glück, mit Euch reden zu können. Mit Eurer Erlaubnis werde ich schon bald Iduts Gatte sein, und ich bin sicher, daß Ihr und ich uns auf einen passenden Vertrag werden einigen können.«

»Aber nicht heute abend«, sagte Meren.

»Natürlich nicht«, antwortete Wah. Er warf sich eine Dattel in den Mund und fuhr kauend fort: »Aber es gibt etwas anderes, worüber ich mit Euch reden möchte. Seit jener unglücklichen – äh – Ketzerei sind viele Jahre verstrichen. Sicher versteht Ihr, daß ich, ebenso wie Ihr selbst, in

Amarna nur auf Geheiß des Pharao gehandelt habe. Aber mittlerweile ist viel Zeit vergangen. Sehr viel Zeit.«

»Wah, Ihr habt doch damals persönlich den Meißel in die Hand genommen und den Namen des Amun im Großen Tempel entfernt.«

Wah blickte sich um und rückte dichter an Meren heran. Der Geruch seines Salbkegels drohte Meren fast zu ersticken, als Wah flüsterte: »Ihr wißt doch, daß ich mich nicht weigern konnte. Wer von uns würde es wagen, sich dem Wunsch eines Lebenden Gottes zu widersetzen? Anderen wurde schließlich ebenfalls vergeben, und ich besitze große Fähigkeiten.«

»Schweigt!« Merens Stimme war vor Zorn so laut, daß einige der Männer zu ihnen hinüberblickten. Er senkte die Stimme. »Ich kann nichts für Euch tun.«

»Doch, das könnt Ihr.«

Wah schwadronierte weiter, aber Meren war zu unglücklich über seinen Bruder, um ihm weiter zuzuhören. Er lächelte nur und nickte ab und an, während Wah fortfuhr, sich und seine Qualitäten anzupreisen. Über Wahs Schulter hinweg konnte Meren Anhai sehen, die sich mit ihrer Lotusblüte Luft zufächelte und Ra anzügliche Blicke zuwarf. Ganz in ihrer Nähe redete Bentanta eindringlich auf Sennefer ein, der mit der Hand den frischen Salbkegel berührte, der auf seinem Kopf zu schmelzen begonnen hatte.

Da wirbelte Sennefer plötzlich herum und eilte zu seiner Gattin hinüber. Anhai ignorierte ihn und stand auf, um zu Bentanta hinüberzugehen, die auf einer Bank saß. Die beiden Frauen begannen sich zu unterhalten. Plötzlich warf Bentanta die Hände in die Höhe. Meren konnte ihre Worte nicht verstehen, aber das Gespräch wurde immer erregter. Anhai beugte sich zu Bentanta vor und sagte ihr etwas ins Ohr. Da stieß Bentanta einen Schrei aus, sprang auf und wollte davonlaufen. Anhai packte ihr Gewand und versuchte, sie zurückzuhalten.

Bentantas Stimme klang laut und deutlich über die Musik und das Stimmengewirr im Raum hinweg zu ihm hinüber. »Laß los, du Schlange!« Sie streckte die Hand aus und schlug Anhai auf den Arm, um das Gewand aus ihrem Griff zu befreien. Viele Augen blickten ihr nach, als sie sich den Weg durch die Halle bahnte, um gleich darauf in der Empfangshalle zu verschwinden.

»Ihr werdet mir also behilflich sein?« sagte Wah gerade.

»Was? Oh, ich denke darüber nach.«

»Immerhin bin ich bald Euer Bruder.«

»Ich sagte, ich denke darüber nach, Wah. Das ist mein letztes Wort.«

Er entließ ihn mit einer Handbewegung und drängte sich durch die Menge in die Empfangshalle. Anhai war vor ihm dort angelangt. Sie stand dicht bei Bentanta. Beide Frauen atmeten schwer. Er hörte Bentantas Stimme. Sie klang angespannt, leise, drohend.

»Ich wünschte, ich hätte den Mut, dich umzubringen.«

Anhais unbeschwertes Gelächter erfüllte den Raum. »Wenn mein Mann und seine Eltern das schon nicht fertigbringen, warum dann ausgerechnet du? Aber fasse Mut, Bentanta, vielleicht nimmt Antefoker dir die Arbeit ja ab.«

»Laß mich in Frieden«, rief Bentanta. »Sonst wirst du es bereuen.«

Bentanta trat aus dem Schatten, sah Meren und blieb einen Augenblick lang stehen, die Augen geweitet vor Schreck. Meren ging auf sie zu, aber sie schlug einen Haken und floh. Er holte sie just in dem Augenblick ein, als Ra an ihnen vorbeikam, der offenbar zu Anhai wollte. Meren überholte Bentanta und versperrte ihr den Weg.

»Was ist passiert?« fragte er. »Ich dachte immer, du und Anhai wäret Freundinnen.«

»Anhai hat keine richtigen Freundinnen«, sagte Bentanta. »Sie hat Gefolgsleute, Bewunderer, Menschen, die in ihren Charme verliebt sind und nicht Verstand genug haben, um sie zu durchschauen und ihre skorpionartige Seele zu erkennen.«

»Aber was hat sie dir angetan?«

»Hörst du deiner Familie eigentlich nie zu, Meren? Sie will Sennefer verlassen und seinen wertvollsten Besitz mit sich nehmen.«

»Ich weiß, aber was hat das mit dir zu tun?«

»Sie will, daß ich ihr helfe, Sennefer zum Nachgeben zu bringen. Sennefer mag mich und vertraut meinem Urteil, möglicherweise, weil ich zu den wenigen Menschen gehöre, die wissen, wie Anhai wirklich ist.«

»Aber dennoch: Sich in solch eine Angelegenheit einzumischen – warum sollte sie das ausgerechnet von dir verlangen?«

»Ich weiß es nicht«, rief Bentanta. Da mußt du Anhai schon selbst fragen.«

»Du verschweigst mir etwas, irgend etwas bereitet dir Sorgen. Das lese ich in deinen Augen. Wenn ich dich nicht besser kennen würde, würde ich sogar annehmen, daß du Angst hast. Wovor?«

Bentanta warf ihm einen ungläubigen Blick zu und lachte. »Ich wußte ja gar nicht, daß du die Phantasie eines Geschichtenerzählers besitzt, Meren.«

Meren erwiderte ihr Lächeln nicht.

»Du schätzt Anhai vollkommen richtig ein. Hinter ihrem Humor und ihrem Charme verbirgt sich das *Ka* eines Dämonen der Unterwelt. Du solltest sie nicht verärgern.«

»Ach, sei ruhig Meren. Mach keine Staatsaffäre aus einem einfachen Streit.«

»Dann hast du sicher nichts dagegen, wenn ich mich mit Anhai und Sennefer unterhalte.«

»Es ist mir egal, Meren. Nur, laß mich jetzt endlich in Ruhe.«

Sie rauschte an ihm vorbei, doch er hielt sie am Arm fest. Mit dunklen, erschrockenen Augen blickte sie zu ihm auf, als er ihr zuflüsterte: »Was hat dich so erschreckt, Bentanta?«

Sie wandte den Blick ab und schüttelte den Kopf. Meren ließ sie los, und sie ging davon. Nicht schnell, sondern ruhig, gemessenen Schrittes, der die Furcht Lügen strafte, die er in ihren Augen gesehen hatte. Stirnrunzelnd blickte Meren ihr nach. Bentanta war eine wunderbare Frau, eine, bei der er sich fühlte wie ein frisch beschnittener Jüngling. Aber heute abend hatte sie die Fassung verloren, wie er es noch nie bei ihr erlebt hatte. Und sie hatte gedroht, Anhai zu töten. Sicher, Anhai war boshaft, aber sie war wohl kaum einen Mord wert.

Was hatte Anhai getan, um Bentanta dermaßen aufzubringen? Meren trommelte mit den Fingern gegen seinen Weinbecher. Er machte sich Sorgen, und es überraschte ihn ziemlich, daß diese Sorgen Bentanta galten. Deren geheimnisvolle Probleme hatten seinen Streit mit Ra aus seinen Gedanken verbannt. Erstaunlich.

Er hörte, wie Antefoker seinen Namen rief. Schon hatte er sich vor ihm aufgebaut und fuchtelte mit einem Bratenstück vor seiner Nase herum, während er seine Litanei über Anhais Habgier und ihr betrügerisches Wesen herunterbetete.

»O Antefoker, nicht jetzt«, sagte Meren.

»Könnt Ihr nicht dafür sorgen, daß sie ihre Schulden bei mir begleicht?« fragte Antefoker.

Kysen kam zu ihnen hinüber und hob grüßend den Weinbecher. »Da seid Ihr ja, Antefoker. Sennefer sucht Euch. Ich glaube, er steht gerade da hinten, bei den Musikanten. Er will mit Euch über irgendeine Vertragsangelegenheit oder so etwas reden.«

Antefoker eilte davon, und Meren warf seinem Sohn einen dankbaren Blick zu.

»Ich stehe in deiner Schuld, Kysen. Sucht Sennefer wirklich nach ihm?«

»Nein. Laß uns miteinander reden, bevor wieder irgend jemand auftaucht. Nento ist fort, er klagte über Fieber und Schüttelfrost. Mittlerweile dürfte er wieder auf unserem Boot sein. Dieses unerwartete Fest hat dem Armen ungeheure Angst eingejagt. Er hat durchaus einigen Mut bewiesen, bis er all die Gäste sah. Dann ging ihm auf, welche Risiken damit verbunden sind. Ich mußte ihm einen Hocker bringen und ihm zwei Becher Wein einflößen.«

»Dann können wir nur froh sein, daß er wieder fort ist. Wir treffen uns mit ihm, sobald es im Haus still wird. Bei allen Göttern, ich könnte Idut erwürgen, weil sie mir nicht gehorcht hat.«

»Sie denkt nicht an dich oder an sonst irgendwen. Sie denkt nur an sich. Sieh sie dir doch an. Wie verliebt sie in Wah ist.«

Meren warf seiner Schwester und ihrem zukünftigen Ehemann einen Blick zu und schüttelte den Kopf. »Warum sie diese Schlange nur heiraten will?«

»Ich habe gehört, wie er ihr schmeichelt«, sagte Kysen, und beide starrten das Paar mit einer Mischung aus Unglauben und Neugier an. »Er verhält sich ihr gegenüber ebenso unterwürfig wie zu dir, doch garniert er das Ganze mit erheblich mehr Schmeicheleien. Mach dir wegen Idut keine Gedanken, Vater.«

»Weißt du eigentlich, wie viele Dinge es gibt, über die ich mir eigentlich Sorgen machen müßte? Zunächst einmal haben wir da unseren geheimen Gast – schon allein deshalb könnte ich graue Haare kriegen. Dann sind da Bener und ihr Schreiber. Nicht zu vergessen der Krieg zwischen Sennefer und seiner Frau. Bentanta hat ebenfalls Streit mit Anhai, und zu guter Letzt werde ich noch von Nebetta und Hepu verfolgt. Wußtest du, daß sie mich verantwortlich machen für – was auch immer. Oh, und Ra hätte ich ja fast vergessen. Ihn bringt früher oder später bestimmt noch jemand um, wenn er die Finger nicht von Anhai läßt. Und all das muß ausgerechnet an dem einen Abend geschehen, an dem ich es mir am wenigsten leisten kann.«

»Die Familie wird sich immer streiten, ob du nun dabei bist oder nicht.« Kysen reichte Meren seinen Weinbecher. »Hier, probier mal. Gewürzter Granatapfelwein. Fürstin Bentanta hat ihn mitgebracht. Er stammt von ihren eigenen Weinbergen.«

Meren nahm einen Schluck. Wunderbar! Noch nie hatte er etwas getrunken, das dermaßen an die Geschichten erinnerte, die man sich über den Wein in den schönen Gefilden der Unterwelt erzählte. Fruchtig, leicht, aber nicht zu süß schmeckte er. Er hatte das Gefühl, nachts im kühlen Wasser eines Sees zu baden, über den ein leichter Nordwind hinwegstrich.

»Meine Güte, Ky, das ist ja wie die Musik Hathors.«

»Habe ich dir ja gesagt.«

»Davon muß ich mehr haben. Aber nicht heute abend. Und du solltest auch nicht allzu viel davon trinken.«

»Da bist du ja!«

Meren fuhr zusammen, als seine Schwester ihn am Arm packte und ihn zu dem Podest hinüberzuzerren begann, das an einer Wand der Halle stand.

»Du solltest auf dem Sessel des Gastgebers sitzen und dich nicht inmitten bedeutungsloser Gäste herumtreiben. Großtante Cherit hat bereits nach dir gefragt.«

Idut bugsierte Meren und Kysen auf das Podest, wo sie zu beiden Seiten der betagten Fürstin Platz nahmen. Solchermaßen angemessen plaziert, beobachteten sie die Frauen, die zu den Klängen von Harfe, Doppelklarinetten, Flöten und Trommeln einen Tanz aufführten. Bener und Isis überredeten eine der Musikantinnen, ihnen beizubringen, wie man mit dem Sistrum umging. Dieses Instrument bestand aus einer Metallschlinge an einem Griff, über die dünne Drähte gespannt waren. An diesen Drähten hingen kleine Metallplättchen, die leise klingelten, wenn man das Instrument schüttelte. Meren bewunderte die Geschicklichkeit, mit der seine Töchter das Sistrum handhabten. Cherit stieß ihn mit dem Ellbogen in die Seite.

»Hör zu, Junge!«

Ungläubig betrachtete er Hepu, der mit einer Papyrusrolle in der Hand vor ihn hingetreten war. Dieser warf Meren einen strengen Blick zu, räusperte sich und begann zu lesen.

»Verhaltensmaßregeln des Fürsten Hepu für seinen Neffen, beinhaltend: Lehren für das Leben, Instruktionen zum Wohlbefinden und Anweisungen für das Verhalten *Älteren* gegenüber ...« Hier machte Hepu eine Pause und warf Meren einen bedeutungsvollen Blick zu. »Ferner Maßregeln zum Verhalten königlichen Beamten gegenüber; außerdem Regeln, wie man jemandem antworten sollte, der eine Bitte vorträgt oder eine Nachricht überbringt ...«

Meren wünschte sich, er hätte schon mindestens vier oder fünf Gläser von Bentantas Wein getrunken. Er setzte ein freundliches Lächeln auf, gab vor, Hepu zuzuhören und beobachtete statt dessen Isis. Seine Gedanken wanderten zu der Aufgabe, die er zu erfüllen hatte, bis er plötzlich bemerkte, daß seine Tochter nicht mehr bei den Musikanten stand. Er erspähte sie inmitten einer Gruppe junger Männer, von denen einige zu Ras Freunden gehörten. Mit einem Schlag war er hellwach und äußerst beunruhigt. Er setzte sich gerade hin und warf Kysen einen durchdringenden Blick zu.

Kysen erhob sich, verließ das Podest und schlenderte zu der Gruppe hinüber, die sich um Isis versammelt hatte. Die jungen Männer hießen ihn scherzend und lächelnd willkommen. Kysen lächelte ebenfalls, während er leise auf sie einsprach. Die jungen Männer schauten verstehend zu Meren, und Kysen führte Isis galant von ihnen fort und ließ sie auf einem Kissen zu Merens Füßen Platz nehmen. Isis war gar nicht bewußt, daß sie die Männer soeben in Todesgefahr gebracht hatte. Ergeben lauschte sie nun Hepus endloser Litanei.

Kysen legte den Arm auf Merens Stuhllehne. »Harmlos.«

»Ras Freunde sind niemals harmlos. Sie sind ein schlechter Umgang, faule Halunken, die mal kräftig ausgepeitscht werden müßten. Wo ist Ra überhaupt? Er sollte diesen Haufen betrunkener Grünschnäbel zumindest im Auge behalten.

»Die Antwort wird dir nicht gefallen.«

»Gib sie mir trotzdem.«

»Er ist zur Oase der Grünen Palme geritten und hat zu unserem Glück Antefoker mitgenommen.« Das Dorf lag zwischen Baht und dem Geistertempel.

»Oase der Grünen Palme. Unterwelt und Verdammnis!«

»Ein paar seiner Freunde begleiten ihn ebenfalls. Sie wollten eine Biertaverne aufsuchen und sich mit den Frauen dort einen schönen Abend machen. Ach Vater! Ich weiß, welchen Verdacht du jetzt hegst, aber es ist höchst unwahrscheinlich, daß Ra unser Vorhaben kennt. Und selbst wenn er davon wüßte, er würde es nicht wagen, sich einzumischen.«

»Da wäre ich mir nicht so sicher«, erwiderte Meren. Er umklammerte die Armlehnen seines Sessels und gab weiterhin vor, Hepus Worten zu lauschen. »Er ist schlimmer denn je, Ky. Und das bißchen gesunder Menschenverstand, das er früher besaß, scheint sich so langsam in Luft aufzulösen. Wenn er etwas gehört hat oder einen Verdacht hegt, was wir vorhaben, könnte er versuchen, unseren Plan zu durchkreuzen, nur um uns zu schaden.

»Ich glaube nicht, daß er etwas weiß.«

»Ich bete zu den Göttern, daß du recht hast.«

Wieder schienen sie gebannt Hepus Rede zu lauschen. Meren bemerkte, daß Sennefer gähnend an einer Säule lehnte. Er selbst hatte ebenfalls einige Mühe, ein Gähnen zu unterdrücken, und fast hätte er erfreut gelächelt, als Hepu das Papyrus zusammenrollte. Da reichte ihm ein Diener eine weitere Rolle. Mit starrem Blick lehnte Meren sich wieder zurück.

»Abschnitt einundzwanzig«, verkündete Hepu.

»Onkel, wie viele von diesen außerordentlichen Abschnitten gibt es?«

Hepu blähte den Brustkorb auf und strahlte Meren an. »Du kannst dich überaus glücklich schätzen, Neffe. Es gibt siebenundfünfzig.«

»Siebenundfünfzig!« stieß Isis hervor.

Meren versetzte ihr heimlich einen Tritt. Dann machte er es sich im Sessel bequem und flüsterte seinem Sohn zu: »Ky, hol mir einen Becher von diesem Granatapfelwein, und zwar einen großen – den größten, den du finden kannst.«

Kapitel 7

Meren schritt am Ufer des Nils entlang, sorgsam darauf bedacht, dem Wasser nicht zu nahe zu kommen, denn wahrscheinlich lagen überall Krokodile auf der Lauer und warteten auf Beute. Kysen war mit dem Großteil der Krieger vorausgefahren, um Nento beizustehen. Meren folgte dem riesigen Nubier, dessen Schatten im silbernen Mondlicht noch schwärzer erschien. Soweit er flußauf- und flußabwärts sehen konnte, lagen die Felder verlassen da. Hier am Rande der Wüste konnte man noch nicht einmal mehr Baht sehen. Ein paar Boote lagen am Ufer. Ihre Besitzer waren über Nacht nach Hause gegangen, in die wenigen, bescheidenen Hütten aus Lehmziegeln, von denen aus man Aussicht auf die Felder hatte.

Der Nubier blieb abrupt stehen und deutete nach vorn. Vor ihnen, parallel zum Ufer, lag ein bescheidenes Schiff. Während sie sich ihm näherten, erhoben sich aus dem Schilf am Ufer ein paar Männer. Sie musterten Meren aufmerksam, dann kehrten sie in ihr Versteck zurück. Bevor er über die Planke schritt, die das Ufer mit dem Schiff verband, entdeckte Meren etwa ein halbes Dutzend Späher, die sich hinter Palmen, in kleinen Senken oder an schlecht einsehbaren Abschnitten des Ufers verborgen hielten.

Meren betrat die Jacht und eilte ins Deckhaus. Der Nubier verschwand darin, dann kam er wieder heraus und schob den Vorhang beiseite, der vor dem Eingang hing. Wortlos nickte er Meren zu. Das war die Erlaubnis, einzutreten. Meren schlüpfte ins Deckhaus und schaute sich darin um. Es war mit Leopardenfellen geschmückt und mit vergoldeten Möbeln ausgestattet. Dann richtete sich sein Blick auf den einzigen Bewohner des Raumes, der auf einem Fell saß und die Klinge eines Kurzschwertes wetzte. Meren machte einen Schritt auf ihn zu, sank auf die Knie und berührte den Boden mit der Stirn.

Der Junge hob die Augen von der Klinge auf und sagte: »Ihr seid zornig.«

»Ja, göttliche Majestät.« Meren setzte sich auf. »Ich bin zornig.«

»Wie Ihr wißt, bin ich der Pharao. Mein Wille gilt ebensoviel wie der meines Vaters, welcher König der Götter ist.«

Sofort berührte Meren den Boden nochmals mit der Stirn. »Euer Wille geschehe in allen Dingen, Goldener. Möge Euch auf ewig ein langes Leben, Gesundheit und Stärke beschieden sein. Wie lautet Euer Wille?«

»Wenn Ihr Euch noch eine Minute länger hinter dem Zeremoniell verschanzt, verliere ich die Geduld.«

Meren setzte sich wieder auf. »Dann darf ich also als Freund zu dem Göttlichen sprechen?«

»Ja, ja. Ihr habt gewonnen.« Tutenchamun warf das Schwert beiseite und sprang auf die Füße.

Meren erhob sich ebenfalls. »Bei allen Feinden Ägyptens, würdet Ihr mir bitte erklären, wie und warum Ihr auf die Idee verfallen seid, ausgerechnet jetzt hierherzukommen, o Göttlicher?«

Der Pharao lachte. Er hob das Schwert auf und legte es in eine längliche Kiste.

»Ich habe Ay vor die Wahl gestellt. Entweder mußte er mir erlauben, mich wegzuschleichen, um mich mit Euch zu treffen, oder er mußte zulassen, daß ich eine Horde lybischer Nomaden mit verfolge, die die Dörfer südlich von Memphis unsicher macht. Zu Hause haben wir das Gerücht verbreitet, ich sei krank und müsse mich in meinen Gemächern aufhalten.«

»Wißt Ihr, daß ich fast vom Dach meines Hauses gefallen wäre, als ich Karoya vor meinem Tor erspähte?«

Tutenchamun warf ihm einen schnellen Blick zu, und in seinen Augen entdeckte Meren die alten Wunden, jene altbekannte, dunkle Sorge und Furcht. Er hätte es wissen müssen, daß nur ein sehr ernster Grund dafür verantwortlich sein konnte, daß der Pharao seine erste Gelegenheit, an einer richtigen Schlacht teilzunehmen, nicht wahrgenommen hatte. Dies war nicht der rechte Zeitpunkt, den strengen Ratgeber zu spielen. Der Pharao hatte einen Großteil seines Lebens damit verbracht, seine Pflicht zu erfüllen, einen fernen Gott zu repräsentieren und die Kunst der Diplomatie zu erlernen: wie man sich mächtige Prinzen und Könige zu willen machte, wie man verfeindete Splittergruppen im Reich miteinander versöhnte. Aber selbst ein göttlicher Pharao besaß nur ein begrenztes Maß an Reife, insbesondere, wenn er erst vierzehn Jahre alt war.

Meren rückte näher an den Jungen heran und sagte versöhnlich: »Was hat Euer Majestät in geheimer Mission zu meinem Haus geführt?«

Tutenchamun senkte den Blick und zögerte. Sein Gesicht hatte noch die sanften Rundungen der Jugend, doch seine Augen ließen ihn dreimal so alt erscheinen wie er war. Er flüsterte: »Ich muß ihn sehen.«

»Majestät?«

»Meinen Bruder. Ihr habt mir gesagt, daß Verbrecher seinen Körper – seinen Körper entweiht hätten. Ich weiß, daß die Priester ihn wiederhergestellt haben, aber dennoch, dennoch habe ich ihn im Stich gelassen, Meren. Ich hätte sein Ewiges Haus bewachen lassen sollen und für die Erhaltung seines Körpers Sorge tragen müssen, damit seinem *Ka* ewiges Leben beschieden sei. Doch ich habe versagt. Ich muß mit eigenen Augen sehen, daß sein Körper wieder heil ist. Ich muß ihn sehen und ihn um Vergebung bitten.«

»Majestät, Euer göttlicher Bruder ist bei ...«

Meren hielt inne, denn er war sich nicht sicher, wo Echnaton jetzt tatsächlich war. Echnaton hatte versucht, Ägypten von den alten Göttern zu reinigen, die die Welt geschaffen und von Anbeginn der Zeit über das Land geherrscht hatten. Er hatte versucht, an ihrer Stelle Aton, den Gott der Sonnenscheibe an die Macht zu bringen. Hatte Aton seinen Schüler in eine wie auch immer geartete Sonnenscheiben-Unterwelt mitgenommen? Oder hatten die alten Götter den Ketzerkönig bestraft und ihn der Fresserin Ammit zum Fraß vorgeworfen, als er sich dem Totengericht stellte?

»Euer Göttlicher Bruder ist ... bei Aton, und er ist jetzt selbst ein Gott. Er weiß, wer die wahren Verbrecher sind.«

Der König drehte sich abrupt zu Meren um und platzte heraus: »Aber versteht Ihr denn nicht? Wenn ich stärker gewesen wäre oder wenn ich die Priester des Amun vertrieben hätte, hätte Tanefer es niemals gewagt, ein solch verbrecherisches Komplott zu schmieden.«

»Das Böse findet immer schwache Herzen, in die es sich einnisten kann, Majestät. Selbst Ihr könnt das nicht verhindern.«

Statt einer Antwort warf der Pharao ihm einen gequälten Blick zu.

»Nun gut«, sagte Meren. »Euer Wille geschehe, Göttlicher. Ihr und Karoya und fünf königliche Leibwächter werdet mich begleiten.«

»Ihr versteht also meine Beweggründe.«

»Ja, Majestät. Aber werdet Ihr im Morgengrauen nach Memphis zurückkehren?«

»Ich nehme an, es wäre nicht klug, in Euer Haus zu kommen?«

Meren schüttelte den Kopf. »Nicht, wenn Euer Majestät das Geheimnis bewahren will, das uns hergeführt hat.«

»Dann werde ich wieder abreisen.«

»Euer Majestät ist weise.«

»Weise, ha! Was für eine Weisheit liegt darin, das zu tun, wozu Ihr mich sowieso bringen würdet?«

»Ich würde den Göttlichen niemals zu irgend etwas zwingen.«

»Wenn das stimmt, bin ich ein Pavian im Feigenbaum. Erspart Euch eine Antwort, Meren. Auch Pharaonen sollte etwas Humor gestattet sein. Ich werde ihn brauchen, solange die Aufgabe, die in dieser Nacht vor uns liegt, nicht erledigt ist.«

Nach wenig mehr als einer Stunde befand sich Meren auf jener Reise, der er schon seit Wochen entgegenblickte. Er hatte erwartet, sie ohne Begleitung zu unternehmen und nicht von lästigen Verwandten oder der Anwesenheit eines lebenden Gottes gestört zu werden.

Das Schiff des Pharao hatte im Schutz der Dunkelheit am Westufer angelegt. Meren, der Pharao und die Eskorte überquerten die Felder in aller Stille, zu Fuß. Von dort aus machten sie sich auf den Weg in die Wüste. Er führte sie an den Totentempeln von Merens Familie und den bescheidenen Gräbern der ortsansässigen Dorfbewohner vorbei. Die Wüste erstreckte sich stetig bergauf, bis hin zu den Sandsteinklippen, die wie eine riesige Mauer am Horizont wirkten. Sie erklommen einen Gebirgskamm und wanderten dann hinunter in ein kleines Tal, das einst ein Nebenfluß ausgehöhlt hatte. Dort angekommen, konnte Meren bereits die Mauern des alten Tempels erkennen, der hier schon seit unzähligen Jahrhunderten stand, weit entfernt vom Nil, nur umgeben von kahlen Felsen und Staub. Rauhe Westwinde hatten sein Fundament in den Sand eingegraben, und Sand war in sein Inneres geweht. Die Zeit hatte seine Mauern verwittern und verfallen lassen.

Trotzdem stand er immer noch, vielleicht, weil seine unbekannten Erbauer für die Ziegel Ton statt Lehm verwendet hatten. Immer noch konnte man seine Fassade erkennen – eine Fülle von Bogen und Nischen, ähnlich den alten Palästen, die Meren in Babylon gesehen hatte. Und wie in Babylon, so wirkte der Tempel auch hier seltsam, fremd und geheimnisvoll. Der Wind beförderte die Überreste primitiv bemalter Tongefäße an die Oberfläche, auf denen stocksteif wirkende Gestalten in geschwungenen Booten umherfuhren oder miteinander kämpften. Der Tempel war wohl vor jener Zeit erbaut worden, in der die Alten begonnen hatten, die Taten des ersten Pharao festzuhalten. Er stammte aus einer dunklen Zeit, über die nur wenig bekannt war.

Man konnte sich sogar fragen, ob es sich überhaupt um einen Tempel handelte. Die Dorfbewohner behaupteten, daß dies einer der Ruhesitze des Osiris war: Nachdem sein Bruder Seth ihn getötet hatte, hatte sich der Gott in die Unterwelt zurückgezogen, um dort weiter zu herrschen. Doch Seth schickte die Geister der Toten zum Wohnsitz seines alten Rivalen. Selbst Merens Verwalter Kasa behauptete, nachts von ferne häßliche Ungeheuer hier gesehen zu haben.

Kaum waren sie unten im Tal angelangt, als der Wind auffrischte. Er peitschte den Sand auf und schleuderte ihn ihnen ins Gesicht. Meren blieb stehen, um sich ein Tuch vor Mund und Nase zu binden Und dann verstummten sie alle, denn der Wind trug ihnen ein seltsames Geräusch zu. Es klang wie der ferne, hohle Ruf von Trompeten, mit dem die Armeen der Geister ihre Ankunft ankündigen. Und hinter den Trompetenklängen hörte man ein hohes, dünnes, furchterregendes Wimmern. Einige der Leibwächter rückten dichter an den Pharao heran, blickten angespannt in die Runde, den Speer in der Hand. Karoya postierte sich im Rücken des Pharao. Tutenchamun warf Meren einen ängstlichen, fragenden Blick zu.

Meren lächelte ihm zu. »Ich war als Kind und junger Mann viele Male hier, Majestät. Niemals habe ich einen Dämonen oder ein Ungeheuer der Unterwelt entdeckt.«

»Niemals?«

»Niemals, aber die Dorfbewohner fürchten sich vor diesem Ort. Sie behaupten, daß diejenigen, die in den Geistertempel eindringen, entweder den Verstand verlieren oder nie mehr zurückkehren. Das ist letztendlich der Grund, warum ich mich für diesen Ort entschieden habe.«

»Oh«, sagte der König schwach. »Ja. Wie klug!«

»Majestät, meine Vettern und ich haben sogar schon einmal eine Nacht in diesem Tempel verbracht. Es war eine Art Mutprobe, zu der Djet uns herausgefordert hatte. Wir stießen die ganze Zeit auf keinen einzigen Dämonen.«

»Natürlich. Ihr wißt doch, daß ich keine Angst habe.«

»Natürlich.«

Meren ging voraus und näherte sich dem einzigen Eingang des Tempels, einem Loch in der Mauer, das früher einmal eine Tür gewesen sein mußte. Ein paar Männer, die hinter den Hügeln Wache gehalten hatten, entboten ihm ihren Gruß.

»Reia, ist alles in Ordnung?«

»Ja, Herr, wir – *Pharao!*«

Die Gestalten kamen aus ihren diversen Verstecken hervor und ließen sich zu Boden fallen.

»Erhebt Euch, Reia«, sagte Tutenchamun. »Und gebt den Männern Anweisung, sich ruhig zu verhalten. Wir gehen hinein.«

Meren folgte dem Pharao, der nun durch das Loch stieg. Vor ihnen lag ein riesiger, leerer Raum, der nur von einer einzigen Öllampe erhellt wurde, welche der wartende Kysen in den Händen hielt. Neben ihm stand Nento. Sobald sie den Pharao sahen, fielen die Männer zu Boden. Als Kysen die Öllampe auf die Erde setzte, tanzten Schatten an den Wänden.

Der Pharao nickte Meren zu, der den Wagenlenkern die Erlaubnis erteilte, sich zurückzuziehen. Kysen und Nento erhoben sich, hielten den Blick jedoch weiterhin gesenkt.

Ein Großteil des Tempelinnenraumes wurde von ein paar länglichen Kisten eingenommen.

»Seine Majestät wünscht, sich von den Ergebnissen der Restaurierung selbst zu überzeugen.«

Nento eilte geschäftig zu Meren und dem Pharao und verbeugte sich. Sein geöltes Haar war mit einer Staubschicht bedeckt. »Euer bescheidener Diener grüßt den Fürsten Meren. Ich bin Nentowaref, Schreiber der Königlichen Schatzkammer, Hüter des Siegels, Hüter der Vorratskammern des Tempels Amenophis III. Die Priesterschaft hat keine Mühen gescheut, o Göttlicher, aber...«

»Wir wissen, wer Ihr seid, Nento«, unterbrach ihn Meren. »Dies ist jetzt nicht der richtige Zeitpunkt für ein solches Zeremoniell. Je stiller wir uns verhalten, desto besser wird es uns gelingen, unser Geheimnis zu wahren. Bitte zeigt dem Goldenen, was er sehen möchte.«

Nento schloß den Mund und nickte. Mit vielen Verbeugungen bewegte er sich rückwärts zu einem mit Segeltuch abgedeckten Hügel, der sich in der Mitte des Raumes befand. Kysen leuchtete ihnen mit der Öllampe. Nento zog das Segeltuch beiseite, ebenso wie das Leichentuch aus feinstem Leinen, das darunter lag.

Der ganze Raum schien plötzlich in Licht getaucht zu sein, als der Schein der Öllampe sich in dem goldenen Sargdeckel widerspiegelte. Meren hörte, wie der Pharao tief Luft holte. Nento begann mit leiser, zitternder Stimme Beschwörungen aus dem »Totenbuch« zu singen.

Ebenso wie der darin befindliche Körper war der Sarg gereinigt und restauriert worden, und Meren dankte den Göttern, daß er befohlen hatte, einen Hauptteil der Arbeit zu erledigen, bevor alles von Amarna hierher überführt wurde. Der alte, erstarrte Balsam, die zerrissenen Leichentücher und die verwelkten Blumenranken waren entfernt worden. Doch immer noch bot der Sarg einen seltsamen Anblick.

Echnaton hatte sich bei dem Entwurf bewußt nicht an die traditionelle Form gehalten, die sich an der Gestalt des Gottes Osiris orientierte. Statt dessen hatte er sein eigenes Abbild als Vorlage genommen. Er lag da, die Arme über der eingefallenen Brust gekreuzt, in den Händen die Szepter des Oberen und Unteren Ägypten. Seine Gestalt hatte niemals den klassischen Prinzipien der traditionellen Kunst entsprochen. Er hatte betont breite Hüften, dicke Oberschenkel und spindeldürre Beine. Statt von den schützenden Flügeln der Göttinnen des Oberen und Unteren Ägypten eingehüllt zu werden, hatte der Ketzer die symbolischen Strahlen Atons um sich geschlungen. Die Strahlen endeten in stilisierten Händen, die das Anch hielten, das Symbol für den Atem des Lebens.

»Ich will ihn sehen, Meren.«

Man rief ein paar Helfer herbei, damit der Sarg geöffnet werden konnte. Die goldenen Nägel wurden herausgezogen, doch auch danach mußten neun Männer mit anfassen, um den Deckel anzuheben. Anschließend entließ Meren die Krieger, und er und der Pharao traten neben den königlichen Bruder Echnaton. Dessen Körper war mit einem weiteren Leichentuch bedeckt, das so durchsichtig war, daß die Goldmaske auf seinem Gesicht deutlich zu sehen war. Ganz seiner eigenen Lehre folgend, hatte er befohlen, die Maske in einem Stil zu fertigen, der die Magerkeit seines Gesichts noch mehr betonte, ebenso wie die fleischigen Lippen und die schmalen, schräg stehenden Augen.

»Seht her, Euer Majestät. Die Einbalsamierer haben ihn vollständig wiederhergestellt.«

Meren bat die Götter für diese Lüge um Vergebung. Die Goldreifen, die den Körper umgaben, waren Kopien, denn die Originale waren von den Grabschändern gestohlen worden. Auch die meisten der schützenden Amulette auf der Außenseite waren neu. Die Goldschicht auf den Händen verbarg die Leinenbandagen, mit denen man die Gliedmaßen wieder in die richtige Form gepreßt hatte. Um in den Besitz der schweren, goldenen Armspangen und Ringe zu gelangen, die sie schmückten, hatten die Diebe dem Leichnam die Arme abgerissen.

Der König stieß einen tiefen Seufzer aus. »Ja, sie haben ihn vollständig wiederhergestellt. Ich fürchtete schon, es seien nur noch ein paar Fetzen von ihm übriggeblieben.«

»Nein, Majestät. Wir haben die Greueltat entdeckt, bevor die Verbrecher ihr böses Werk vollenden konnten.« Wieder eine Lüge, aber wenn sie den Pharao von der Last der Schuld befreite, dann diente sie einem guten Zweck.

»Und Nofretete?«

»Wenn Euer Majestät befehlen, werden wir auch ihren Sarg öffnen, aber ihr wurde keinerlei Schaden zugefügt. Ich nehme an, daß die Grabschänder nicht genug Zeit dazu hatten.«

Tutenchamun starrte auf die Maske Echnatons mit den schweren Lidern und den tiefliegenden Augen. »Ich war so jung, als er starb, und ich hatte fast schon vergessen, wie er aussah.« Er senkte die Stimme. »Wißt Ihr, wie oft ich mir schon gewünscht habe, daß er und Smenchkare nicht gestorben wären? Die Priester des Amun und des Osiris behaupten, die Götter hätten ihn mit der Seuche heimgesucht, weil er versucht hat, sie zu vernichten. Vielleicht haben sie recht. Und ich wünschte, sie hätten Nofretete verschont.«

»Sie mußte nicht lange leiden, Majestät.«

»Sie wollten mich nicht in ihre Nähe lassen, wißt Ihr. So kann ich mir bis heute ihre letzten Stunden nur ausmalen. Erzählt mir, was wirklich geschehen ist, Meren.«

Tutenchamuns Mutter war Teje gewesen, die Große Königliche Frau von Amenophis dem Großen. Teje hatte ihren jüngsten Sohn erst spät zur Welt gebracht und war gestorben, als Tutenchamun noch ein Baby war. Nofretete hatte sich seiner angenommen, so daß er sich an sie besser erinnerte als an seine leibliche Mutter. Meren hatte immer befürchtet, daß der Tag kommen würde, an dem der Pharao ihm diese Fragen stellen würde. Nun mußte er also einen Teil der Wahrheit preisgeben.

Er sah über den Sarg hinweg zu Nento hinüber, der nach wie vor seine Beschwörungsformeln sang. Dann flüsterte er Tutenchamun zu: »Ich weiß nur wenig, Majestät, nur das, was die Gattin meines Vetters mir berichtet hat. Anhai gehörte zur Dienerschaft von Königin Nofretete, als sie erkrankte. Ay hat niemals darüber gesprochen. Ich vermute, der Tod seiner Tochter bereitet ihm immer noch großen Schmerz.«

»Mußte sie sehr leiden?«

»Bitte, Majestät. Ich weiß, wie verstört Ihr durch dieses scheußliche Verbrechen seid, aber...«

»Ich will es wissen, und Ay kann ich nicht fragen.«

Meren seufzte, trat einen Schritt näher an den Pharao heran und senkte die Stimme noch mehr. »Es war wie bei vielen anderen auch: Die Seuche gestattete es den Dämonen, von dem Körper der Königin Besitz zu ergreifen. Sie sah sie in ihren Fieberphantasien und konnte ihre Umgebung nicht mehr wahrnehmen. Sie hatte heftiges Fieber, und die Stimme ihres Herzens war so laut, daß sogar jene, die ein paar Schritte von ihr entfernt standen, sie noch hören konnten.« Er zögerte, als er den Schmerz in den Augen des Pharao sah, aber er hatte ihn um die Wahrheit gebeten. »Ihr *Ka* versuchte, sich den Dämonen entgegenzustellen, was starke Krämpfe zur Folge hatte. Sie kämpfte sehr, aber sie verlor und fiel in tiefen Schlaf.« Die Königin war nur wenige Tage, nachdem sie erkrankt war, gestorben.

Als Meren geendet hatte, schwieg der junge Pharao eine ganze Weile. Meren betrachtete das massive Gold, das den Leichnam Nofretetes umhüllte. Ihre Züge waren von den Künstlern der königlichen Werkstatt liebevoll nachgebildet worden – das schmale, zarte Kinn, der lange Hals und die volle Unterlippe. Sie war wie eine Verkörperung Hathors gewesen, der Göttin der Liebe und Schönheit, und der Geist ihres *Ka* war so klug gewesen wie Toth, der Gott der Gelehrsamkeit und Weisheit. Ihr Ende war tragisch gewesen, und Meren dachte nur ungern daran zurück.

»Laßt mich einen Augenblick allein«, sagte Tutenchamun.

Meren winkte Kysen und Nento, und sie zogen sich zum Eingang des Tempels zurück. Der König stand in einem Meer von Gold, das von der Lampe und den Särgen suggeriert wurde. Er schloß die Augen und begann leise zu singen. Leider vermochte Nento immer noch nicht zu schweigen. Er haspelte nun im Flüsterton eine Litanei über all seine Pflichten und wie hervorragend er sie erfüllte, herunter.

Wie Wah so war auch Nento Höfling unter Echnaton gewesen. Aber im Gegensatz zu Merens zukünftigem Schwager war Nento klug genug gewesen, sich rechtzeitig auf die andere Seite zu schlagen, als die Gegnerschaft des Ketzerkönigs überwältigend zu werden drohte. Er beobachtete stets aufmerksam, wer bei Hof mächtig war und wechselte flugs von einem zum nächsten. Nento war kein schlechter Mensch, nur hatte er ein übermächtiges Interesse am eigenen Fortkommen. Wenn der Pharao plötzlich erklärt hätte, daß es überhaupt keine Götter gäbe, hätte Nento als erster ins gleiche Horn geblasen. Meren mochte ihn nicht besonders.

»Nento, ich bin mir Eurer Arbeit und Eurer Leistungen wohl bewußt. Also schweigt jetzt. Kysen und ich fahren nach Baht zurück. Reia wird sich um die hier versammelten Krieger kümmern. In ein paar Tagen werdet Ihr nach Süden segeln und diese Handelsreise wie geplant beenden. Ich werde nach Euch schicken, wenn ich Euch brauche.«

Kysen hustete hinter vorgehaltener Hand. Meren warf ihm einen mißtrauischen Blick zu und mutmaßte, daß sein Sohn ein Lachen zu unterdrücken versuchte.

»Wir beide treffen uns zu Hause. Und beeil dich! Ich will nicht, daß unsere Gäste mitbekommen, daß wir überhaupt fort waren.«

Tutenchamun beendete seine Gebete, warf Nofretetes schönem Gesicht einen letzten, wehmütigen Blick zu und folgte ihnen. Draußen wurde die Nacht von Sternen erhellt. Der Mond war ebenso verschwunden wie der üble Westwind. Auch die Wachposten waren nirgends zu sehen – sie hatten sich hinter Felsen und Hügeln verborgen.

Vor dem Eingang wartete Karoya. Er sah Nento voller Verachtung an, bis der König ihn und Kysen entließ.

»Euer Majestät hat versprochen, morgen gleich an den Hof zurückzukehren«, sagte Meren.

»Ich weiß. Aber ich werde mich nicht beeilen.«

»Wie Euer Majestät es wünschen.«

Die Eskorte des Pharao erwartete sie hinter einem der Hügel, die den Tempel umgaben. Als sie das Tal verließen, füllte ein hohes, lachendes Jammern die Leere der Nacht. Dann folgte ein weiteres, ein drittes. Alle blieben stehen, die Wachen bildeten einen Kreis um Meren und den Pharao. Hyänen machten normalerweise nur Beute auf Aas, aber wenn es nicht genug Nahrung gab, dann griffen sie auch Kinder an, ebenso wie die Schwachen und Unvorsichtigen.

Meren ließ den Blick über die felsigen Abhänge der Berge schweifen. Es war zu dunkel, um viel sehen zu können, aber plötzlich glaubte er, einen Schatten zu erkennen. Auf dem Abhang zu seiner Rechten bewegte sich etwas. Meren zückte den Dolch, und wie auf Befehl richteten sich sämtliche Speere dorthin, woher das Geräusch gekommen war.

Meren wagte kaum zu atmen, während er die von Sternen beschienenen Geröllblöcke beobachtete. Wieder hallte der jammernde Chor von den Felsen wider. Dann löste sich ein vierbeiniger schwarzer Schatten vom Abhang und schlich davon. Weitere Schatten sprangen in die gleiche Richtung. Meren steckte seinen Dolch wieder in die Scheide.

»Sie sind fort, Euer Majestät, aber wir sollten uns jetzt eilends auf den Rückweg zum Fluß machen.«

Er begleitete den Pharao zurück zu seiner Jacht und rang ihm ein weiteres Mal das Versprechen ab, schon am darauffolgenden Tag wieder nach Memphis zurückzukehren.

Als Meren seinen Landsitz erreichte, war er erschöpft. Sich in sein eigenes Haus schleichen zu müssen machte ihn auch nicht gerade munterer. Er schlief bereits, als Zar die Tür zu seinem Gemach hinter sich zumachte, nachdem er ihm beim Auskleiden und Waschen geholfen hatte.

Er schien die Augen gerade erst geschlossen zu haben, da weckte Zar ihn erneut. Er setzte sich auf und sah Kysen neben seinem Leibdiener stehen. Es war noch immer dunkel, und Zar blickte voller Mißbilligung auf ihn herab. Dann trat er beiseite und hielt eine Alabasterlampe in die Höhe.

»Tut mir leid, dich wecken zu müssen, Vater, aber wir haben ein kleines Problem.«

»Kleines Problem!« Sennefer stieß Kysen beiseite. »So nennst du das also? Meine Frau wird vermißt, und er hält das für ein kleines Problem!«

Meren hatte das Gefühl, als ob sein Kopf gleich platzen würde. »Warte, Sennefer. Einen Augenblick.«

Er schwang die Beine aus dem Bett und stand auf. Zar kehrte mit einem Schurz zurück, den er sich um die Hüften schlang.

Sennefer trat nervös von einem Bein aufs andere. Ungeduldig sagte er: »Bist du endlich fertig? Wir dürfen keine Zeit verlieren.«

»Du meinst, Anhai ist aus Eurem gemeinsamen Schlafgemach verschwunden?« fragte Meren.

»Nein ... äh, das nicht.«

Kysen warf Sennefer einen angewiderten Blick zu. »Er hat sie zum letztenmal gesehen, kurz bevor die Gäste das Haus verließen.«

»Ich vermutete sie irgendwo in der Menge«, sagte Sennefer. Meren durchbohrte ihn geradezu mit seinem Blick, so daß er die Augen niederschlug.

»Die Wahrheit, Sennefer. Zu so später Stunde reagiere ich auf Ausflüchte äußerst empfindlich.«

»Du willst also die Wahrheit hören?« Sennefer fuhr sich mit der Hand durch das Haar, während er vor dem Bett auf und ab schritt. »Dann werde ich dir die Wahrheit sagen, Vetter. Ich habe nicht nach ihr gesucht, und ich habe nicht nach ihr gefragt. Ich habe gewartet, weil ich glaubte, sie würde schon zurückkommen. Ich wußte nämlich, daß sie sich mit deinem reizenden Bruder davongemacht hatte.«

»Woher willst du das wissen? Ra ist zur Oase der Grünen Palme geritten.«

Sennefer stieß ein bellendes Lachen aus. »Zweifellos eine Lüge, um ihr Stelldichein zu tarnen.«

Ein Geräusch an der Tür hinderte Meren daran, dies zu bestreiten. Zar kam auf sie zu, gefolgt von einem Diener. Meren war überrascht, als er seinen Verwalter Kasa erkannte. Kasa verbeugte sich mit ausdruckslosem Gesicht.

»Dein bescheidener Diener wünscht dringend mit seinem Herrn zu reden«, sagte er. Er warf den anderen im Zimmer einen Seitenblick zu, hielt jedoch inne, als er Sennefers gewahr wurde.

Meren beschlich ein unbehagliches Gefühl. In all den Jahren, in denen er Herr auf Baht war, hatte der Verwalter noch nie seine Nachtruhe gestört.

»Entschuldige mich einen Augenblick, Sennefer.«

»Oh, Ihr Götter! Du machst dir mehr Sorgen um deine Bücher als um meine Gattin.«

Meren nahm Kasa beiseite und bedeutete ihm mit einem Kopfnicken, mit seinem Bericht zu beginnen.

»Mein Herr ist sehr scharfsichtig.«

»Heraus damit, Kasa. Was ist los?«

»Die Arbeiter wollten gerade anfangen, das Korn für diesen Tag zu mahlen, Herr.«

Meren blickte zu den hohen, vergitterten Fenstern seines Gemachs hinauf und stellte fest, daß das erste graue Morgenlicht hindurchsickerte. »Nun rede schon, Kasa. Ich habe im Augenblick noch ein anderes Problem, mit dem ich mich befassen muß.«

»Die – die beiden Probleme sind ein und dasselbe, Herr. Einer der Arbeiter hat in einem der großen Kornspeicher einen Leichnam gefunden.«

»*Im* Kornspeicher. Drinnen?«

Kasa nickte, und Meren warf seinem Vetter, der immer noch auf und ab schritt und mit Kysen sprach, einen Blick zu.

»Doch nicht Fürstin Anhai?« Meren dachte an die großen, bienenkorbförmigen Speicher, in denen das Korn lagerte.

»Doch, Herr. Jemand hat sie die Treppenstufen hinaufgeschafft, sie – nun ja – auf das Korn fallen lassen und dann den Deckel wieder geschlossen.«

»Bist du endlich fertig, Meren?« fragte Sennefer. »Wir verlieren kostbare Zeit, während ihr hier über eure Ausgaben schwadroniert.«

Kapitel 8

Mit Sennefer an seiner Seite verließ Meren das Haus und bog links ab zum Tor in der Mauer, das in den Vorhof mit den Kornspeichern führte. Seine Augenlider waren schwer, er hatte das Gefühl, daß ständig ein Ankerpflock in seinen Kopf getrieben würde, und sein Mund war so trocken wie die Felder vor den Toren Bahts.

Sie durchschritten ein weiteres Portal: Kasa ging voraus, Kysen hinterher. Ein paar Diener und Arbeiter hatten sich im großen Innenhof mit den Kornspeichern versammelt, der nördlich vom Haupthaus zwischen dem Haus selbst und der äußeren Mauer lag. Vier Kornspeicher befanden sich hier, paarweise angeordnet. Zwischen jedem Paar der bienenkorbähnlichen Gebilde erhob sich eine hohe, stabile Plattform aus Lehmziegeln, zu der eine Treppe hinaufführte. Das Korn wurde über die Stufen auf die Plattform hinaufgeschafft und durch eine runde Öffnung oben im Speicher hineingeschüttet.

Meren folgte Kasa zu dem zweiten Paar der Kornspeicher. Die Dienerschaft murmelte und machte das Zeichen gegen den Bösen Blick. Der Verwalter blieb am Fuße der Treppe stehen, neben der bereits ein älterer Mann mit gelben Zähnen stand. Er war der Hüter der Kornspeicher auf Bath, hieß Hray und hatte den Leichnam entdeckt. Die beiden Männer verbeugten sich, als Meren die Treppe emporschritt. Sennefer folgte ihm.

Oben angelangt, versperrte Meren Sennefer den Weg und sagte: »Nein, laß mich zuerst nachsehen.«

»Sie ist meine Frau!«

»Eben deshalb.«

Meren ging zum ersten der beiden Kornspeicher. Der runde, hölzerne Deckel lag auf dem Boden, zweifellos hatte Hray ihn dort hingelegt. Überall auf der Plattform und auf der festgestampften Erde um die Speicher herum war Korn verstreut. Meren beugte sich über die Öffnung und spähte hinein. Es wurde jetzt schnell immer heller, und er konnte den Leichnam gut erkennen. Anhai lag auf der rechten Seite, die Knie hatte sie bis zur Brust angezogen, die Arme lagen angewinkelt vor ihrem Gesicht – genau vor ihrer kurzen, spitzen, kleinen Nase. Die Lippen waren geschlossen. Ansonsten war nichts zu sehen – keine Wunde, kein Blut, noch nicht einmal ein blauer Fleck.

»Nun?« sagte Sennefer und trat vor.

Er stellte sich neben Meren, blickte auf seine Frau hinab und flüsterte: »Anhai?« Er umfaßte die Kante der Öffnung und streckte die Hand aus, als wollte er sie an der Schulter rütteln.

Meren packte seinen Unterarm. »Nicht. Ihr *Ka* ist bereits aus ihrem Körper gewichen, Vetter.«

Sennefer starrte den Leichnam seiner Frau an und wiederholte ihren Namen in fragendem Ton. Dann schüttelte er den Kopf.

»Ich verstehe das nicht. Ich verstehe das nicht. Ich verstehe das nicht.«

Sein Blick war benommen, er stolperte gegen die Wand des Kornspeichers. Dann gaben seine Knie nach, und Meren fing ihn auf, indem er schnell einen Arm unter seine Achsel schob. Er führte ihn die Treppenstufen hinunter und übergab ihn in Kysens Obhut.

»Bring ihn in sein Gemach – nein –, bring ihn in *meine* Gemächer. Zar soll sich um ihn kümmern.«

Kysen warf ihm einen schnellen und verstehenden Blick zu, der Meren davon überzeugte, daß Sennefer nicht nur versorgt, sondern auch bewacht werden würde, so daß Anhais Gemächer in aller Ruhe durchsucht werden konnten.

Meren schritt erneut die Treppe hinauf und betrachtete Anhai genauer. Sie lag da, als ob sie schliefe, nur daß ihr Körper schon kalt war. Die Blässe des Todes war bereits eingetreten, und er bemerkte, daß sich das Blut in jenen Regionen ihres Körpers gesammelt hatte, die unmittelbar auf dem Kornberg ruhten.

Ihre Kleidung war sorgsam arrangiert worden. Selbst der Knoten, der ihr Gewand unter der Brust zusammenhielt, saß tadellos. Auf dem sichtbaren Teil ihrer Perücke war kein Korn zu sehen, aber am hinteren Teil entdeckte er Haferschrot. Der Rücken ihres Gewandes war leicht staubig.

Meren hielt sein Gesicht der aufgehenden Sonne entgegen, während er über das nachdachte, was er sah – dieser seltsame Ort, an dem sie lag, die fehlenden Spuren von Gewalteinwirkung an ihrem Körper. Dann griff er in den Kornspeicher hinein und zog an Anhais kaltem linken Arm. Er ließ sich noch bewegen, wurde aber bereits starr durch jene seltsame Lähmung, die Nebamun, sein Arzt, auf den Schock des Todes und die Flucht des *Ka* aus dem Körper zurückführte. Er mußte Anhai möglichst schnell aus dem Kornspeicher herausholen lassen, sonst war ihr Leichnam bald nicht mehr beweglich genug, um ihn durch die Öffnung nach draußen hieven zu können.

Meren richtete sich auf und rieb sich die Augen, bevor er wieder hinabblickte. Anhai machte einen friedlichen Eindruck. Meren ließ den Blick über die Dächer und die Bäume in die Ferne schweifen. Oberflächlich betrachtet war dies schließlich ein Tag wie jeder andere auch. Alles war wie sonst – die Kornspeicher, die Arbeiter und ihre Werkzeuge, die Katzen seiner Töchter. Das hier war wohl kaum der Ort, an dem man den Leichnam einer Fürstin zu finden erwartete. Der Kontrast zwischen dem alltäglichen Anblick, an den er von Kindheit an gewöhnt war, und der Anwesenheit des Todes jagte ihm Schauer über den Rücken. Ein leises Flüstern lenkte ihn von seinen Gedanken ab, und er schaute zu den Dienern herab, die unten herumstanden.

»Kasa, schreib auf, wer zum Zeitpunkt, als die Leiche entdeckt wurde, hier war. Die betreffenden Personen sollen warten, bis ich mit ihnen gesprochen habe. Der Rest soll sich wieder an seine Aufgaben machen.«

Erneut überließ er sich seinen Gedanken: Welche Gefahren dieser Vorfall wohl für seine Familie in sich bergen mochte? Im Augenblick gab es keine offensichtliche Bedrohung, trotzdem wollte er auf der Hut sein. Er spähte in den Vorhof und entdeckte Kysen am Tor. Vor ihm standen Idut und Nebetta, die ebenso erregt wie erzürnt zu sein schienen. Hinter den beiden wartete Bentanta, schweigend, mit aufeinandergepreßten Lippen. Kysen schüttelte den Kopf. Idut drehte sich abrupt um und stapfte zum Haus zurück. Nebetta wedelte mit dem Finger vor Kysens Gesicht hin und her und folgte ihr, nur Bentanta zögerte. Sie hob den Kopf, und ihr Blick traf Merens. Ihre Miene war ausdruckslos und hart – wie die einer Grabstatue. Ohne jeden Gruß wandte sie sich ab und schritt zum Haupthaus zurück.

Meren verjagte die Fliegen, die von Anhais Leichnam angezogen wurden. Er suchte nun nach Wunden, konnte aber keine finden. Er entfernte sogar den Reif aus Bronze an ihrem linken Arm. Er war mit einer Einlegearbeit aus weißer Glaspaste und Lapislazuli geschmückt, die das Auge des Horus darstellte. Auch Anhais Arm wies keinerlei Verletzungen auf.

Meren wollte ihr den Armreif gerade wieder ums Handgelenk legen, als er merkte, daß etwas in seinem Verschluß hängengeblieben war, ein kleines Stück von Anhais Kleid. Er zog an dem winzigen Fetzen, so daß er sich löste. Als er ihn in der Hand hielt, sah er, daß es sich nicht um Leinen, sondern um die Ecke eines Blattes Papyrus handelte. Er verbarg seinen Fund in den Falten seines Schurzes.

Er bemerkte die erstarrte Salbe des Salbkegels, den Anhai in der vergangenen Nacht getragen hatte. Sie hatte sich in ihre Perücke ergossen.

Meren war noch immer damit beschäftigt, den Leichnam zu untersuchen, als Reia und Iry zusammen mit Kysen den Hof betraten. Kysen schloß das Tor zum Vorhof hinter sich. Meren betrachtete den hinteren Teil des Hofes. Ein Sonnensegel war an der Wand angebracht worden, es wurde von zwei Stützpfeilern getragen. Unter diesem schützenden Dach waren sieben nach innen gewölbte, farbige Mühlsteine in einer Reihe angeordnet; auf jedem Mühlstein lag ein kleiner länglicher Mahlstein. Nichts Ungewöhnliches. Er winkte Reia und Iry zu sich heran.

»Schafft Fürstin Anhai fort.«

Die beiden Männer holten den Leichnam aus dem Kornspeicher und legten ihn auf die Plattform. Meren kniete nieder und hob Anhais Gewand in die Höhe, aber auch jetzt konnte er nichts entdecken, das ihm Aufschluß über die Todesursache hätte geben können. Kysen begann, das Innere des Kornspeichers zu inspizieren, in dem Anhai gelegen hatte.

Meren stieg die Treppe hinunter. Er rieb sich die schmerzende Nasenwurzel und befahl, Anhais Körper in einen der Lagerräume im Arbeitsgebäude vor dem hinteren Tor zu schaffen. Dann wandte er sich dem unglücklichen Hray zu.

»Berichte mir, was geschehen ist.«

Hray zog eine Grimasse und zeigte die gelben Zähne. Dann verbeugte er sich und sagte: »Wie jeden Tag betrat ich den Hof mit diesen Männern dort, den Müllern. Ich nahm mein Meßbehältnis zur Hand und ging zum letzten Kornspeicher hinüber, in der das älteste Korn lagert. Ich öffnete ihn und – und fand sie.«

»Der Deckel lag also an Ort und Stelle?«

»Ja, Herr.«

»Und hast du irgend etwas Ungewöhnliches entdeckt oder jemanden gesehen, der sich nicht hier hätte aufhalten dürfen?«

»Nein, Herr. Nur wir Arbeiter waren hier. Alles kam mir ganz normal vor.«

Hray deutete auf die Gruppe von Männern, die unter dem Sonnensegel zusammenstanden und miteinander tuschelten. Auf Meren machten sie einen besorgten Eindruck, aber einfache Arbeiter wirkten leicht besorgt, wenn sie mit einer Situation konfrontiert wurden, durch die die Aufmerksamkeit ihres Herrn auf sie gelenkt wurde. Einer von ihnen trat ein paar Schritte zurück und wäre beinahe über einen gelben Mühlstein gestolpert, auf dem ein schwarzer Mahlstein lag. Er stieß dabei einen anderen Arbeiter an, woraufhin die beiden sofort lautstark zu streiten begannen.

»Du hast mir meinen Mahlstein geklaut!«

»Lügner! Ich habe deinen blöden Mahlstein nicht angerührt.«

»Hast du doch. Ich sehe genau, daß er hier auf dem Mühlstein liegt, du Schakal.«

Kasa eilte zu ihnen hinüber, und bald herrschte wieder Ruhe. Meren wandte sich wieder Hray zu.

»Wenn dir sonst noch etwas einfällt, dann sag es dem Verwalter.« Er winkte Kasa zu sich heran. »Du hast wohl daran getan, sofort zu mir zu kommen.«

Kasa verneigte sich. »Ja, Herr.«

Meren entließ Kasa mit einer Handbewegung und begann einen Rundgang über den Hof. Der Boden bestand aus harter, festgetretener Erde, die mit einer Staubschicht bedeckt war. Der Staub war von unzähligen Fußabdrücken übersät – sowohl von nackten Füßen als auch von Sandalen. Es hatte keinen Zweck, dort nach einer bestimmten Spur zu suchen. Zu viele Diener waren hier entlanggelaufen.

Ein Großteil des Hofes war unbebaut, damit die Esel ungehinderten Durchgang hatten, die das Korn von den

Dreschplätzen, die zwischen den Feldern und dem Haus lagen, hierhertransportierten. Körbe, Säcke und Krüge stapelten sich neben den Mühlsteinen. Kasa und Hray gaben täglich eine bestimmte Menge Korn an die Arbeiter zum Mahlen aus, wobei sie alles genau aufschrieben. Die Männer zerstießen den harten Weizen in Mörsern, dann siebten sie die Kleie aus. Anschließend wurde das Korn auf dem Mühlstein gemahlen. Das so entstandene, grobe Mehl wurde in die Küche gebracht, wo es die Mägde weitermahlten.

Meren entdeckte auf dem Hof nichts außer dem ganz normalen Arbeitsgerät – stapelweise Kornschwingen, mit denen die Spreu vom Weizen getrennt wurde, Joche für die Ochsen, Körbe für das Korn. Unter einem weiteren Dach in der Nähe des Sonnensegels hingen Wasserkrüge, einer hing schief in einem Netz.

Schließlich kam Meren zu dem Sonnensegel, unter dem immer noch die Müller hockten. Er warf einen Blick auf die Mühlsteine. Mittlerweile waren die Mahlsteine wieder ihrem farblich passenden Pendant zugeordnet worden. Jeder Mühlstein stand auf einer Binsenmatte.

Auf Merens Befehl wurden die Steine beiseite gerollt und die Matten angehoben. Doch seine Gründlichkeit hatte keinen Erfolg: Er sah nichts als festgetrampelte Erde und Staub. Der Mahlbereich befand sich genau neben dem Kornspeicher, in dem Anhai gefunden worden war, aber auch hier keine Spuren.

»Warum hat man sie gerade hierhergeschafft?« murmelte Meren vor sich hin.

»Hast du etwas gesagt, Vater?«

»Ah, Ky. Zar bewacht Sennefer?«

»Ich habe außerdem einen unserer Männer vor der Tür postiert. Ich habe auch die Kornspeicher gründlich durchsucht, doch außer Korn war nichts darin zu finden. Und ich habe das Korn wirklich gründlich durchwühlt, um nachzusehen, was unter ihrem Körper war.«

Meren nickte. Mit einer ausladenden Armbewegung deutete er auf den Hof und sagte: »Das alles ist mir ein Rätsel. Warum ist Anhai ausgerechnet hierhergeschafft worden? Wodurch ist sie gestorben? Es gibt keinerlei Wunden an ihrem Körper, kein Anzeichen für Gift, keine Spur eines bösen Zaubers, nichts. Sie sieht aus, als hätte sie beschlossen, in dem Kornspeicher zu schlafen.«

»Vielleicht hatten die Götter einfach nur ihren Tod beschlossen«, sagte Kysen.

»Ausgerechnet jetzt? Es ging ihr gut, und sie war reich. Und wenn sie tatsächlich eines natürlichen Todes gestorben ist, warum sollte sie jemand in den Kornspeicher legen?« fragte Meren. »Für solche Zufälle habe ich nichts übrig. Sie stirbt zu einem Zeitpunkt, da wir in geheimer Mission nach Baht gekommen sind. Bei den Göttern, die ganze Geschichte hat mich ziemlich vom Eigentlichen abgelenkt. Hast du mittlerweile die Bestätigung erhalten, daß unser Besucher abgereist ist?«

Kysen warf ihm einen bedauernden Blick zu. »Reia berichtete mir, das Schiff liege immer noch am Ufer vertäut.«

»Dämonen der Unterwelt!« Meren senkte die Stimme. »Geh zu ihm und bitte ihn, sich mit der Abreise zu beeilen.«

Kysen riß die Augen weit auf. Er breitete die Arme aus und schüttelte den Kopf. »Aber Vater! Du vergißt, daß du einer der wenigen auf der Welt bist, die sich überhaupt vorstellen können, etwas Derartiges zu ihm zu sagen. Wenn Du willst, daß er abreist, dann mußt du ihn schon selbst dazu überreden.«

»Ewige Verdammnis!« fluchte Meren. Dann schaute er seinen Sohn an. »Meine mißliche Lage scheint dich zu belustigen, aber glaub mir: Wenn sich das hier als Mord entpuppt, und *Er* in Reichweite eines Mörders ist, dann ist die Situation alles andere als amüsant.«

»Nein, und das ist auch der Grund, warum du ihn überreden mußt, davonzusegeln, um Schaden von ihm fernzuhalten. Auf dich wird er hören.«

»Nun gut. Ich gehe, aber du mußt hierbleiben und dafür sorgen, daß keiner von unseren unerwünschten Gästen plötzlich abreist. Dabei hatte ich so darauf gehofft, sie heute loszuwerden. Wer war vergangene Nacht hier im Haus? Sennefer, Anhai und Bentanta.«

»Und vergiß Nebetta nicht und den redseligen Hepu, ihren rechtschaffenen Gatten«, erwiderte Kysen. »Und Wah. Antefokers Familie und der Rest der Nachbarschaft sind allerdings schon in aller Frühe abgereist.«

»Und Ra? Ist er vorige Nacht nach Hause gekommen?«

»Ich habe keine Ahnung, Vater.«

»Na gut. Ich gehe jetzt. Und Ky! Sorge dafür, daß die Männer, die das Haus durchsuchen, nach einem Dokument oder Brief Ausschau halten, der ihnen verdächtig vorkommt.« Meren zog den Papyrusfetzen hervor, den er an Anhais Armreif gefunden hatte. »Wir suchen nach einem Schriftstück, von dem das hier abgerissen wurde.«

»Das ist ziemlich klein, Vater.«

»Vielleicht hat es ja auch gar nichts zu bedeuten, aber wir müssen sichergehen. Und ich betone nochmals, daß kein Familienmitglied und keiner unserer Gäste Baht verlassen darf. Du weißt, was das bedeutet, nicht wahr?«

»Es wird ihnen gar nicht gefallen, wie Verbrecher behandelt zu werden.«

»Dann bringe es ihnen auf diplomatischem Wege bei.«

»An Kriegern, die wir an den Toren postieren, gibt es nichts Diplomatisches, Vater. Absolut gar nichts.«

Meren bemitleidete Kysen nicht. Ihm stand die schwerere Aufgabe bevor. Er mußte seinen mutwilligen Herrscher überreden, an den Hof zurückzukehren und sich dem langweiligen und erdrückenden Zeremoniell dort zu unterwerfen. Ohne sich die Mühe zu machen, sich umzuziehen, schlüpfte Meren zu einem Seitentor im Vorhof hinaus, das normalerweise von den Kornlieferanten benutzt wurde. Er umrundete die verwaisten Dreschplätze.

Die Worfler, die gerade an einer späten Kornlieferung arbeiteten, schenkten ihm nur wenig Beachtung. In den Händen hielten sie jeweils ein Paar hölzerne Kornschwingen. Sie beugten sich über die Kornhaufen, wirbelten das Getreide empor und warfen es hoch in die Luft. Ein Teil der leichten Spreu wurde in goldenen Wolken vom Wind hinweggeweht. Als Meren sie hinter sich gelassen hatte, hörte er, wie sie ein Lied anstimmten.

Er ging den gleichen Weg wie in der Nacht zuvor und fand das Schiff des Pharao, wie Kysen gesagt hatte, immer noch am Ufer vertäut. Einfach gekleidete königliche Matrosen und Leibwächter hielten sich im Schatten der Palmen auf. Ihre Anspannung und Wachsamkeit waren nur für Merens geschultes Auge sichtbar. Seine Beunruhigung steigerte sich noch, als er feststellte, daß Tutenchamun nicht an Bord war. Er war draußen, mitten auf dem Fluß und fing Fische mit dem Speer, lediglich begleitet von Karoya.

Meren besorgte sich ein Boot und ruderte zum Pharao hinüber. Als er näher kam, stieß Tutenchamun gerade mit einem Schrei seinen Speer ins Wasser. Dann zog er ihn wieder heraus: ein langer silberner Fisch steckte auf der Spitze. Karoya nahm ihn herunter. Als Meren längsseits festmachte, blickte der Pharao auf.

»Meren, was für eine Überraschung! Habt Ihr gesehen, wie ich den da gefangen habe? Ein richtig fetter Bursche, was?«

Meren verbeugte sich im Sitzen tief und antwortete kühl: »Im ganzen Königreich erzählt man sich von den Jagderfolgen Eurer Majestät. Ihr seid Horus, der starke Bulle aus Theben, der Goldene Horus, von machtvoller Stärke und majestätischem Äußeren, und ewiges Leben ist Euch beschieden.«

Der Pharao runzelte die geschwungenen Augenbrauen.

Er schleuderte seinen Speer ins Boot und warf Meren einen wütenden Blick zu. Meren gab Karoya ein Zeichen, woraufhin dieser die Waffe aufhob. Die beiden Männer tauschten ihre Plätze. Der Pharao setzte sich und bedeutete Meren mit einer Handbewegung, ebenfalls Platz zu nehmen. Der Nubier ruderte mit Merens Boot davon, bis er außer Hörweite war. Erst dann rief der Pharao mit finsterem Blick: »Ihr verspottet mich! Weil ich nicht getan habe, was ich versprochen hatte. Aber ich will ja abreisen! Ich wünsche mir lediglich noch ein paar Stunden in Freiheit.«

Tutenchamun ließ die Schultern hängen, all seine Energie schien ihn verlassen zu haben. »Ich habe oft Alpträume, Meren. Ich befinde mich im Thronsaal von Theben auf einem Ebenholzsofa. Ich liege auf dem Rücken, und meine Arme sind auf der Brust verschränkt, ich halte meine Szepter in Händen und bin mit meinen kostbarsten Juwelen geschmückt. Außerdem trage ich die Kobra und den Geier Ägyptens. Meine Augen sind geschlossen, als ob ich schliefe, aber ich bin wach, und ich kann sehen. Wie ein Falke, der über meinem Körper in der Luft schwebt. Alles liegt in völliger Dunkelheit, außer meinem Sofa, und ich kann förmlich hören, wie riesig der Thronsaal ist.

Dann öffnen sich die Türen, und paarweise marschieren die Priester herein. Sie tragen Kessel mit geschmolzenem Gold herbei, die an Stangen auf ihren Schultern hängen. Ihr Anführer ist Ay, und er tritt zu mir. Er hebt die Arme und ruft, daß ich zum Wohlergehen des Königreiches konserviert werden muß.«

Tutenchamun schluckte heftig, bevor er fortfuhr: »Dann bringen die Priester den ersten Bottich herbei und gießen das geschmolzene Gold über mich. Ich spüre, wie es meinen Körper umhüllt, heiß, versengend. Es verbrüht mich. Aber es spritzt nicht fort, sondern bleibt an mir haften. Ich schreie, aber sie stellen sich taub, und ich kann mich nicht bewegen. Sie gießen immer mehr Gold über mich, bis ich vollkommen darin eingeschlossen bin. Es läuft mir in die Augen, in den Mund, in die Nase. Ich ersticke, aber ich sterbe nicht. Das Gold kühlt ab und wird hart, und man läßt mich dort liegen, schreiend und erstickend.«

Das war schon immer das Problem gewesen. Der Pharao war noch sehr jung und trug schwer an seiner Göttlichkeit und der Verantwortung für ein irdisches Königreich. Das Gesicht des Königs sah wieder einmal gequält und traurig aus.

Meren warf jede Vorsicht über Bord und legte dem Jungen die Hand auf die Schulter. »Es tut mir leid, Majestät. Ich werde versuchen, Euch die Last Eures Amtes zu erleichtern, sobald ich wieder am Hof bin. Aber auch hier droht Euch Gefahr. In meinem Hause hat es einen Todesfall gegeben.«

Aus den Zügen des Pharao war plötzlich alle Trauer gewichen. An ihre Stelle traten Eifer und Aufregung. »Ein Todesfall! Wer ist gestorben?«

»Die Gattin meines Vetters, Fürstin Anhai, Göttlicher.«
»Oh! Und trauert Ihr um sie?«
»Ich bedaure ihren Tod, aber ihre Zunge war wie ein Krummsäbel, den sie geschickt unter ihrem humorvollen und charmanten Verhalten zu verbergen wußte.«
»Was ist geschehen?«
»Sie wurde auf das Korn in einem meiner Kornspeicher gelegt. Meine Diener haben sie heute morgen gefunden, Majestät.«

Tutenchamuns volle Lippen formten ein weiteres: »Oh!«
»Deshalb müssen Eure Majestät auch unbedingt sofort an den Hof zurückkehren.«
»Warum? Ich würde lieber hierbleiben und beobachten, was geschieht. Ist sie ermordet worden?«
»Ich weiß es nicht, Goldener. Ich kann die Todesursache nicht feststellen. Aber warum sonst sollte jemand sie in einen Kornspeicher legen?«

»Hervorragend. Ihr seid das Auge und Ohr des Pharao. Ihr werdet die wahren Hintergründe enthüllen und den Verantwortlichen stellen. Und ich werde derweil vor Ort sein und aus nächster Nähe zusehen.«

»Euer Majestät, Ihr versteht mich nicht. Dieser plötzliche und geheimnisvolle Tod ausgerechnet zu dem Zeitpunkt, an dem wir den ... den König und die Königin im Geistertempel unterbringen, gefällt mir gar nicht. Hier liegt Gefahr in der Luft, und Ihr müßt unverzüglich abreisen.«

Tutenchamun verschränkte die Arme über der Brust. »Nein. Ich kann in Euer Haus zu Besuch kommen. Ich werde mich als fremder Edelmann verkleiden.«

»Göttlicher, meine Familie würde Euch erkennen, und selbst wenn das nicht der Fall wäre, nun ja...«

»Heraus damit, Meren.«

»Der Goldene, wenn ich mit dieser Offenheit sprechen darf, verhält sich nicht wie ein normaler Edelmann, ob nun fremd oder nicht.«

»Ach, nein?«

»Nein, Euer Majestät. Im Gegensatz zu uns anderen verhaltet Ihr Euch wie der König Ägyptens. Wie soll ich das erklären? Majestät, Ihr wißt noch nicht einmal, wieviel ein Laib Brot kostet. Ihr wäret schockiert, wenn ein anderer Adliger Euch ohne Eure Erlaubnis anspräche. Und selbst ohne die Kronen des Oberen und Unteren Ägypten auf dem Haupt zu tragen, schreitet Ihr durch die Welt, als ob sie Euch gehörte, was ja auch der Fall ist.«

»Dann bleibe ich eben hier.«

Wie ein Skorpion kroch die Verzweiflung Merens Rücken hinauf. Er beugte sich zum Pharao hinüber. »Wenn dem Goldenen seine eigene Sicherheit gleichgültig ist, dann bitte ich ihn, wenigstens an die meine zu denken. Falls Euch etwas zustößt, werden Ay und General Horemheb mich dafür zur Verantwortung ziehen.«

Er begegnete dem fragenden Blick des Pharao, ohne mit

der Wimper zu zucken. Tutenchamun mochte dickköpfig sein, aber rücksichtslos war er nicht: Wenn ihm etwas zustieße, hätte Meren sein Leben verwirkt, das wurde ihm nun klar.

»Ihr sollt keinen Schaden nehmen, Meren.«

»Euer Majestät sind sehr gütig.«

Der Pharao warf ihm einen schrägen Blick zu. »Immerhin habt Ihr versprochen, mich auf einen Einsatz der Krieger mitzunehmen, sobald Ihr wieder in Memphis seid.«

»Das ist beinahe Erpressung, Majestät.«

»Ich habe viel von Euch gelernt.«

»Gut, ich nehme Euch mit zu einem Angriff, auf Banditen oder Nomaden, je nachdem, was anliegt, wenn ich zurückkomme.«

»Ich werde abreisen, sobald die Männer das Schiff startklar gemacht haben.«

Meren verbeugte sich vor dem Pharao. »Der Göttliche ist ebenso weise wie stark. Ich werde hier warten, um den Pharao abreisen zu sehen.«

Kapitel 9

Kysen eilte zum Vordertor hinüber. Er hatte das Gefühl, durch frischen, noch warmen Honig zu waten. Hatte er doch in der vergangenen Nacht sogar noch weniger Schlaf bekommen als sein Vater.

»Ich werde dich züchtigen lassen, du Sohn einer Dirne!«

Hepu wedelte mit seinen Gehstock vor dem Gesicht eines Kriegers hin und her. Doch dieser blickte nur mit unbeteiligtem Gesicht auf ihn herab. Er stand breitbeinig da, seinen Speer hatte er in den Boden gerammt, die Spitze neigte sich in Hepus Richtung.

»Onkel, was ist los?«

Hepu wirbelte zu ihm herum und zeterte: »Du! Daß du es wagst, uns hier festzuhalten! Welches Recht hast du, mich wie ein ungezogenes Kind zu behandeln? Meine Gattin und ich wünschen, nach Hause abzureisen. Befiehl diesem Wachposten, mir sofort aus dem Weg zu gehen.«

»Tut mir leid, Onkel, aber ich muß dich bitten, noch eine Weile hierzubleiben. Anhai ist unter äußerst mysteriösen Umständen gestorben, und wir müssen die Wahrheit herausfinden, bevor die Gäste das Anwesen verlassen haben.«

Hepu lief rot an wie ein Karneol. Dann trat er einen Schritt auf Kysen zu und knurrte: »Du! Du mit dem besudelten Blut des Untergebenen – ausgerechnet *du* stellst dich mir in den Weg? Geh mir aus den Augen, und wage es nicht noch einmal, mich dermaßen vertraulich anzusprechen.«

»Hüte deine Zunge«, erwiderte Kysen scharf.

»Meren war Zeit seines Lebens widerspenstig. Nie ist er

seinen Pflichten nachgekommen, wie es sich gehört hätte. Welcher Mann weigert sich schon, noch einmal zu heiraten, und sogar, sich Konkubinen zu halten? Und dann blamiert er die Familie, indem er jemanden wie *dich* adoptiert!«

Kysen hatte zu viele Jahre unter der Vormundschaft seines Vaters verbracht, um der Demütigung und dem Zorn nachzugeben, die er verspürte. Er besann sich auf die Manieren des Höflings, die er unter so großen Mühen erlernt hatte, ebenso wie auf die Selbstbeherrschung des Kriegers, seufzte nur und trat einen Schritt zurück, wobei er dem Wachposten einen Blick zuwarf. Der rammte seinen Speer mit lautem Krachen in die Erde. Sofort tauchten zwei seiner Kameraden auf, die vor der Mauer Posten bezogen hatten, und stellten sich rechts und links neben Hepu. Dieser war zwar ein großer Mann – eine Tatsache, die er stets eingesetzt hatte, um seine Frau und seine Söhne einzuschüchtern, als letztere noch kleiner waren –, aber Hepu war niemals ein Krieger gewesen. Der Anblick dreier Speere, die auf ihn gerichtet waren, ließ ihn aufgeben.

Hepu deutete mit seinem Gehstock drohend auf Kysen. »Elender Köter. Das wirst du noch bereuen.« Dann stapfte er zum Haupthaus zurück.

Kysen fand, daß er derlei Beleidigungen fast schon gern ertrug, wenn er hinterher mit einem solchen Anblick belohnt wurde: Hepu, aufgeplustert wie eine Taube und so rot wie eine Jungfrau auf Hathors Fest. Merens Onkel und seine Frau hatten Kysen von Anfang an abgelehnt. Deshalb war es ihm auch ein Vergnügen gewesen, die Wachen in das kleine Haus zu schicken, wo die beiden mit Sennefer, Anhai und Bentanta genächtigt hatten.

»Ein unglücklicher Wortwechsel, mein Sohn.« Meren war gerade durch das Tor gekommen und schritt nun über den Hof. Kysen folgte ihm.

»Hast du alles mit angehört?« fragte er den Vater. »Hepu ist eine angeberische, alte Hyäne.«

»Und du bist ein Löwenjunges, dem es Spaß macht, mit ihm zu spielen. Ist er der erste, der versucht hat, das Anwesen zu verlassen? Das ist interessant.«

»Aber es muß nicht unbedingt etwas bedeuten, wie du in solchen Fällen immer wieder zu betonen pflegst. Ich habe übrigens Anhais Zimmer durchsucht und nichts Ungewöhnliches finden können. Weder sie noch Sennefer sind im Besitz eines Papyrusschriftstückes, an dem eine Ecke fehlt.«

»Es war ja auch nur eine denkbare Möglichkeit. Vielleicht bin ich zu pingelig. Hat Nebamun Anhai schon untersucht?«

»Ja, und er ist deiner Meinung: Kein Anzeichen für Gewalteinwirkung, Gift oder einen Zauber.«

»Ich hatte so gehofft, daß er etwas finden würde, das ich übersehen habe. Komm, Kysen, es wird Zeit, sich mit Sennefer zu unterhalten.«

Sennefer saß auf einem von Sit-Hathors Sesseln, vor ihm ein kleiner Tisch, der mit allerlei Speisen beladen war. Ein Krug mit Wein stand gleich neben seiner Hand, die einen vollen Becher umklammerte. Als sie eintraten, sah er ihnen wütend entgegen, riß mit den Zähnen ein Stück Brot von einem Laib und kaute darauf herum.

»Du siehst aus, als ob es dir lieber wäre, mir ins Bein zu beißen statt in dieses Stück Brot«, sagte Meren. »Wie ich sehe, hast du dich von deiner Trauer um Anhai bereits erholt.«

Sennefer spülte das Brot mit einem Schluck Wein herunter und wischte sich den Mund ab. »Ein Mann weint und jammert nicht wie eine Frau. Das weißt du.«

»Ja, ich weiß«, antwortete Meren und zog einen Sessel heran, auf den er sich setzte. Dann warf er Kysen einen Blick zu, den dieser mit einem unmerklichen Nicken erwiderte.

»Trotzdem ein schreckliches Unglück«, sagte Kysen. Er bemerkte, daß der Weinkrug halb leer war.

»Wir hatten eine kleine Auseinandersetzung, aber das bedeutet noch lange nicht, daß ich nicht um sie trauere, Kysen. Wir waren schließlich eine ganze Zeit verheiratet.«

Kysen legte eine Hand auf Sennefers Sessellehne und nahm sich eine Dattel vom Tablett. »Aber die Tage Eurer Ehe waren doch gezählt, nicht wahr?«

»Alles nur Klatsch. Du solltest es besser wissen, als auf derlei Gerüchte zu hören. Zugegeben: Anhai behauptete, daß sie die Scheidung anstrebte, und sie wollte mein bestes Land überschrieben bekommen.« Sennefer zuckte die Achseln. »Aber ich hätte ihr das Land niemals gegeben, und sie wäre nie ohne gegangen.«

Sennefer schob den Tisch zur Seite und streckte die Beine von sich. »Ihr kennt die Frauen eben nicht so wie ich, keiner von Euch beiden. Anhai war eifersüchtig, und dieses Scheidungsvorhaben war der Versuch, mich zu bestrafen und gleichzeitig meine Aufmerksamkeit zu erregen. Die Frauen sind alle gleich. Sie klammern sich am Manne fest und verlangen seine ungeteilte Aufmerksamkeit und vollkommene Hingabe. Anhai hatte die seltsame Vorstellung, daß ich mich nur auf sie allein konzentrieren sollte.«

»Wir alle wissen, daß du das nicht besonders anregend fandest«, sagte Kysen. »Schließlich gab es ja so viele Ehefrauen und Konkubinen anderer Männer, mit denen du dich vergnügen konntest.«

Sennefer lächelte und sagte: »Warum sprechen wir eigentlich von der Vergangenheit? Ich möchte wissen, warum Ihr mich in Eure Gemächer verbannt und diesen törichten Zar dazu abkommandiert habt, mich wie einen Verbrecher zu bewachen.«

»Du warst nicht du selbst«, erwiderte Meren. »Ich sah, daß Anhais Tod dich sehr erschüttert hatte, und ich machte mir Sorgen um dich.«

»Sie war meine Frau, Meren. Natürlich bin ich aufgewühlt. Wenn Bentanta mir nicht etwas von ihrem wunderbaren Granatapfelwein gebracht hätte, wäre ich im Augenblick wohl vollkommen außer mir. Hast du herausfinden können, was genau Anhai zugestoßen ist?«

»Noch nicht. Ich habe meinem Arzt befohlen, sie zu untersuchen. Kannst du dir einen Grund denken, aus dem sich jemand Anhais Tod wünscht?«

»Nein.« Sennefer tauchte seine Hände in eine Wasserschüssel und wischte sie an einem Tuch ab. »Oh, Anhai war für eine Frau recht dickköpfig, ich weiß. Sie war habgierig und neigte dazu, andere zu verärgern, aber ich glaube, niemand haßte sie so sehr, daß es für einen Mord ausgereicht hätte. Ich verstehe diese ganze Sache nicht. Gestern abend schien es ihr doch noch gut zu gehen. Allzu gut. Du hast schließlich gesehen, wie sie sich mit Ra unterhalten hat. Erst als alle aufbrachen, machte ich mich auf die Suche nach ihr und konnte sie nicht finden. Dann ging mir auf, daß ich sie zum letztenmal gesehen hatte, kurz bevor Hepu aufhörte, alle mit seinem Lehrbuch zu quälen.«

Kysen sagte leichthin: »Sie war also danach nicht mehr auf dem Fest? Und du hast nichts gesagt, obwohl es schon so spät war?«

»Würdest du herumposaunen, daß deine Frau verschwunden ist, wenn der letzte Mensch, mit dem sie zusammen gesehen wurde, Ra ist?« fragte Sennefer.

Kysen warf seinem Vater einen Blick zu, aber Meren reagierte nicht darauf, sondern fuhr fort, seinen Vetter scheinbar voller Sorge und Mitgefühl zu mustern. Wäre er das Objekt solcher Aufmerksamkeit von Fürst Meren gewesen, Kysen hätte sich unbehaglich gefühlt wie eine Gazelle am Wasserloch.

»Sie war mit Ra zusammen?« fragte Kysen und beugte sich vor, um sich Bier in einen leeren Becher einzuschenken. »Aber du hast doch gerade gesagt, daß Anhai auf dich eifersüchtig war. Warum sollte sie den Skandal und die Schande mit Ra riskieren, wenn sie dich begehrte?«

Sennefer zögerte, doch sein Blick blieb fest. »Um mich eifersüchtig zu machen. Anhai parierte einen Schlag gern mit einem Gegenschlag. Das weiß doch jeder. Frauen wie Anhai wollen einen ausschließlich für sich selbst. Ich kann gar nicht mehr zählen, wie viele Frauen ihre Klauen schon auf diese Art nach mir ausgestreckt haben. Und sobald sie das tun, werde ich ihrer überdrüssig. Wie oft habe ich schon erleben müssen, daß eine schöne Frau mit vollkommenem Körper und zartem *Ka* sich in einen Dämonen der Unterwelt verwandelte, sobald sie einmal bei mir im Bett lag.«

»Was sind das bloß für Frauen?« fragte Kysen. »Mir begegnen nie solche.«

»Mir auch nicht«, warf Meren ein.

»Ihr versteht es eben nicht so gut wie ich, die Aufmerksamkeit des weiblichen Geschlechts zu erregen.« Sennefer grinste sie an.

»Weißt du«, sagte Kysen, »bei deinem Liebesleben hätte ich viel eher erwartet, *dich* tot im Kornspeicher zu finden statt Anhai.«

Sennefer lächelte nur.

Kysen erwiderte sein Lächeln und fragte: »Also warum sollte jemand deiner Frau ein Leid antun?«

»Ich weiß nicht, außer ...«

Kysen wartete. Meren hatte ihm beigebracht, Stille zu ertragen und sie nicht durch Bemerkungen zu unterbrechen. Durch Geduld und Schweigen fühlten sich die Menschen häufig zum Sprechen gezwungen, wo Fragen versagten. Sennefer rieb sich die Stirn. Er schien plötzlich von Trauer erfüllt zu sein: »Ich kenne niemanden, der Anhai genug haßte, um sie zu töten, es sei denn ...« Er sah erst Meren und dann das geschnitzte Tischbein an, das die Form eines Entenkopfes und -halses hatte. »Es sei denn, sie hatte für Ra keine Verwendung mehr und wollte sich von ihm trennen. Du kennst doch Ra, Meren. Er ist sehr nachtragend, und er neigt zu unkontrollierten Wutausbrüchen, wenn man ihn reizt. Aber ich will nichts gesagt haben.«

Meren hob den Kopf und sah Sennefer an. »Trotzdem hast du es getan, nicht wahr?«

»Nur weil ihr beide mich gedrängt habt.«

»Es ist wichtig, daß wir herausfinden, wann Anhai zum letzten Mal lebend gesehen wurde«, sagte Kysen. Er hielt es für das beste einzuschreiten. Sein Vater musterte Sennefer wie einen Haufen Dreck. »Du sagst, daß sie verschwunden war, bevor Hepu seine Lesung beendet hatte. Wir werden also nach jemandem Ausschau halten müssen, der sie hinterher noch gesehen hat.«

»Und du bist nach dem Fest zu Bett gegangen und dort geblieben?« fragte Meren. »Ohne zu wissen, wo deine Frau war?«

»Spiel dich hier nicht als königlicher Polizeibeamter auf, Meren.«

»Ich bin nur neugierig.«

»Du willst doch auch wissen, was ihr zugestoßen ist, oder nicht?« fragte Kysen. »Zumindest wenn nicht du selbst für ihren Tod verantwortlich bist.«

»Das bin ich nicht, und das weißt du genau«, sagte Sennefer und erhob sich. »Und nun, Vettern, werde ich mich in mein Gemach zurückziehen, falls ich eure mißtrauische Neugier befriedigt habe. Wie ich die Dinge sehe, wissen wir nur das eine: daß meine Frau gestorben ist und anschließend in den Kornspeicher geschafft wurde. Sehr seltsam vielleicht, aber nicht unbedingt ein Beweis für einen Mord. Habe ich recht?«

»Vielleicht«, antwortete Kysen.

»Ich werde alles veranlassen, daß Anhai nach Abydos in den dortigen Tempel des Anubis geschafft wird«, sagte Sennefer. »Es gibt noch viel zu tun, bevor sie in ihr Ewiges Haus einziehen kann.«

Er wandte sich zum Gehen, blieb aber neben Kysen stehen.

»Und wenn ich du wäre, Adoptivvetter, würde ich aufhören, Unschuldige mit Verdächtigungen zu verfolgen. Du weißt ja noch nicht einmal, *wodurch* Anhai ums Leben gekommen ist, geschweige denn, ob es tatsächlich ein Mord war.«

Er ging davon, und Kysen sah ihm nach. »Glaubst du ihm?«

»Ich bin mir nicht sicher.«

»Weißt du, was ich denke?« sagte Kysen und setzte sich in Sennefers Sessel. »Ich glaube, daß er als Mordverdächtiger nicht in Frage kommt, weil Anhai ihm viel zu gleichgültig war. Aber höchstwahrscheinlich wird er *selbst* einmal Opfer eines Mordanschlages werden, wenn er mit den Frauen nicht vorsichtiger wird. War er schon immer so ein Dummkopf?«

»Nein«, antwortete Meren nachdenklich. »Als er und sein Bruder noch klein waren, lebten sie in Furcht und Schrecken vor Hepu. Du weißt ja, wie groß er ist. Einem Kind mußte er wie ein Riese vorkommen. Sennefer war zudem ziemlich klein für sein Alter. Wenn Hepu ihn anbrüllte, dann mit solcher Gewalt, daß der arme Sennefer zusammenzuckte und wimmerte. Ich erinnere mich daran, daß Hepu ihn und Djet regelmäßig schlug. Eigentlich hatte er keinen Grund, sie derart zu verprügeln. Wir waren nicht älter als acht, als Hepu Sennefer und Djet so heftig mit einem Stock züchtigte, daß die beiden bluteten. Dabei beschimpfte er sie als dumm, wertlos und vieles mehr. Nebetta hat niemals versucht, ihre Kinder zu beschützen.«

»Hör auf«, sagte Kysen schwach.

Meren legte ihm die Hand auf den Arm. »Tut mir leid. Das erinnert dich natürlich an deinen leiblichen Vater.«

»Ich hatte keine Ahnung davon.«

»Wenn ich älter gewesen wäre, hätte ich Hepu den Stock abgenommen und ihn damit verprügelt. Ich habe es mir damals sehr gewünscht.«

Kysen hörte kaum zu. Er kämpfte gegen seine Erinnerungen, sah Fäuste vor sich, die auf ihn einschlugen. »Könnten wir das Thema wechseln? Die Vergangenheit ist tot.«

»Natürlich«, sagte Meren sanft. »Reia und seine Männer werden die Diener und Sklaven befragen, was sie über Anhai wissen, wir beide werden uns die Familie vornehmen müssen.«

»Da habe ich nicht allzu viel Hoffnung. Sie haben weder vor mir noch vor dir großen Respekt. Wir sind für sie Meren und Kysen, nicht Auge und Ohr des Pharao. Bei den Befragungen wird nicht viel herauskommen.«

»Oh, Ihr Götter. Lieber würde ich ein Dutzend Prinzen und Spione verhören, anstatt versuchen zu müssen, Tante Cherit zu einer Antwort auf meine Fragen zu bewegen.«

Ein Klopfen unterbrach ihre Unterhaltung. Zar öffnete die Tür und ließ Bener eintreten.

»Vater! Ich habe nach dir gesucht. Ich habe das von Anhai gehört. Ist sie tatsächlich zu den Kornspeichern hinaufgestiegen, hat dort Gift genommen und ist dann hineingefallen?«

Meren stöhnte. »Die Gerüchteküche ist also bereits beim Arbeiten. Nein, Bener, sie hat kein Gift genommen und ist dann in den Kornspeicher gefallen. Zumindest halte ich das für ziemlich unwahrscheinlich. Und jetzt laß uns allein.«

»Ich möchte euch helfen, Vater. Sicher wirst du jetzt wieder eine deiner Untersuchungen einleiten. Ich möchte sehen, wie so etwas gemacht wird.«

»Du bist verrückt, Bener«, sagte Kysen. Frauen hatten keine Regierungsämter inne, und noch viel weniger gaben sie sich mit Morduntersuchungen ab.

»Aber ich will!«

»Nein«, sagte Meren. »Und jetzt geh. Ich will jetzt baden, und dann habe ich noch eine Menge zu erledigen. Heute abend spiele ich mit dir eine Partie Senet.«

»Senet ist langweilig. Ich gewinne ja doch immer, Vater.«

Als Meren ihr einen strengen Blick zuwarf, seufzte sie und setzte einen Ausdruck falschen Bedauerns auf, der Kysen sofort mißtrauisch werden ließ. »Wie du wünschst, Vater. Dann muß ich wohl meine Studien beim Verwalter wieder aufnehmen – zusammen mit Nu.«

»Das wirst du nicht tun«, riefen Meren und Kysen gleichzeitig.

»Na gut, dann helfe ich eben Tante Idut im Haushalt. Anhais Tod hat sie völlig aus der Fassung gebracht. Trotzdem schade. Ich hatte mich schon so darauf gefreut, dir alles von dem Streit zu erzählen, den Bentanta und Anhai auf dem Fest hatten. Na ja, Stoffballen zu zählen und die Anwendung der Kräuter zu erlernen ist sicher wichtiger.«

Kysen packte Beners Gewand, um zu verhindern, daß sie den Raum verließ. Sie drehte sich um und grinste ihn an.

»Ein intelligentes Mädchen ist ein Fluch«, rief Kysen.

Meren zog einen Hocker zu sich heran. Er deutete darauf und sagte: »Setz dich hin, Bener, und sei nicht so unverschämt zu deinem Vater.«

»Sie weiß gar nichts«, sagte Kysen. »Sie tut nur so.«

Bener zwickte ihn in den Schenkel und setzte sich. »Sei kein Narr. Niemand wäre dumm genug, sich so etwas ausgerechnet bei unserem Vater zu erlauben.«

»Sag mir, was du weißt, mein Kind.«

In aller Ruhe machte Bener es sich auf dem Hocker bequem, dann begann sie: »Erinnerst du dich an Anhais Streit mit Bentanta? Die beiden waren so in ihre Auseinandersetzung vertieft, daß sie gar nicht bemerkten, daß ich in ihrer Nähe stand.« Merens skeptischen Blick beantwortete sie mit einem energischen Zurückwerfen ihres Kopfes. »Vielleicht habe ich ja gerade das Blumenarrangement überprüft, das Tante Idut mich zusammenzustellen gebeten hatte.«

»Du meinst dasjenige, das größer war als ich?« fragte Kysen. »Das in der Nähe des Sofas, auf dem Bentanta saß?«

»Ja, das. Ich hatte zufällig gerade beschlossen, es mir noch einmal genauer anzusehen, als Anhai neben Bentanta Platz nahm. Bentanta war äußerst aufgebracht. Das war deutlich an ihrem Gesicht abzulesen, Vater. Weißt du, was sie zu Anhai gesagt hat? Sie sagte: ›Es hat nicht funktioniert. Er hat mich ausgelacht, und als ich versuchte, ihn doch noch zu überzeugen, bildete er sich plötzlich ein, daß ich in ihn verliebt sei, dieser Narr.‹ Darauf antwortete Anhai: ›Dann mußt du dich eben noch stärker bemühen.‹«

»Wie interessant«, sagte Meren, ohne Überraschung zu zeigen. »Und hast du eine Ahnung, wer dieser ›er‹ war.«

»Nein«, antwortete Bener. »Aber Bentanta fügte hinzu: ›Es hat keinen Zweck. Das habe ich dir ja vorausgesagt. Du mußt eben einen anderen Weg finden. Also: Ich habe getan, was du von mir verlangt hast. Nun erfülle du deinen Teil der Abmachung und gib es zurück.‹« Triumphierend sah Bener Kysen an. »Anhai weigerte sich, woraufhin Bentanta wütend aus dem Saal rauschte.«

»Danke, Tochter. Und jetzt geh und hilf Tante Idut.«

»Vater! Soll das etwa meine Belohnung sein? Ich will wissen, was passiert ist. Und ich will euch helfen!«

»Du hast aber ganz andere Pflichten.«

Kysens Blick wanderte von Meren zu Bener hinüber. Er sah, wie ihre Enttäuschung schwand, und wußte, daß sie soeben eine Entscheidung getroffen hatte, die ihr eine Menge Probleme bereiten würde.

»Vielleicht könnte Bener uns ja doch helfen, Vater.«

»Du machst wohl Witze«, gab Meren zurück. Er sah Kysen an. »Ich will nicht, daß Bener in so etwas mit hineingezogen wird. Das ist nicht ungefährlich.«

»Aber sie könnte unser Auge und Ohr unter den Frauen sein.«

In der Tat benutzten sie bei ihren Untersuchungen für den Pharao weibliche Zuträger. In diesem Augenblick befanden sich etliche im Gefolge der Königin am Hof in Memphis.

»Und wenn der Mörder unter den Frauen zu suchen ist?« fragte Meren. Keiner von beiden sprach Bentantas Namen aus.

Bener rückte dichter an ihren Vater heran. »Dann bin ich in jedem Fall in ihrer Gesellschaft, ob ich euch nun zu helfen versuche oder nicht. Das gleiche gilt für Isis und Idut. Es ist besser, wenn du mich dir helfen läßt, Vater, dann können wir den Schuldigen oder die Schuldige schneller dingfest machen. Vielleicht schweben Tante Idut und Isis in Gefahr.«

»Die Götter haben mich mit einer Tochter geschlagen, der es gefällt, sich in Männer-Angelegenheiten einzumischen«, knurrte Meren. »Du wirst allerdings lediglich Augen und Ohren offenhalten und ansonsten einen kühlen Kopf bewahren. Achte darauf, niemals allein mit einer anderen Person zu bleiben, besonders nicht mit Bentanta.«

Bener sprang auf und küßte ihn auf die Wange. »Ich bin schon vorsichtig, Vater.«

Kysen wartete schweigend, bis Bener gegangen war.

»Bitte sei ihr nicht böse, Vater. Bener hätte in jedem Fall herumspioniert und sich in die Ermittlungen eingemischt – egal ob mit oder ohne dein Einverständnis. Das stand ihr im Gesicht geschrieben. Jetzt haben wir sie dabei wenigstens unter Kontrolle.«

»Dieses Mädchen ist mir ein Rätsel!« rief Meren. »Innerhalb von nur wenigen Monaten hat sie sich in eine eigensinnige Frau verwandelt, die viel zu klug ist. Und zu neugierig. Wenigstens wird sie nun zu beschäftigt sein, um sich weiter mit diesem jungen Taugenichts Nu abzugeben.«

»Stimmt. Sollen wir vielleicht jetzt Fürstin Bentanta einen Besuch abstatten?«

»Ja.« Meren trommelte mit den Fingern gegen seinen Oberschenkel. »Gestern abend war sie recht geschickt: Sie hat mir lediglich einen *Teil* der Wahrheit gesagt. Ich muß herausfinden, was sie von Anhai zurückhaben wollte.«

»Ein Dokument vielleicht?«

»Möglicherweise«, sagte Meren. »Aber Bentanta ist keine Närrin und läßt sich nicht so leicht einschüchtern. Ich kann mir nicht vorstellen, daß sie einfach so in eine Falle tappt.«

An der Tür klopfte es erneut, und wieder trat Zar ins Zimmer: »Mein Gebieter, Fürst Nacht wurde gesehen, als er sich in einem Boot dem Kai näherte.«

Meren erhob sich. »Erkundige du dich inzwischen, wie weit Reia bei den Dienern gekommen ist. Ich bin gleich zurück.«

Kysen unterdrückte ein Lächeln, als er Zars Blick bemerkte. Der Diener sah aus, als hätte er plötzlich Bauchschmerzen.

»Der Herr wird in seinen rot-goldenen Sandalen zum Hafen gehen wollen. Ein Gewand und ein Gürtel aus Perlen, Gold und rotem Jaspis liegen bereit.«

»Jetzt nicht«, gab Meren zurück und war bereits draußen.

»Mein Herr hat seinen Gehstock vergessen. Schon wieder.«

»Ich brauche ihn nicht«, kam die Antwort.

Verzweifelt rief Zar Meren nach: »Der Herr benötigt einen Sandalen- und einen Fächerträger!«

»Nein«, erklang es von ferne. Eine Tür schlug zu.

»Mach dir nichts draus«, sagte Kysen. »Er wird deine Dienste wieder in Anspruch nehmen, sobald er seinen Bruder gesehen hat.«

»Sogar die Nachttopf-Träger und Feldarbeiter werden mich auslachen«, antwortete Zar, dessen Stimme vor verletztem Stolz zitterte. Er verbeugte sich und schloß die Tür auf eine Weise hinter sich, die zeigte, daß er seine Leiden mit Stärke und Geduld ertragen würde.

Kysen, der nun allein war, war sehr froh, daß er nicht dabei sein mußte, wenn Meren Ra zur Rede stellte und ihn fragte, ob er Anhai ermordet hatte.

Kapitel 10

Ras Boot, das von zwei seiner Freunde gerudert wurde, glitt einen kleinen Kanal in Richtung Baht entlang, als Meren ihn entdeckte. Ra kauerte mitten auf dem Boot, die Stirn gegen eine Seitenwand gepreßt, die Augen geschlossen, das Gesicht so grün wie Papyrus. Meren gab den Ruderern ein Zeichen, überquerte ein Feld und wartete, bis das Boot am Kanalufer festgemacht hatte. Schweigend sah er zu, wie die beiden Ruderer an Land sprangen, dann die Arme ausstreckten und seinen Bruder hinaushalfen.

Die ganze Zeit hatte Ra die Augen geschlossen. Er konnte sich kaum auf den Beinen halten und hing förmlich zwischen seinen Kameraden. Als er unsanft den Boden berührte, riß er die Augen auf. Meren freute sich fast darüber, daß das erste, was sein Bruder sah, er war, wie er mit verschränkten Armen und gespreizten Beinen vor ihm stand. Ras Augen waren rot gerändert, sogar das Weiße war von roten Äderchen durchzogen. Mit benebeltem Blick starrte er Meren an.

»Oh, Ihr Götter!« Ras Körper sackte nach vorn, die Männer, die ihn stützten, zog er mit sich.

Meren machte einen Satz zurück, und Ra erbrach sich genau auf die Stelle, wo er eben noch gestanden hatte. Der Nordwind wehte ihm den säuerlichen Geruch zu. Meren sah sich um und bemerkte zwei Fischerbote sowie einige Frauen, die Wasserkrüge auf dem Kopf trugen. Ferner Arbeiter, die einen Deichbruch flickten, und Frauen und Mädchen, die mit Armladungen voller Wäsche auf dem Weg zum Fluß waren. Eines der Mädchen kicherte, doch ihre Mutter versetzte ihr eine Ohrfeige. Die Boote segelten weiter, aber der Abscheu auf dem Gesicht eines alten Fischers war Meren nicht entgangen.

Jeder Zeuge der kleinen Szene wandte den Blick ab, sobald Meren ihn ansah. Sein Bruder war inzwischen über einer Pfütze dicklichen Schleims auf die Knie gesunken. Meren verzog verächtlich das Gesicht.

»Bringt ihn unverzüglich in seine Gemächer.«

Ohne einen Blick zurück eilte er davon zum Haus. Am Tor gab er den Befehl, Ras Freunde zu verhören und sie anschließend wieder in ihre Unterkünfte auf dem Landsitz zu schicken. Träger, Torwächter und Wagenlenker sahen ihm voller Unbehagen hinterher, als er den Weg zwischen den beiden Teichen entlangschritt. Die Diener gingen ihm aus dem Weg, als er durch die Empfangshalle rauschte. In der Haupthalle unterhielt sich Kysen gerade mit Reia.

Reia grüßte Meren, doch Kysen hinderte ihn daran, seinen Vater aufzuhalten.

»Das würde ich nicht tun, Reia«, sagte er. »Nicht jetzt.«

Meren nahm seinen Sohn nur wie durch einen Schleier wahr. Innerhalb weniger Augenblicke war er in seinen Gemächern angelangt. Er stieß die Tür auf, dann schlug er sie wieder hinter sich zu und brüllte nach Zar.

»Wo bist du, du prahlerische Plage?«

»Hier, mein Herr.«

Zar stand auf der Schwelle zum Badezimmer, einen Stapel sauberer Badetücher in den Armen. Meren löste seinen Schurz und schleuderte ihn zu Boden.

»Rufe meine Badesklaven«, verlangte er. »Und meinen Barbier. Ich will eine Massage mit diesem babylonischen Öl, das du in den höchsten Tönen gepriesen hast. Und dann will ich meinen elegantesten Schurz und mein bestes Obergewand, meinen goldenen Halskragen und meine goldenen Armreifen sowie meine besten Sandalen.«

Zar folgte ihm in die Badegemächer, klatschte in die Hände und rief die Helfer herbei. Meren setzte sich auf den Salbungstisch.

»Und schick jemanden zu Fürstin Bentanta. Sie soll mir etwas von ihrem Granatapfelwein bringen lassen«, fügte er in einem Ton hinzu, der keinen Widerspruch duldete. »Außerdem brauche ich noch den Gürtel mit den goldenen Perlen und der rot-goldenen Schließe.«

Zar verbeugte sich, während ein paar Sklaven ins Zimmer eilten, die Seifentöpfe, Zuber und riesige Kupferschüsseln voller Wasser hereintrugen, in denen Rosenlotusblüten schwammen. Mit wütendem Blick betrachtete Meren das Papyrusfries, das auf die Wand gemalt war. Zar fragte ihn flüsternd etwas.

»Nein, Zar, ich bin nicht krank.« Er erhob sich und stieg in den Badezuber. Kühles Wasser klatschte über seinen Kopf und seine Schultern, so daß er prusten mußte. »Das ist es doch, was du wolltest, oder nicht? Würde, edle Größe, hochherrschaftliches Gebaren. Du sollst alles bekommen, Zar.«

Der Leibdiener dankte ihm überschwenglich, aber Meren hörte nicht zu. Er hätte viel lieber alles Zeremoniell und sämtliche Formalitäten über Bord geworfen und im Schoß seiner Familie Zuflucht gesucht. Nun hatte er auch noch einen mysteriösen Todesfall im Haus. Außerdem machte ihn der Gedanke an Ra rasend vor Zorn; mit dem wollte er im Moment nichts zu tun haben. Aber mit dem Mord *mußte* er sich befassen, und daß Anhai ermordet worden war, erschien ihm so gut wie sicher. Sonst hätte es schließlich keinen Grund gegeben, ihren Leichnam zu verstecken. Doch konnte es sich nicht um ein geplantes Verbrechen handeln, anders war dieser seltsame letzte Ruheplatz für die Tote wohl kaum zu erklären.

Sennefer hatte den Verdacht auf Ra gelenkt. Meren hatte niemandem – auch Kysen nicht – von der Unterhaltung erzählt, die er mit Ra auf dem Fest geführt hatte, und in der Ra angedeutet hatte, daß er Anhai zu heiraten gedachte. Falls ihn Anhai lediglich gegen Sennefer hatte ausspielen wollen, war Ra mit Sicherheit vor Wut aus der Haut gefahren.

Meren konnte sich nicht vorstellen, sich in diese Frau zu verlieben, aber Ra war nicht der Klügste. Er hatte sie vielleicht tatsächlich geliebt, einfach nur, weil sie ihm geschmeichelt hatte. Vielleicht hatte sie ihn in seiner unglaublichen Selbstüberschätzung bestärkt. Ra war zügellos, wild und unberechenbar, und er pflegte seinen Groll wie ein Bauer die Gerste.

Doch war es natürlich durchaus möglich, daß Sennefer gelogen hatte. Er hatte allen Grund, den Verdacht auf jemand anders zu lenken. Andererseits: Wenn Ra entdeckt hatte, daß Anhai ihn lediglich benutzt hatte ... Er war ohnehin schon ganz zerfressen vom Haß, weil er sich einbildete, von Meren übervorteilt worden zu sein. Anhai mochte das Faß zum Überlaufen gebracht haben, so daß er jede Selbstkontrolle verloren hatte.

Während sich Meren mit dieser unschönen Möglichkeit auseinandersetzte, wurde er von seinen Dienern gebadet, und sein Körper wurde mit Öl eingerieben. Als sie ihn ankleideten, legte er sich in Gedanken die Fragen zurecht, die er Ra stellen wollte. Zar tat ihm den goldenen Halskragen um und befestigte das Gegengewicht auf seinem Rücken. Meren schob einen breiten Armreif aus Gold über die Sonnenscheibe, die in sein Handgelenk eingebrannt worden war: ein »Andenken« an seine Zeit in Echnatons Gefangenschaft. Ein mit Goldperlen besetztes Band schmückte seine Stirn. Lange, schwarze Haarlocken fielen ihm bis auf die Schultern herab.

Seine Hand fuhr über die Mulde in der Mitte seines Dolches, der an seinem Gürtel steckte. Plötzlich stieg eine Erinnerung in ihm auf: Er war noch ein junger Mann gewesen, stolz, gerade in den Rang des Wagenlenkers erhoben worden zu sein. Zum erstenmal war er als Krieger bei Hofe auf einem Bankett, zum erstenmal nahm er die Adligen aus der Perspektive eines Mannes wahr, der als einer der ihren galt.

Der Widerspruch hatte ihn verblüfft. Die Krieger trugen jetzt Gewänder aus dünnem Leinen, Ohrringe aus Gold und Goldsilber, Armreifen und Halskragen, verziert mit Lapislazuli und Türkisen. Ihre mit schwarzem Puder geschmückten Augen glänzten. Sonst waren dieselben Männer ohne weiteres bereit, einem Löwen das Herz zu durchbohren oder ihren Wagen mitten in die feindlichen Linien hineinzulenken. Ihre Finger, nun mit eleganten Silberringen geschmückt, handhabten sonst den Dolch mit unübertroffener Geschicklichkeit. Schönheit und Gewalt lagen also eng beieinander. Das eine maskiert durch das andere, ineinander verwoben, trügerisch, tödlich.

Von dieser Einsicht hatte er niemandem erzählt, denn keiner schien es merkwürdig zu finden. Als er jetzt dort stand, angetan mit weichem Leinen, reich geschmückt mit Gold, fühlte er sich ähnlich isoliert von seiner Umwelt wie damals.

Aber er hatte sich aus einem bestimmten Grund so gekleidet. Er schickte die Diener, die die Falten seines Gewandes ordneten, fort. Dann entließ er auch Zar mit einem Kopfnicken. Er schritt an zwei Türen vorbei, bis er am Zimmer seines Bruders angelangt war. Ein Krieger hielt davor Wache.

»Er hat mit niemandem gesprochen?« fragte Meren.

»Nein, Herr. Er ist, ich meine ...«

»Heraus damit«, forderte Meren.

»Er war nicht in dem Zustand, in dem man noch an einer Unterhaltung teilnimmt.«

»Du wählst deine Worte sehr vorsichtig.«

Eilig öffnete der Wächter ihm die Tür. Im Inneren war es dunkel. Meren nahm dem Krieger die Alabasterlampe aus der Hand und bedeutete ihm, draußen zu warten. Die Tür schloß sich; Meren durchquerte das Zimmer und schritt auf das Podest zu, auf dem ein mit Schnitzereien reich verziertes Bett stand, das von Vorhängen verborgen wurde. Meren zog die Vorhänge beiseite. Er hielt dem Bruder die Lampe förmlich ins Gesicht.

Ra schreckte auf und verbarg sein Gesicht in den Händen. »Kein Licht, verdammt noch mal! Hinaus.«

Meren stellte die Lampe auf den Boden, packte seinen Bruder am Arm und zerrte ihn aus dem Bett. Ra fiel zu Boden, wobei er fluchte und um sich trat. Dann stöhnte er, zog die Beine an und legte die Stirn auf die Knie.

»Was willst du, Meren? Ich bin krank. Geh weg.«

»Anhai ist ermordet worden«, sagte Meren über Ras Stöhnen hinweg.

Das Stöhnen verstummte. Ein rotes Auge öffnete sich und blinzelte ihn an.

»Was hast du gesagt?«

»Du hast mich verstanden. Wo bist du letzte Nacht gewesen?«

»Wie kann sie tot sein? Sie war doch bei bester Gesundheit. Gestern abend ging es ihr noch gut.«

»Beantworte meine Frage«, sagte Meren. »Wo warst du, während Hepu aus seinem Traktat vorlas?«

»Hat er auf dem Fest etwa noch mehr Verhaltensregeln vorgetragen? Nachdem Anhai tot war? Das sieht ihm ähnlich, diesem Heuchler.«

»Nein, nein, nein!« Meren sank auf die Knie und sah dem Bruder tief in die Augen. »Beantworte meine Frage, Ra. Wo warst du, während Hepu aus seinem Traktat vorlas? Wann bist du zur Oase der Grünen Palme geritten, und wer hat dich begleitet?«

Ra preßte die Hände gegen die Schläfen. »Oh, Ihr Götter, mein Kopf. Du mußt nach deinem Arzt schicken. Ich sterbe.«

»Wenn du mir nicht sofort antwortest, dann wird dir der Schmerz in deinem Kopf wie ein Segen vorkommen verglichen mit dem Gefühl, das du haben wirst, wenn ich mit dir fertig bin.«

Ra starrte ihn einen Augenblick lang an. Das viereckige Kinn der Familie war in seinem Gesicht etwas weniger scharf ausgeprägt, weshalb er jünger wirkte, als er war. Seine Augen lagen ebenso tief wie Merens, blickten aber weniger gequält drein. Er bedeckte sie und sagte: »Irgend etwas stimmt mit Anhais Tod nicht, nicht wahr? Wo ich war, wo ich war? Ich erinnere mich an keine Verhaltensmaßregeln. Wahrscheinlich war ich schon fort. Ich finde es widerlich, wie Sennefer und Antefoker und alle anderen um dich herumscharwenzeln, als ob du der Pharao höchstpersönlich wärst. Das ertrage ich einfach nicht. Deshalb bin ich mit einigen meiner Freunde zur Oase der Grünen Palme geritten. Dort gibt es eine Taverne mit vorzüglichem Bier und Frauen, die die Gaben Hathors besitzen.«

»Bist du die ganze Nacht über dort geblieben? Gibt es Zeugen, die das beschwören können?«

Ra hob den Kopf und grinste anzüglich. »Drei von den Frauen werden es bestimmt beschwören. Willst du mich fragen, ob ich Anhai getötet habe? Bei den Göttern, du denkst tatsächlich, daß ich es getan haben könnte.« Ohne Vorwarnung packte Ra Meren am goldenen Halskragen und zog ihn dicht zu sich heran. »Jemand bringt sie um, und der erste Mensch, den du verdächtigst, bin ich. Du Hund! Du glaubst tatsächlich, daß ich sie ermordet habe. Du *hoffst* sogar, daß ich es war.«

»Nimm die Hand weg«, sagte Meren und starrte in das wutverzerrte Gesicht seines Bruders. Einen Augenblick lang wagte keiner von beiden zu atmen. Dann lachte Ra auf und ließ ihn los.

»Befehle konntest du schon immer besonders gut erteilen, Bruder.«

»Doch du warst niemals gut im Gehorchen.«

»Zumindest dann nicht, wenn der Befehl von dir kam.«

Meren stand auf und blickte auf Ra hinab, der die Augen wieder geschlossen hatte.

»In unserer Familie ist ein Mord passiert, Ra. Das Opfer ist eine verheiratete Frau, die du nach eigenen Angaben begehrt hast. Ich würde diese Fragen jedem stellen, der sich so verhält wie du. Hat sie dich abgewiesen? Hattet ihr Streit miteinander?«

»Es bekümmert mich zutiefst, dich enttäuschen zu müssen, aber wir haben uns nicht gestritten. Du hast uns doch gesehen. Wir haben miteinander herumgeturtelt. Nicht mehr. Ich hatte mich ihr noch nicht offenbart. Ich bin schließlich kein Narr, Meren. Ich weiß, daß vorschnelles Handeln keinen Wert hat. Als ich ging, war Anhai noch am Leben.«

»Sennefer behauptet, daß sie mit dir zusammen war, als er sie zum letztenmal sah.«

»Möglicherweise lügt er ja.«

»Und er sagt, daß Anhai dich nur benutzt hat, um ihn eifersüchtig zu machen, weil sie eigentlich ihn begehrte.«

Ra begann laut zu lachen. Er hielt sich den Kopf.

»Du bist ein Narr, Meren.« Sein Lachen verebbte, als Meren ihn weiterhin unverwandt und ohne jegliches Lächeln anstarrte. »Bei der Wahrheit Maats, du wünschst dir tatsächlich, daß ich der Schuldige bin. Es ist dir egal, daß Anhai Sennefer gegenüber eine habgierige Tyrannin war. Du scherst dich nicht darum, daß sie ihn mit ihrer bösartigen Zunge an sich gekettet hat. Du hast noch nicht einmal an all die anderen gedacht, die sie sich zu Todfeinden gemacht hat. Seit ihrer Ankunft hier hat sie sich ständig mit Bentanta gestritten. Durch ihren Betrug hat sie Antefoker fast in den Wahnsinn getrieben, und Wah schuldete ihr ganze fünfzig Stück Vieh. Ha! Das *wußtest* du noch nicht einmal, habe ich recht? Anhai bereicherte sich an der Torheit ihrer Freunde, Meren.«

»Und du hast die Nacht mit Alkohol und Frauen verbracht.«

Meren hielt Ra die Hand hin. Ra ergriff sie, und Meren zog den Bruder auf die Füße. Dann schob er ihn aufs Bett.

»Der letzte Abend war also nichts Besonderes: Wieder einmal hast Du Dich nur dem Vergnügen hingegeben.« Meren beugte sich herab und berührte den Bluterguß an Ras Kinn, dann den Kratzer am Ellbogen und eine rote Wunde über seinen Rippen. »Aber wenn dem tatsächlich so ist, lieber Bruder, warum siehst du dann aus, als ob du einen Kampf auf Leben und Tod hinter dir hättest?«

Ra zuckte die Achseln. »Manchmal ähnelt die Liebe eben einem Todeskampf. Aber davon willst du doch eigentlich gar nichts hören, nicht wahr? Du möchtest viel lieber glauben, daß ich mich mit Anhai gestritten und sie getötet habe? Warum hast du mit keinem Wort die anderen erwähnt, die es ebenso getan haben könnten? Was ist mit Bentanta?« Ra hielt inne und setzte sich auf dem Bett auf. »Du machst dir doch nicht etwa Sorgen um sie? Oh, Ihr Götter! Kein Wunder, daß du so scharf darauf bist, den Verdacht auf mich zu lenken. Ich habe davon gehört, daß die Familie eine Verbindung von euch beiden plant.«

»Die Familie wird keine Gelegenheit haben, sich in mein Leben einzumischen. Du behauptest also, die ganze Nacht über in der Oase der Grünen Palme gewesen zu sein.«

»Den ganzen Teil der Nacht, an den ich mich erinnere.«

»Und an welchen Teil erinnerst du dich nicht?«

»Woher soll ich das wissen, wenn ich mich nicht erinnern kann?«

»Ich bin deine Ausflüchte langsam leid«, sagte Meren. »Es wäre besser für dich, wenn deine Begleiter deine Geschichte bestätigen, sonst werde ich nicht mehr ganz so sanft vorgehen, wenn ich dich das nächste Mal frage.«

»Hast du denn überhaupt schon mit Bentanta gesprochen?«

»Das werde ich noch tun.«

»Ich bin gespannt, wie du es anstellst. Ich habe wohl bemerkt, daß ihr beiden euch umkreist wie zwei mißtrauische Leoparden. Und, Bruder: In bezug auf mich wirst du enttäuscht sein. Ich habe Anhai am Leben gelassen. Ich weiß, du wünschst dir, daß ich der Mörder bin, weil es dir eine große Last von den Schultern nähme: Du würdest nicht mehr ständig daran erinnert werden, wie du mich betrogen hast.«

»Ich habe dich niemals betrogen, und ich will auch nicht, daß du schuldig bist. Warum sollte ich mir wünschen, daß mein eigener Bruder zu einem solchen Verbrechen fähig ist?«

»Dann sag mir, warum du mich wie einen Verbrecher behandelst?«

»Das tue ich ja gar nicht, Ra. Du hast nur vergessen, wer ich bin.«

»Du bist mein Bruder.«

»Ich bin das Auge und Ohr des Pharao. Und zwar zu allererst, *vor* meiner Pflicht als Bruder oder sogar als Vater. Ich bin das Auge des Pharao.«

»Armer Meren«, sagte Ra, ließ sich wieder aufs Bett hinabgleiten und bedeckte die Augen mit dem Unterarm. »Immer so ernsthaft, so erbarmungslos in seiner Pflichterfüllung. Kein Wunder, daß wir niemals miteinander zurechtgekommen sind. Siehst du nicht, wie hohl du bist?«

»Wovon sprichst du überhaupt?«

Ra hob den Arm und lächelte Meren an. »Von deinem Leben, Bruder. Du hast so wenig Zerstreuung. Du magst mich nicht, weil ich es bei den Frauen leicht habe, weil ich weiß, wie man das Leben genießt, weil ich lachen kann.«

»Hast du Anhai umgebracht?«

»Du bist das Auge und Ohr des Pharao. Sag du es mir.«

Kysen fand Meren im zweiten Stock des Hauses, in jenem geräumigen Gemach, das ihm als Arbeitszimmer diente. Vier bemalte Säulen, deren Kapitelle wie Lotusblüten geformt waren, trugen das Dach. Grundbesitzurkunden, Rechnungen und Briefe lagen zusammengerollt und zu Bündeln zusammengeschnürt auf Regalen und in Lederbehältern. In der Ecke stand ein großer Wasserkrug, der mit einer Blumenranke geschmückt war. In einer Nische befand sich eine Statue des Gottes Toth. Auf dem Podest, das für Meren reserviert war, stand ein Sessel aus Zedernholz mit Ebenholzintarsien. Über der Lehne hing ein schwerer goldener Halskragen. Kysen erkannte in ihm das Ehrengold, das vom Pharao zur Anerkennung besonderer Dienste verliehen wurde.

Der Besitzer des Halskragens jedoch saß nicht auf seinem Podest. Er stand neben einem reichverzierten Alabasterkästchen, öffnete es und holte drei nilblaue und grüne Kugeln heraus. Er musterte Kysen mit ausdruckslosem Gesicht und begann, die Kugeln in die Luft zu werfen und wieder aufzufangen. Kysen schloß sorgfältig die Tür. Es war wohl kaum ratsam, zu riskieren, daß ein edler Fürst wie Meren beim Jonglieren ertappt wurde – wie ein gemeiner Gaukler.

Meren warf eine Kugel in die Höhe, während er eine andere wieder auffing. Die dritte schien derweil in der Luft zu schweben. »Was ist mit dem Geistertempel?«

Er wollte also nicht darüber reden, was zwischen ihm und Ra vorgefallen war.

»Vor Anbruch des Morgens hat sich eine Person dem Tal genähert, aber Iry und die Männer haben dem Betreffenden einen gehörigen Schrecken eingejagt, so daß er die Flucht ergriff. Sie konnten jedoch nicht erkennen, wer es war. Vielleicht ein Dorfbewohner. Als er die Geister hörte, rannte er fort.«

»Sonst nichts? Keine Anzeichen für ein gesteigertes Interesse?«

»Keine.«

»Ich habe nachgedacht«, sagte Meren, während er in seinem Arbeitszimmer umherging und unaufhörlich die blaugrünen Kugeln in die Luft warf. »Anhai kann frühestens um Mitternacht getötet worden sein. Die Leichenstarre hatte kaum eingesetzt, als wir sie fanden, wir konnten sie mühelos aus dem Kornspeicher herausholen lassen. Doch es kann auch nicht erst am frühen Morgen passiert sein, da wäre sie längst in ihr Gemach zurückgekehrt. Anhai war keine Närrin, sie hätte keinen Skandal riskiert, indem sie nicht zu ihrem Ehemann gegangen wäre.«

Kysen klopfte auf eine Papyrusrolle, die er in der Hand hielt. »Stimmt. Sie hat den Saal irgendwann zwischen Hepus Vortrag und Ende des Festes verlassen. Unglücklicherweise herrschte ein reges Kommen und Gehen unter den Gästen und Dienern, auch solchen, die mit der Familie gar nichts zu tun hatten. Reia sagt, daß die Türsteher am Vordertor äußerst beschäftigt waren. Keiner hat gesehen, wie Anhai das Haus verlassen hat oder zu den Kornspeichern hinübergegangen ist. Außerdem war es dunkel, und zwischen dem Tor und dem Haus stehen jede Menge Bäume. Vielleicht hat sie sich ja bewußt im Schatten gehalten.«

»Trotzdem frage ich mich, warum sie sich ausgerechnet zu den Kornspeichern geschlichen hat.«

»Vielleicht hat sie ja die Hintertreppen genommen und ist dann ums Haus herumgegangen«, überlegte Kysen.

»Aber die Diener, die in der Küche arbeiten, hätten sie doch gesehen.« Meren fing die drei Kugeln nacheinander auf und legte sie in das Alabasterkästchen zurück. »Ich habe versucht, mich an das zu erinnern, was ich gestern abend von Anhais Verhalten mitbekommen habe. Als sie mit Sennefer hereinkam, haben wir uns kurz unterhalten, und ich erinnere mich, daß auch Wah dabeistand. Dann kam Ra, und sie sprach mit ihm.«

»Und sie hatte diesen Streit mit Bentanta.«

»Danach habe ich sie, glaube ich, nicht mehr gesehen. Ich war zu sehr damit beschäftigt, Hepus Lesung zu ertragen.«

Meren ging zu seinem Sessel hinüber, nahm den goldenen Halskragen hoch und setzte sich. »Wenn ich genauer darüber nachdenke, so scheint Anhai auf die eine oder andere Weise bei jedermann leidenschaftliche Reaktionen hervorgerufen zu haben.«

Kysen grinste. »Natürlich. Sennefer muß wütend auf sie gewesen sein, weil sie es Ra gestattete, sich ihr zu nähern. Er unterhielt sich zwar mit Bentanta, aber er ließ seine Frau keinen Augenblick aus den Augen. Der Salbkegel auf seinem Kopf hatte gerade zu schmelzen begonnen, und ich dachte bei mir: Wenn er noch röter anläuft, löst sich der Salbkegel allein schon von der Hitze seiner Eifersucht auf.«

»Er mag vielleicht einigermaßen wütend auf sie gewesen sein, aber Bentanta raste vor Zorn. Sie hat sogar gesagt, sie wünschte sich, den Mut zu haben, Anhai umzubringen.«

Kysen stieß einen Pfiff aus und ließ sich neben Meren auf dem Boden nieder. »Hast du dich schon mit ihr unterhalten?«

»Das wollte ich tun, nachdem ich Ra verhört habe. Aber ich ... mußte mich erst einmal wieder sammeln. Ich mache mir Sorgen, Ky. Ra glaubt, daß ich ihm die Schuld an Anhais Tod in die Schuhe schieben will. Und dann ist da noch Bentanta.«

»Ich nehme an, die Götter werden uns nicht das Glück bescheren, daß einer der Diener sich als Mörder entpuppt«, antwortete Kysen.

»Kein Diener hätte Grund gehabt, sie zu töten«, gab Meren zu bedenken. »Außerdem kann ich mir nicht vorstellen, daß ein Diener das Wagnis einer solchen Tat auf sich nehmen würde. Wenn Anhai zum Gefolge der Königin Anchesenamun gehört hätte, wäre das sicher etwas anderes, aber so ...«

Die Große Königliche Frau, Anchesenamun, war gegen die Rückkehr ihres Gatten Tutenchamun zu den alten Gebräuchen und gegen die Wiedereinsetzung Amuns als oberstem Gott gewesen. Kysens Ansicht nach hatte sie den Verstand verloren, denn sie hatte Pläne geschmiedet, um den Pharao loszuwerden und an seiner Statt einen hethitischen Prinzen auf den Thron zu setzen. Ihre Intrige war gescheitert, und heute behauptete der Pharao, daß sie ihr verräterisches Verhalten bereute.

Kysen schüttelte den Kopf. »Nein, du hast recht. Anhai kann nicht allein zu den Kornspeichern gegangen sein. Normalerweise hätte sie niemals einen Fuß dorthin gesetzt, sie muß also einen der Gäste oder ein Familienmitglied begleitet haben. Und dort ist sie auch getötet worden.«

»Antefoker hat den ganzen Abend über versucht, sie abzufangen«, sagte Meren. »Er ist zusammen mit Ra vom Fest verschwunden. Wir müssen jemanden in sein Haus schicken.«

»Aber die einzige, die auf dem Fest mit ihr gestritten hat, war Bentanta.« Kysen blickte zu seinem Vater auf. »Möchtest du, daß ich mit ihr rede?«

»Nein, mein Sohn. Das erledige ich. Sie würde dich sofort zur Tür hinausjagen.«

»Ich hatte gehofft, daß dir das klar ist«, sagte Kysen.

Beide Männer erhoben sich, als eine hohe, klare Stimme vom Treppenabsatz vor dem Arbeitszimmer zu ihnen herüberdrang.

»Vater!«

»Herein«, rief Meren.

Bener eilte ins Gemach und zog Isis hinter sich her. Als sie vor Meren standen, schob sie die Schwester vor sich hin.

»Erzähl Vater, was du mir gesagt hast.«

Isis stieß die Hand ihrer Schwester beiseite. »Laß die Finger von mir, und sag mir nicht, was ich zu tun habe.«

»Es könnte aber wichtig sein.«

Das jüngere Mädchen strich ihr Gewand glatt und schob eine verirrte Locke wieder an ihren Platz. »Du hältst dich immer für so schlau, aber eigentlich versuchst du doch nur, dich wichtig zu machen. Vater, den ganzen Morgen über hat sie Tante Idut und Großtante Cherit mit Fragen gelöchert, und jetzt quält sie mich damit.«

»Ich habe keine Zeit, euren Streit zu schlichten, Mädchen.«

»Vater«, sagte Kysen. »Ich glaube, Bener meint es ernst.«

Bener lächelte dankbar. »Sie hat Bentanta und Anhai aus der Tür gehen sehen, während Onkel Hepu aus seiner Abhandlung vorlas.«

Kysen kniete vor Isis nieder. »Stimmt das?«

»Sie hätte es mich ruhig selbst erzählen lassen können.«

»Dann *erzähl* es uns doch selbst!« rief Meren gereizt.

Nachdem jetzt jedermanns Aufmerksamkeit auf ihr ruhte, schenkte Isis allen ein sonniges Lächeln. »Ich stand also in der Nähe der Tür zur Empfangshalle und gab vor, Hepu zuzuhören.«

»In Wirklichkeit hat sie einen von Onkel Ras Freunden angestarrt«, warf Bener ein. »Den mit dem langen Gesicht eines Ibis.«

»Überhaupt nicht wahr!«

Kysen berührte seine Schwester am Arm. »Beachte sie nicht, Isis. Fahr fort!«

»Ich stand also in der Nähe der Tür«, sagte Isis mit einem verächtlichen Seitenblick auf Bener. »Da rauschte Anhai an mir vorbei. Du kennst sie ja. Sie sah aus, als ob das ganze Haus samt Inventar ihr gehörte. Entsprechend hoch trug sie die Nase Sie hat mich unter Garantie nicht gesehen, aber ich habe sie sehr wohl bemerkt, denn sie sah ziemlich wütend aus, und Bentanta folgte ihr. Letztere wirkte elend. Ich kann mir nicht vorstellen, daß sie Anhai in dem Moment noch besonders gut leiden konnte.«

Kysen blickte zu Meren auf. Der schwieg. Dann sah er Isis wieder an. Ihr Gesicht leuchtete vor Neugier.

»Hast du gesehen, wohin die beiden gingen?« fragte Kysen.

»Sie durchquerten die Empfangshalle und verließen dann das Haus. Mehr habe ich nicht mitbekommen.«

Bener stemmte die Hände in die Hüften. »Ich wäre ihnen ja gefolgt.«

»Sicher, du pflegst die Erwachsenen ja auch auszuspionieren«, gab Isis zurück.

»Genug!« rief Meren ungeduldig.

Kysen drängte die beiden Mädchen zur Tür.

»Habt Dank, Schwestern. Ihr habt uns sehr geholfen. Danke, Bener, aber Vater ist momentan ziemlich angespannt.«

Bener blieb an der Tür stehen. »Ich weiß. Tante Idut hat seine Aussichten, sich auf Baht zu erholen, vollkommen zunichte gemacht. Und jetzt muß er sich auch noch mit diesem mysteriösen Mordfall befassen, statt seine Zeit mit uns zu verbringen.«

»Wenn Tante Idut Anhai nicht hierher eingeladen hätte, dann wäre sie woanders ums Leben gekommen«, bemerkte Isis.

»Wir werden schon eine Möglichkeit finden, etwas Zeit miteinander zu verbringen«, sagte Kysen. »Ich verspreche es.«

Bener legte die Hand auf die Tür, so daß er sie nicht schließen konnte. »Fürstin Bentanta ist im Garten. Ich habe gehört, wie sie Sennefer versprochen hat, ihn dort zu treffen, um ihm noch etwas von ihrem Granatapfelwein zu geben.«

»Danke, Schwester.«

Kysen machte die Tür zu und sah seinen Vater an. Meren spielte mit der Schreibpalette, die auf dem Tisch neben seinem Stuhl lag. Als er den Kopf hob, wäre Kysen beinahe zusammengezuckt, so groß war der Schmerz, den er für kurze Zeit im Gesicht des Vaters entdeckte. Gleich darauf war er wieder verschwunden.

»Ich will nicht, daß sie es getan hat. Wir haben unsere Kindheit zusammen verbracht, Ky, und ich will nicht, daß sie es getan hat.«

Kapitel 11

Am Nachmittag betrat Meren den Garten, wo die Familie sich zu einem kleinen Imbiß versammelt hatte. Eigentlich hätte er sich lieber einer Horde Wüstenbanditen entgegengestellt, als Bentanta zu verhören. Er blieb am Tor stehen und sah sich auf dem von Bäumen umfriedeten Gartenstück um: Die Gäste saßen unter den Zweigen einer alten Weide, wo Idut ein kleines Festessen arrangiert hatte. Neben hatten sich Nebetta, Tante Cherit und seine Töchter niedergelassen, die ihm verschwörerische Blicke zuwarfen. Hepu schien der gesamten Gruppe mal wieder eine kleine Vorlesung zu halten.

Alle wirkten einigermaßen verzweifelt, ein sicheres Zeichen dafür, daß Hepu schon einige Zeit sprach. Nur Wah war offenbar entkommen. Er hatte sich auf einem Sofa ausgestreckt und schnarchte, während ein Sklave ihm Luft zufächelte. Die Überreste seiner Mahlzeit lagen auf einem Tablett neben ihm. Sennefer und Bentanta hatten sich in eine weinumrankte Laube zurückgezogen.

»Es hilft nichts«, sagte Meren leise zu sich selbst und ging auf die Laube zu.

»Da kommt er, wahrscheinlich, um mich erneut des Mordes an meiner Frau zu bezichtigen«, sagte Sennefer. Seine Aussprache war undeutlich, seine Pupillen geweitet. »Laßt nicht zu, daß er mich noch einmal quält, Bentanta.«

»Ich habe nicht vor, dich irgendeiner Tat zu verdächtigen«, erwiderte Meren. »Ich bin gekommen, um mich mit Bentanta zu unterhalten, und zwar unter vier Augen.«

»Wie glücklich bin ich, dich verlassen zu dürfen, Vetter«, erwiderte Sennefer. Es ist mir ein Vergnügen. Habt acht, Fürstin. Er liebt es, den Ankläger zu spielen.«

Sennefer erhob sich und sah Meren an. Er blinzelte schläfrig.

»Steh nicht herum und halte Maulaffen feil. Iß lieber was«, sagte Meren. »Du bist vom Trinken schon ganz rot im Gesicht und kannst dich kaum noch auf den Beinen halten.«

»Ich habe aber Durst!« Der Weinbecher fiel Sennefer aus den schlaffen Fingern.

»Dann trink Wasser«, antwortete Meren und gab einer Dienerin ein Zeichen. Das Mädchen eilte herbei, um den Becher aufzuheben, und zog sich wieder zurück.

»Wasser?« sagte Sennefer, als ob er dieses Wort noch nie gehört hätte. »Ja, Wasser wäre gut.« Dann machte er sich schwankend auf den Weg zu der Gruppe unter der Weide.

Meren sah zu, wie er zu einem Sessel hinüberstolperte und fast hinein fiel. Dann wandte er sich Bentanta zu, die bisher noch kein Wort gesagt hatte. Sie saß auf einem Sofa und schien sich nicht daran zu stören, daß er sich in Sennefers Sessel niederließ und ihr forschend ins Gesicht schaute.

Fragend zog sie die Augenbraue in die Höhe, aber als er weiterhin schwieg, wandte sie ihre Aufmerksamkeit dem Harfenisten zu, der für die Gäste spielte.

»Man hat dich gesehen, wie du gestern abend mit Anhai die Feier verlassen hast, während mein Onkel aus seiner Abhandlung vorlas.«

»Ich bin sicher, daß viele Leute zu diesem Zeitpunkt gegangen sind.«

Ihre Selbstbeherrschung ärgerte Meren, und so wurde er lauter: »Aber nur eine ist gestorben, und sie wurde zuletzt in deiner Begleitung gesehen.«

»Sprich nicht in so einem Ton mit mir, Meren. Ich kenne dich schließlich, seit du ein kleiner Junge warst.«

»Du scheinst nicht zu begreifen, worum es geht. Jemand

hat Anhai umgebracht, und du hast dich mit ihr gestritten und ihr Leben bedroht.«

Schließlich löste Bentantas Blick sich doch noch von dem Harfespieler. »Du hältst mich für eine Mörderin?«

»Gut, wir haben als Kinder miteinander gespielt, aber das ist lange her. Heute stehen wir einander fast wie Fremde gegenüber, und ich weiß nur eines mit Sicherheit: Anhai ist gestorben, kurz nachdem du lautstark verkündet hattest, daß du sie am liebsten umbringen würdest, daß du nur nicht den Mut dazu hättest.«

»Ich habe mich in der vorderen Loggia mit ihr unterhalten. Dann habe ich einen Spaziergang unter den Bäumen an den Teichen gemacht.«

»Allein?«

»Ja, Meren. Wenn es jemanden gäbe, der für mich bürgen könnte, hätte ich es dir gesagt und mir die Tortur dieses Gesprächs erspart.« Sie erhob sich und ging um das Sofa herum, so daß er ihr Gesicht kaum erkennen konnte. »Ich nehme nicht an, daß du mir glaubst, wenn ich sage, daß ich sie nicht getötet habe.«

»Ich würde es gern glauben.«

»Dann tu es.«

»Hilf mir, indem du mir erklärst, warum du mit Anhai Streit hattest.«

»Das habe ich dir doch schon gesagt.«

»Bentanta, ich weiß, daß an diesem Streit mehr dran ist, als du bislang zugegeben hast. Sie hatte etwas gegen dich in der Hand, etwas, das du verzweifelt zurückhaben wolltest. Und sie versuchte, dich zu etwas zu veranlassen, das du nicht tun wolltest. Du hast es nicht zu ihrer Zufriedenheit erledigen können, und da wurde sie wütend.«

Zum erstenmal sah er, wie Bentanta die Fassung verlor. Eine tiefe Röte färbte ihre Wangen. Kurz darauf wurde sie sehr bleich, so daß die schwarze Schminke um ihre Augen noch dunkler erschien.

»Spionierst du deinen Freunden immer hinterher?« fragte sie.

»Nein«, antwortete er und hoffte, daß man nicht sah, wie sehr sein Gesicht glühte. »Ich habe das alles durch Zufall erfahren. Sag mir, was zwischen dir und Anhai vorgefallen ist. Ich bin davon überzeugt, daß die Sache ernst war, sonst hättest du keine derartigen Drohungen geäußert.«

»Es handelte sich um eine rein private Angelegenheit, und ich werde dich nicht in meine Geheimnisse einweihen, Meren. Ich habe gehört, was man sich überall erzählt. Idut sagt, daß du noch nicht einmal weißt, *wodurch* Anhai ums Leben gekommen ist. Also solltest du dich eigentlich hüten, falsche Anschuldigungen von dir zu geben. Du bist mißtrauisch und bösartig geworden. Früher warst du ganz anders.«

Meren erhob sich und trat zu ihr. Jetzt standen sie einander gegenüber und starrten sich an.

»Diese List wird dir nichts nützen«, sagte er schließlich ruhig.

»Welche List?«

»Seit Beginn unserer Unterhaltung versuchst du unentwegt, mich mit törichten Anschuldigungen und Beleidigungen abzulenken. Du warst von jeher ein Dickschädel. Djet hat immer gesagt, du hättest den *Ka* eines Esels.«

»Offenbar bin ich hier nicht die einzige, die mit Beleidigungen um sich wirft.«

»Vergib mir«, sagte er. »Und jetzt verrate mir endlich, was Anhai gegen dich in der Hand hatte.«

»Das geht dich nichts an.«

»Hör mir zu! Wir sind keine Kinder mehr. Wenn du es mir nicht sagst, muß ich es selbst herausfinden. Und zwar mit den Methoden desjenigen, der Auge und Ohr des Pharao ist.«

Erstaunt sah sie ihn an. Dann verengten sich ihre Augen, und sie kräuselte die Lippen. Enttäuscht stellte er fest, daß es ihm nicht gelungen war, sie einzuschüchtern.

»So ist es leichter, nicht wahr?« fragte sie.

»Wie meinst du das?«

»Du kommst besser mit mir klar, wenn du dich hinter deiner Rolle als Beauftragter des Pharao verschanzen kannst.« Mit einer ausladenden Geste deutete sie auf die Familie. »Du hältst sie auf Abstand. Du hältst jeden auf Abstand, mal abgesehen von deinen Kindern, die dir sowieso gehorchen. Was jagt dir solche Angst ein, daß du dich hinter Rang und Pflichterfüllung verstecken mußt?«

Fast wäre Meren der Mund offen stehen geblieben. Bentanta war immer schon stolz und respektlos gewesen. Das kam daher, daß sie ihre Jugend bei Königin Teje und Nofretete verbracht hatte.

»Du weißt, daß ich recht habe«, sagte Bentanta. »Deshalb hat es dir jetzt auch die Sprache verschlagen. Wahrscheinlich hat es bislang noch niemand gewagt, dir die Wahrheit zu sagen.«

Bei diesem Streit zog er offensichtlich den kürzeren. Er hatte keine Lust, sich noch mehr von Bentantas angeblichen Wahrheiten anzuhören. Sie versuchte ihn zu verärgern, ihn zu überrumpeln und seine Gedanken in eine andere Richtung zu lenken. Er musterte sie. Sie hatte die Hände zu Fäusten geballt. Das war ihm bislang nur deshalb nicht aufgefallen, weil sie sie halb in den Falten ihres Obergewandes verborgen gehalten hatte.

»Ich habe kein Bedürfnis nach einer so persönlichen Unterhaltung«, antwortete er. »Da du dich weigerst, mir die Wahrheit zu sagen, läßt du mir keine Wahl. Ich muß also noch mehr Leute in dieser Sache befragen.«

»Wage es nicht, mir zu drohen, Meren.«

Normalerweise wäre er ihr die Antwort darauf nicht schuldig geblieben, aber in diesem Augenblick ertönte ein Krachen und ein Schrei. Meren wirbelte herum und blickte zu der unter der Weide versammelten Gruppe hinüber: Sennefer lag mit dem Gesicht nach unten auf einem zerbrochenen Stuhl. Hepu und Wah bemühten sich, ihn hochzuziehen. Idut kreischte, während Bener versuchte, sie zu beruhigen. Isis stand mit offenem Mund da, und Nebetta kauerte neben den Männern und rief immer wieder den Namen ihres Sohnes.

Meren setzte sich in Bewegung. Er umrundete den Teich und erreichte Sennefer gerade in dem Augenblick, als Hepu und Wah ihn vom Stuhl herunterhoben und auf den Boden legten. Meren schob Wah beiseite und kniete neben seinem Vetter nieder. Nur ganz verschwommen nahm er wahr, daß Bentanta neben ihm stand.

Sennefers Augen waren geschlossen, aber er murmelte etwas vor sich hin. Er rief nach jemandem. Meren berührte seine Stirn. Sie war heiß, und sein Atem ging unregelmäßig. Nebetta, die jetzt Meren gegenüber kniete, fing an zu weinen.

Da begann Sennefer um sich zu schlagen; beinahe hätte sein Arm Meren mitten ins Gesicht getroffen. Meren duckte sich. Sennefer schrie und setzte sich auf. Meren packte seine Arme fest und rief ein paar Befehle. Nach wenigen Sekunden kamen einige seiner Männer in den Garten geeilt.

»Er ist im Delirium. Helft mir, ihn in sein Gemach zu schaffen. Idut, ruf meinen Arzt. Aus dem Weg, Tante Nebetta. Du erweist ihm keinen Dienst, wenn du uns behinderst.«

Es war ein anstrengendes Unterfangen, Sennefer ins Gästehaus und dort in seine Räumlichkeiten zu befördern. Den ganzen Weg über setzte er sich gegen sie zur Wehr. Meren und Hepu versuchten Sennefer in seinem Bett festzuhalten, als der Arzt herbeigeeilt kam. Nebamun begann ihn zu untersuchen, und plötzlich sank Sennefer erschöpft in die Kissen. Hepu tröstete Nebetta, während der Arzt Sennefers Augen musterte, seine Haut abtastete und ihm in den Mund sah. Noch bevor Nebamun fertig war, wurde Sennefers Körper plötzlich steif. Dann begann er zu zucken, und Nebetta schrie auf. Der Arzt holte einen Holzlöffel aus dem Weidenkorb, der seine Instrumente und Arzneien enthielt. Diesen schob er seinem Patienten gewaltsam zwischen die Zähne.

»Nein!« schrie Nebetta. »Was tut Ihr ihm an?«

Hepu hielt sie zurück, als sie sich schützend auf ihren Sohn stürzen wollte.

»Bring sie raus hier«, sagte Meren zu Hepu. Das sollte sie nicht mit ansehen müssen.« Er wartete nicht darauf, daß Hepu ihm zustimmte. Er schob die beiden vor sich her, drängte sie aus dem Zimmer und schloß die Tür hinter ihnen, noch ehe sie protestieren konnten.

Dann kehrte er an Sennefers Bett zurück. Nebamun nahm dem Patienten gerade den hölzernen Löffel aus dem Mund. Die heftigen Krämpfe hatten aufgehört, und er schien jetzt in eine Art Erstarrung verfallen zu sein. Nebamun legte ihm eine Decke über den Körper.

»Was fehlt ihm?«, fragte Meren.

»Wartet einen Augenblick, Herr.«

Aus seinem Arztkorb zog Nebamun eine dicke Papyrusrolle, die aus zahlreichen einzelnen Papyri bestand. Er rollte sie auf, und seine Finger fuhren über unzählige Zeilen von Hieroglyphen. Dann hielt er inne und las eine Passage, die mit roter Tinte geschrieben worden war. Schließlich rollte er die Papyrusrolle wieder zusammen und verstaute sie in seinem Korb.

»Nun?«

»Es gibt viele Krankheiten, die einen ähnlichen Verlauf nehmen, Herr.«

»Könnt Ihr ihm helfen?«

»Ich fürchte nein, Herr.« Nebamun kniete neben Sennefer nieder, der sich nicht mehr bewegt hatte. »Ich habe die geheiligten Schriften gefunden, die diese Krankheit beschreiben. Ein Fieber: Er leidet unter Fieberphantasien. Die Stimme seines Herzens wird schwächer.«

»Aber im Garten war das noch nicht der Fall«, sagte Meren.
Nebamun neigte den Kopf. »Hattet Ihr den Eindruck, daß er betrunken ist, Herr?«
»Ja.«
»Und seine Sprache war verzerrt.«
»Ja. Könnt Ihr nicht irgend etwas tun?«
»Ich fürchte nein, Herr. Die Symptome sind ernst, und ...«
»Offensichtlich wollt Ihr Euch nicht festlegen, Nebamun. Für derlei Unschlüssigkeit habe ich keine Zeit.«
»Ich vermute, daß er vergiftet wurde, Herr.«
Meren blickte auf Sennefer herab. »Vergiftet?«
»Für eine Krankheit traten die Symptome viel zu plötzlich auf, und ich habe auch keine Anzeichen für einen Zauber gefunden, Herr.«
Mit einer Handbewegung gebot Meren ihm zu schweigen. Seine Gedanken überschlugen sich. Wenn Sennefer tatsächlich vergiftet worden war, dann war die Gefahr größer, als er vermutet hatte. Aber warum sollte jemand seinen Vetter ermorden wollen? Und wie war das Gift in seinen Körper gekommen? Sennefer hatte das gleiche gegessen und getrunken wie alle anderen auch. Die Speisen wurden in der Küche zubereitet und in großen Schüsseln serviert, und immer mehrere Menschen aßen aus einer Schüssel.
Meren kniete nieder und legte seinem Vetter die Hand auf den Arm. Sie hatten sich nie besonders nahegestanden. Meren und Djet hatten einander geliebt wie Brüder, aber Sennefer war älter als sie gewesen und hatte seinen eigenen Freundeskreis gehabt. Trotzdem waren sie vom gleichen Blut und hatten gemeinsame Kindheitserinnerungen, und nun lag Sennefer im Sterben.
»Wie lange hat er noch zu leben?«
»Sein *Ka* wird noch vor Sonnenuntergang zu den Göttern entschweben, Herr.«
Es war wie ein Alptraum! Meren strich die Decke über

Sennefer glatt und erhob sich. »Ich muß es seinen Eltern sagen. Ihr bleibt hier, Nebamun.«

Er wünschte sich, es nicht tun zu müssen. Als er den Raum schon verlassen wollte, entdeckte er neben der Tür einen großen Krug, der mit einem irdenen Siegel verschlossen war. Daneben stand ein zweiter mit erbrochenem Siegel. Merens Blick fiel auf die Hieroglyphen, die in ihn geritzt waren. Er sah sich suchend um. An einem Tisch, auf dem ein kleiner Weinkrug und ein Becher standen, blieb sein Blick haften.

Meren hob den kleinen Krug in die Höhe und roch an ihm. Dann stellte er ihn wieder auf den Tisch und tauchte den Finger in den Rest Wein, der noch im Becher war.

»Wein, Nebamun.«

»Wein, Herr?«

Meren nahm den Krug erneut zur Hand. Seine Finger trommelten dagegen.

»Ja, Wein«, sagte er. »Fürstin Bentantas ganz besonderer Granatapfelwein.«

Fürst Paser war wieder einmal sehr zufrieden mit sich. Tatsächlich legte er sogar noch mehr List an den Tag als der unwillkommene Gast, der ihn kürzlich heimgesucht hatte. Er saß unter dem Sonnensegel auf dem kleinen Frachtschiff, während einer seiner Gefolgsleute mit einer Stange die Tiefe des Wassers überprüfte. Sie segelten südwärts. Einer der Matrosen hockte im Mast und hißte das rechteckige Segel; am Heck steuerte ein anderer Matrose das Schiff mit Hilfe eines langen, schmalen Ruders.

Sein jetziges Schiff war weder grün noch gelb. Es war überhaupt nicht angestrichen, so daß es von vielen anderen, die stromaufwärts fuhren, nicht zu unterscheiden war. Nachdem man ihn daran gehindert hatte, Kysen weiter zu folgen, hatte Paser zunächst einmal so getan, als ob er nach Norden in Richtung Memphis segelte. Unterwegs dorthin hatte er dieses Frachtschiff entdeckt. Es gehörte einem kleinen Tempel des widderköpfigen Gottes Chnum, der in einer unbedeutenden Stadt in der Nähe von Elephantine lag. Die Klagen eines kleinen Tempels aus einer solch armseligen Stadt würde kaum jemand zur Kenntnis nehmen, weshalb er das Schiff kurzerhand beschlagnahmt hatte.

Der Kapitän und seine Mannschaft waren nicht grade erfreut darüber gewesen, besonders nicht, als Paser die drei Ochsen, die ihre wertvollste Ladung darstellten, einfach am Ufer ausgesetzt hatte und mit ihrem Futter davongesegelt war. Jetzt war er also wieder in Richtung Süden unterwegs. Er blickte über die von der Sonne ausgetrockneten Felder und schätzte, daß Merens Landgut nicht mehr weit entfernt sein konnte. Dann erhob er sich und ging zum Bug, wo der Lotse seine Stange aus dem Wasser zog.

»Wir werden das Segel reffen«, verkündete Paser. »Wie heißt dieses von Palmen umgebene Dorf dort hinten?«

»Es nennt sich Oase der Grünen Palme, Herr.«

»Ah ja. Das liegt ganz in der Nähe von Baht. Hier gibt es sicher ein befestigtes Ufer. Dort ziehen wir das Schiff an Land.«

Paser kehrte unter das Sonnensegel zurück und rieb sich die nackte Oberlippe. Er hatte ein großes Opfer gebracht, um seine Tarnung perfekt zu machen. Niemand sollte ihm vorwerfen können, nicht äußerst raffiniert vorzugehen. Doch fiel es ihm schwer, sich daran zu gewöhnen, daß er jetzt weder Schnurrbart noch Spitzbart hatte. Er hatte sich sogar den Kopf rasiert. Was er aber am meisten vermißte, war seine Geißel, das Zeichen für eine vornehme Abstammung.

Was er für sein Fortkommen doch alles auf sich nahm! Er betete zu Amun, Osiris und Ra, daß all das eines Tages belohnt werden würde. Wenn er erst am Ufer war, würde er einen der Matrosen ins Dorf schicken, damit dieser diskret Nachforschungen anstellte und sich erkundigte, was es von der Willkommensfeier für Fürst Meren zu berichten gab. Für diese niederen Kreaturen war das Fest sicher das große Ereignis des Jahres.

Niemand würde ihm jetzt mehr befehlen, nach Hause zurückzukehren. Kein unerträglicher Besserwisser würde ihm erzählen können, daß Kysen nur deshalb von der Seite des Pharao gewichen war, um an diesem Fest teilzunehmen. Er spürte es geradezu: Meren hatte den Hof nur verlassen, um insgeheim seine Ränke zu schmieden. Irgend etwas ging vor auf seinem friedlichen Landsitz. Und er würde herausfinden, was es war.

Er mußte sich lediglich in Geduld üben. Früher oder später würde Meren einen Fehler machen, einen, den Paser bei Hof gegen ihn einsetzen konnte. Der Weg zur Macht führte nun einmal über die Leichen seiner Feinde. Und Pasers Weg in das Herz und die Gunst Tutenchamuns – möge ihm ein langes Leben, Gesundheit und Reichtum beschieden sein – war unlösbar verknüpft mit dem Aufstieg Prinz Hunefers und dem Sturz Fürst Merens.

Kapitel 12

Die Tür zu Sennefers Zimmer wurde geöffnet. Drinnen beugten sich Nebetta und Hepu über den Körper ihres Sohnes. Nebamun stand neben dem Tisch mit dem Weinkrug. Meren trat in den Flur hinaus und schloß die Tür hinter sich. Dann wandte er sich dem Meer erschrockener und angstvoller Gesichter zu. Alle drängten sich in den schmalen Korridor – Diener, seine Schwester, seine Töchter, ja sogar Wah.

Auf der Schwelle zur Halle wartete Großtante Cherit in ihrer Sänfte. Meren gab Kysen ein Zeichen und deutete auf die Frau neben ihm: Bentanta. Kysen nickte.

»Nun?« fragte Idut, und in ihren Augen schimmerten Tränen. »Sein *Ka* ist also in die Unterwelt geflogen?«

»Ja. Wir werden ihn morgen früh zusammen mit Anhai nach Abydos schicken müssen.«

Wie Nebamun vorausgesagt hatte, war Sennefer noch vor Einbruch der Dunkelheit gestorben. Schon lange vorher hatte Meren seinen Männern den vertraulichen Befehl erteilt, das gesamte Anwesen abzusuchen und sämtlichen Granatapfelwein zu konfiszieren. Diese Aufgabe war ihnen dadurch erleichtert worden, daß die ganze Familie außer Ra, der immer noch schlief, im Gästehaus versammelt war.

Ein leises Murmeln erhob sich, wie man es angesichts eines Todesfalles häufig vernimmt. Doch ebenso wie bei Anhais Tod heulten und wehklagten die Frauen nicht, nur Nebetta weinte. Die anderen waren viel zu verängstigt, um an Schicklichkeit zu denken.

Eine Hand stahl sich in Merens. Er blickte auf Isis herab und sah die Furcht in den Augen seiner Tochter. Er zog sie an sich, und sofort kuschelte sich Bener in seinen anderen Arm.

Sie flüsterte: »Das Ganze ist schrecklich. Etwas Böses geht um.«

»Ich habe Angst«, sagte Isis.

Meren sah Bener an. »Du darfst deiner Schwester nicht noch mehr Furcht einjagen. Faßt Mut, ihr beiden. Ich werde nicht zulassen, daß euch etwas zustößt. Ich bin ja da. Euer Bruder ist da. Und außerdem haben wir ein Dutzend Wagenlenker hier, die uns beschützen.«

»Die haben Anhai und Sennefer auch nichts genützt«, antwortete Bener. Die Begeisterung für das Geheimnisvolle schien ihr gründlich vergangen zu sein.

»Die beiden standen ja auch nicht unter meinem persönlichen Schutz. Nun aber erteile ich meinen Männern den ausdrücklichen Befehl, euch zu bewachen. Ihr seid in Sicherheit.«

In diesem Augenblick drängte sich Wah an zwei Dienerinnen vorbei und näher zu Meren heran. »Vielleicht sollte ich besser abreisen.«

»Nein«, sagte Meren.

»Oh, natürlich«, erwiderte Wah aalglatt. »In diesen schweren Zeiten benötigt Ihr meine Unterstützung. Ich fühle mich geehrt, meinem zukünftigen Bruder helfen zu können. Ihr müßt mir nur sagen, was ich für Euch tun kann. Alles…«

»Nicht jetzt, Wah.« Noch während er sprach, warf Meren Reia einen Blick zu. Dieser drängte sich an Cherit vorbei und salutierte vor ihm.

»Idut«, rief Meren. »Könntest du alle Anwesenden in den Garten hinausführen? Hier gibt es nichts mehr zu tun.«

»Aber ganz im Gegenteil«, widersprach seine Schwester. »Ich muß mich um Tante Nebetta und Onkel Hepu kümmern. Sie brauchen doch bestimmt ein paar Klageweiber und Asche für das Trauerritual. Und Sennefer muß für die Reise nach Abydos vorbereitet werden. Ich muß ein paar Priester holen lassen.«

»Jetzt nicht, Idut.«

»Wie gefühllos du geworden bist, Meren. Ich werde nicht...«

»Du wirst!«

Idut zuckte zusammen und warf ihm einen wütenden Blick zu. Doch bevor einer von beiden noch etwas sagen konnte, hob Cherit die faltige Hand und gebot Schweigen.

»Du bist eine Närrin, Idut! In diesem Haus geht das Böse um, und du machst dir Gedanken über die Einhaltung der traditionellen Rituale.«

Wah schlängelte sich zu Idut hinüber. »Die ehrenwerte Fürstin Cherit spricht voller Weisheit, meine Liebe. Zwei Menschen sind eines plötzlichen Todes gestorben. Diese ganze Geschichte ist nicht mehr normal. Komm, wir wollen uns in den Garten zurückziehen, wie Fürst Meren es verlangt hat.«

Die Familie stimmte zu, aber als Bentanta den anderen folgen wollte, stellte Kysen sich ihr in den Weg. Meren trat zu ihr.

»Fürstin, wo ist der Granatapfelwein, den Ihr mitgebracht habt?«

»Das meiste davon ist bereits getrunken worden. Warum?«

»Habt Ihr Sennefer ebenfalls etwas davon gegeben?«

»Ja, heute morgen. Anhais Tod hat ihn aus der Bahn geworfen. Was ist los?«

»Wir haben auch in seinem Gemach welchen gefunden.«

Bentanta sah zu Sennefers Tür hinüber. »Er hat mich auf dem Fest um Wein gebeten. Ich ließ ihm zwei Krüge bringen.«

»Wann genau war das?«

»Kurz nach Beginn der Feierlichkeiten. Nachdem er ein paar Schluck getrunken hatte, konnte er gar nicht aufhören, sich in Lobeshymnen darüber zu ergehen.«

»Also habt Ihr einem Diener befohlen, ein paar Krüge in sein Gemach zu schaffen. Und die Krüge waren versiegelt.«

»Natürlich waren sie das.« Bentanta sah ihn durchdringend an. »Mein Granatapfelwein kann ihn wohl kaum getötet haben.«

»Der Wein nicht, nein.«

»Ich bin nicht blöd, Meren. Du vermutest, daß sein Wein vergiftet wurde, und du glaubst, ich könnte das getan haben. Ich bitte dich! Benutze doch mal deinen Verstand! Warum hätte ich Sennefer töten sollen?«

Meren sah Reia an. »Begleite Fürstin Bentanta in ihr Gemach.«

»Ich lasse mich nicht so einfach von irgend jemandem in meine Räume schicken, Meren.«

»Dann will ich dir etwas erklären«, sagte er. »Mein Vetter ist tot, weil er vergifteten Wein getrunken hat, den du ihm geschenkt hast. Seine Frau ist gestorben, und zwar, nachdem sie Streit mit dir hatte. Sie hatte etwas gegen dich in der Hand. Aber du weigerst dich, mir zu verraten, was es war. Du leugnest, daß du etwas Unrechtmäßiges getan hast, aber beweisen kannst du deine Unschuld nicht. Das hier ist nicht länger eine Angelegenheit, die sich unter Freunden regeln läßt, Bentanta. Ich stehe nicht mehr als ehemaliger Spielkamerad vor dir, der dich um Hilfe bittet, sondern als Auge und Ohr des Pharao, mit der offiziellen Untersuchung zweier Mordfälle betraut. Und nun zieh dich in dein Gemach zurück.«

Er gab Reia ein Zeichen, woraufhin sich dieser vor Bentanta verbeugte und ihr den Weg zu ihren Räumen wies, die auf der entgegengesetzten Seite des Hauses lagen. Bentanta preßte die Lippen zusammen, sagte aber nichts mehr. Sie drehte sich um und schritt dem Wagenlenker voran.

Als sie fort war, öffnete Meren die Tür zu Sennefers Zimmer und rief Nebamun zu sich. Nebetta kniete neben Sennefers Leichnam und wiegte ihren Oberkörper vor und zurück. Hepu stand hinter ihr. Der Arzt kam heraus. In der Hand hielt er den Becher und den versiegelten Weinkrug. Kysen holte den offenen Krug heraus. Danach schloß Meren die Tür erneut und ließ die trauernden Eltern allein.

Er ging in die Halle voraus, wo er sich auf einem Stuhl auf dem Podest niederließ. Er wartete, bis Kysen den dickbauchigen Krug auf einen Ständer gesetzt hatte. »Und jetzt erklärt mir noch einmal, was in dem Wein war.«

»Ich bin nicht sicher, Herr, aber meiner Ansicht nach wurde er mit einer giftigen Pflanze namens *tekau* versetzt. Sie hat lange dunkelgrüne Blätter und schwarz-rote Beeren. In meinem Ärztebuch sind sämtliche Symptome aufgelistet, die jemand zeigt, der etwas davon zu sich genommen hat. Dort steht auch, daß jede Hilfe zu spät kommt, wenn man zu viel von der Pflanze in sich hat.«

»Aber bislang haben wir das Gift nur in diesem einen Krug gefunden?« fragte Meren.

»Iry hat die anderen Krüge allesamt untersucht«, antwortete Kysen. »Bei ihrer Ankunft ließ Bentanta insgesamt zwölf in die Vorratskammer der Küche bringen. Das meiste davon wurde auf dem Fest getrunken, und keinem ist etwas geschehen. Drei Krüge stehen noch versiegelt in der Vorratskammer. Wie es scheint, befindet sich das Gift also tatsächlich nur in diesem einen Krug.«

Meren erhob sich, beugte sich über das Gefäß und untersuchte das Siegel. »Ich nehme an, der Wein kann durchaus vergiftet worden sein, bevor der Krug versiegelt wurde.«

»Genausogut ist es möglich, daß das Gift hineingelangt ist, nachdem Sennefer ihn geöffnet hat«, widersprach Kysen. »Wenn er den Krug erst nach dem Fest in seinem Gemach aufgemacht hat, dann war es ein leichtes, sich in sein Zimmer zu schleichen und das Gift hineinzutun.

Zumindest jeder aus dem Gästehaus hätte Gelegenheit dazu gehabt.«

Meren kehrte zu seinem Stuhl zurück. »Das stimmt. Nebamun, Ihr habt mir sehr geholfen. Bitte kehrt jetzt zu meiner Tante zurück und kümmert Euch um sie.«

»Die Trauer macht sie ganz krank, Herr. Soll ich ihr einen Beruhigungstrunk geben?«

»Ja, wenn sie ihn annimmt.«

Als Nebamun die Halle verlassen hatte, setzte Kysen sich zu seinem Vater auf das Podest. »Ich nehme nicht an, daß du eine Idee hast, warum ein Diener oder Sklave diese Verbrechen begangen haben könnte.«

»Sie alle stehen bereits seit vielen Generationen in den Diensten der Familie, Ky, und die meisten waren auf dem Fest viel zu beschäftigt, um jemanden zu ermorden. Zusammen mit meinen Männern hat Kasa festgestellt, wo sich jeder von ihnen in der Nacht aufgehalten hat. Und was Sennefer betrifft, so müssen wir ohnehin nur diejenigen Diener ins Auge fassen, die mit dem Wein zu tun und also Gelegenheit hatten, ihn zu vergiften.«

»Wer hat denn den Wein in Sennefers Zimmer gebracht?«

»Kasa selbst«, antwortete Meren. »Und ich glaube nicht, daß Kasa einen Grund hatte, Sennefer oder Anhai etwas anzutun. Er kannte sie schließlich kaum und hatte nichts mit ihnen zu schaffen.«

Kysen umfaßte die Knie mit den Armen. »Aber Bentanta hätte einen Grund gehabt, Anhai schaden zu wollen, und wenn Anhai Sennefer ihr Geheimnis anvertraut hat, dann ist es nur logisch, anzunehmen, daß sie auch ihm nach dem Leben getrachtet haben könnte. Ich frage mich, was das für ein großes Geheimnis ist.«

»Sie will es mir nicht sagen, und die Durchsuchung ihres Gemachs und ihrer Habseligkeiten hat nichts ergeben. Auch ein Papyrusblatt, an dem ein Stück fehlt, war nirgends zu finden.«

»Dann hast du also noch nicht ernsthaft versucht, sie zum Reden zu bringen.«

»Keine Angst. Ich bin nicht länger der sanfte Höfling und zögerliche Freund aus Kindertagen. Ich gehe jetzt zu ihr.« Meren erhob sich. »Es ist fast, als müßte ich mir dazu meine Waffen anlegen.«

»Fürchte dich nicht«, sagte Kysen spöttisch. »Reia wird dich schon beschützen.«

»Freu dich nicht zu früh, mein lieber Sohn. Du wirst den zukünftigen Gatten meiner lieben Schwester verhören.«

»O nein, nicht Wah!«

»Ich kann nicht mit jedem sprechen, Ky, und er ist der einzige Fremde, der die ganze Zeit im Hause war. Vielleicht haben die Götter ein Einsehen, und du findest heraus, daß er der Mörder ist. Unglücklicherweise ...«

»Ra?«

»Ja«, sagte Meren. »Ra war in der Oase der Grünen Palme, aber er kann heimlich zurückgekehrt sein, um Anhai zu töten. Genausogut kann er Gelegenheit gehabt haben, Sennefers Wein zu vergiften.«

»Das klingt schrecklich, aber wie wahrscheinlich ist diese Theorie?«

»Keine Ahnung«, erwiderte Meren. »Früher hätte ich gesagt, daß Ra nichts und niemand genug am Herzen liegt, um ihn zu irgendeiner Handlung zu bewegen. Aber falls Anhai ihn nur benutzt hat, und Sennefer ihn deshalb auch noch ausgelacht hat... Ich weiß es nicht. Er kann jähzornig werden. Er bildet sich ein, daß er sein ganzes Leben lang bevormundet wurde, hauptsächlich von unserem Vater und von mir. Es ist ihm zur Gewohnheit geworden, überall eine Ungerechtigkeit gegen sich selbst zu wittern.«

»Und er trinkt.«

»Wein hat schon die Urteilskraft so manchen Mannes getrübt«, sagte Meren.

Kysen rieb sich das Kinn und starrte den Krug und den

Weinbecher an. »Die Türhüter beider Häuser waren nach dem Fest wieder auf ihrem Posten. Jeder von außen Kommende hätte sie irgendwie umgehen müssen, und keiner von ihnen hat beobachtet, daß sich eine auffällige Person auf dem Gelände herumtrieb. Aber ich halte es trotzdem für möglich, daß jemand von draußen sich mit einem Seil über die äußere Mauer gehievt hat und dann über die Hintertreppe zum Dach gelangt ist, von wo aus er ungehindert ins Haus kommen konnte.« Er erhob sich und trat neben Meren.

»Verhörst du auch Tante Idut?«

»Ja, und Großtante Cherit ebenfalls«, erwiderte Meren. »Ich wünschte, du könntest diese Aufgabe für mich übernehmen, aber sie würden dich einfach ignorieren. Ich muß auch mit Hepu sprechen – und vielleicht sogar mit Nebetta. Bei den Göttern, der heutige Tag erscheint mir endlos.«

»Ich werde heute abend den Tempeldienst für dich übernehmen. Du brauchst Ruhe.«

»Ich glaube nicht, daß ich schlafen kann. Ich werde keine Ruhe finden, bis ich weiß, wer in meinem Haus Menschen tötet. Und wir haben da wirklich eine hübsche Versammlung von Verdächtigen beieinander.«

»Hast du schon einmal über die Möglichkeit nachgedacht, daß Sennefer Anhai getötet haben könnte und jemand anders sich an ihm gerächt hat?«

»Was uns wieder zu Ra führt«, sagte Meren.

»Ich werde Iry suchen. Vielleicht haben seine Nachforschungen ja noch etwas ergeben.«

»Ach, Ky«, sagte Meren, als sein Sohn sich auf den Weg machen wollte. »Gib doch bitte Reias Bruder Simut den Auftrag, Bener und Isis zu bewachen. Ich glaube eigentlich nicht, daß sie in Gefahr sind, aber ich kann ruhiger schlafen, wenn ich weiß, daß jemand ein Auge auf sie hat.«

»Daran hätte ich schon längst denken sollen.«

Als er allein war, rief Meren einen Diener herbei, ´damit

er den großen und den kleinen Weinkrug und den Becher in sein Arbeitszimmer trug. Er würde einen Wächter vor der Tür postieren, so daß die Beweisstücke dort in Sicherheit waren. Dann fiel ihm nichts mehr ein, womit er seinen Besuch bei Bentanta hätte hinauszögern können. Ihm graute davor, Macht und Autorität vor ihr demonstrieren zu müssen, aber ihm blieb keine andere Wahl.

Reia stand zusammen mit einem weiteren Krieger vor Bentantas Gemach. Meren wäre fast allein hineingegangen, doch dann besann er sich und erteilte Reia einen Befehl.

Als Reia zurück war, ließ Meren den zweiten Mann als Wache vor der Tür und trat zurück, damit Reia anklopfen und die Tür aufstoßen konnte. Bentanta schritt ruhelos im Zimmer auf und ab. Sie blieb stehen, als sie die Männer hereinkommen sah. Sie runzelte die Stirn, als ihr Blick auf den Krieger fiel. In Reias Gürtel steckte ein Krummsäbel, und in den Händen hielt er eine Schreibpalette und eine Papyrusrolle.

»Ich habe dir bereits gesagt, daß ich Sennefer nicht vergiftet und Anhai nicht getötet habe. Deine Handlanger haben mein gesamtes Gepäck durchsucht. Ich bin mit meiner Geduld am Ende, Meren.«

Meren gab keine Antwort. Reia ging an Bentanta vorbei, griff sich einen Stuhl und stellte ihn vor Meren hin. Meren ließ sich darauf nieder und ordnete die komplizierten Falten seines Gewands. Reia zog seinen Krummsäbel, setzte sich auf den Boden und legte ihn neben sich. Dann nahm er einen Binsenhalm von der Schreibpalette und mischte etwas Tinte mit Wasser. Er legte das Papyrusblatt auf seinen Schurz, so daß es sich zwischen seinen gekreuzten Beinen spannte und tunkte den Binsenhalm in die Tinte auf der Schreibpalette. Meren schwieg weiterhin beharrlich.

»Was soll das?« fragte Bentanta.

Meren musterte sie, wie er jeden gemustert hätte, gegen den er den begründeten Verdacht hegte, ein Kapitalverbrechen begangen zu haben: abschätzend, prüfend, nach irgendwelchen Anzeichen von Schuld fahndend. Manchmal tat allein diese Behandlung schon ihre Wirkung, aber die Klugen oder diejenigen, die Erfahrungen am königlichen Hof gesammelt hatten, zeigten ihm häufig nichts anderes als die unergründliche Fassade der Unschuld. Auch Bentanta gehörte unglücklicherweise zu denen, die man nicht so leicht einschüchtern konnte: In ihren Zügen spiegelte sich keine Schuld, sondern vielmehr ziemliche Verärgerung. Na gut, er hatte auch nicht erwartet, daß sie auf irgendwelche simplen Tricks hereinfallen würde.

»Fürstin Bentanta, ich werde diesem Verhör einen Zeugen beiwohnen lassen, wenn Ihr es wünscht.«

»Verhör?« Bentanta trat vor ihn hin und stemmte die Hände in die Hüften. »Du willst mich verhören wie einen gemeinen Dieb, der Honig aus deiner Küche gestohlen hat?«

»Ihr verlangt also keinen weiteren Zeugen«, schlußfolgerte Meren. »Nun gut. Laß uns anfangen, Reia.« Er blickte zu dem Krieger hinab. »Fürst Meren, Sohn des Amosis, Auge und Ohr des Pharao Nebcheprure Tutenchamun – möge ihm ein langes Leben, Gesundheit und Reichtum beschieden sein – im Jahre fünf, Trockenzeit. Er spricht wie folgt: Verhör der Fürstin Bentanta, Witwe des rechtmäßigen Fürsten Hekareshu, in der Angelegenheit der Todesfälle von Fürst Sennefer und Fürstin Anhai.«

Er hielt inne und sah Bentanta mit ausdruckslosem Gesicht an, während Reias Binsenhalm über das glatte Papyrus eilte. Sie blickte von ihm zum Papyrus und dann wieder zurück. Ihre Augen weiteten sich, und sie ließ die Arme sinken. Er beobachtete, wie die Muskeln an ihrem Hals arbeiteten, als sie schluckte. Aber abgesehen von dieser Bewegung blieb ihr Gesicht vollkommen unbewegt. An der Seite von zwei Königinnen hatte sie gelernt, ihre Gefühle zu beherrschen.

»Ich habe dir doch gesagt, daß ich nichts getan habe«, beschwerte sie sich.

»Und ich habe Reia gebeten, Eure Antworten für mich aufzuschreiben. Es ist keineswegs so, daß ich mich nicht an das erinnern könnte, was Ihr gesagt habt. Aber jetzt frage ich Euch offiziell, was Anhai und Sennefer gegen Euch in der Hand hatten. Und Ihr werdet mir die Wahrheit sagen.«

Bentanta drehte sich um und entfernte sich ein paar Schritte. Vor einem Tisch, der mit Kosmetika übersät war – Tiegel mit schwarzer Augenschminke und mit Salbe, Löffel, Pinzetten, ein Kamm aus Elfenbein und ein Spiegel aus Bronze – blieb sie stehen. Sie berührte die glatte Oberfläche des Spiegels. Er konnte sehen, wie sie mit sich rang. Es war wohl das beste, ihr nicht zu viel Zeit zum Nachdenken zu geben.

»Antwortet«, verlangte er.

Ihre Hand zuckte vom Spiegel zurück. Sie ballte sie zur Faust und verbarg sie hinter dem Rücken. Dann reckte sie das Kinn und lächelte leicht.

»Fürstin Bentanta antwortet wie folgt: Ich wünsche, mich mit meiner Familie zu beraten.«

»Alles zu seiner Zeit«, sagte er. Bentantas Familie gehörte zu den mächtigen des Landes. Sie war auf verschiedenen Umwegen mit Merens Freund, dem königlichen Schatzmeister Maya verwandt, ebenso wie mit General Nachtmins Frau, mit dem Hohepriester des Osiris und der göttlichen Priesterin des Amun.

»Nein, Meren. Ich will meine Familie sofort sprechen. Schicke nach meinem Vater und nach Maya. Sowohl Anhai als auch Sennefer haben vielen Menschen Ärger bereitet, und ich werde mich deiner Hetzjagd nicht beugen, ohne daß ich meine Familie in der Nähe weiß, die mir hilft.« Aufrecht und selbstbewußt stand sie da.

Meren trommelte mit den Fingern auf die Armlehnen seines Stuhls und musterte sie. Plötzlich hörte er mit dem

Klopfen auf und schloß die Augen. Er besann sich auf den Geist des Kriegers, jene Haltung, mit der er dem eigenen Tod ebenso ins Auge zu sehen vermochte wie dem Tod von Freunden, ohne seine Ruhe und Kampfbereitschaft zu verlieren. Als er die Augen wieder öffnete, zwinkerte Bentanta irritiert. Sie wollte etwas sagen, aber er war es schließlich, der als erster wieder sprach.

»Ich hatte gehofft, Euch Demütigung und Schmerz ersparen zu können. Aber ich werde es nicht zulassen, daß Ihr Euch weigert, mir zu antworten.« Er stand plötzlich auf.

Wie schon so oft in ähnlichen Situationen setzte er seine Körpergröße ein, um sein Gegenüber einzuschüchtern. Ernst blickte er auf Bentanta herab. »Ich habe Leute verhört, die erheblich höhergestellt waren als Ihr. Wenn Ihr glaubt, daß ich Euch um alter Zeiten willen die Peitsche und den Rohrstock erspare, irrt Ihr Euch. Irgend jemand hat in meinem Haus zwei Morde verübt, und ich werde herausfinden, wer es war. Ich will die Wahrheit von Euch hören, Bentanta. Die Entscheidung, ob ich wirklich Gewalt anwenden muß, um das zu erreichen, liegt in Eurer Hand.«

Sie starrte ihn an wie ein erschrockener Ibis. Immerhin nahm sie ihn jetzt endlich ernst. Er trat einen Schritt auf sie zu, und sie wich zurück. Dann nickte er Reia zu und ging zur Tür.

»Was tust du?«

»Ein Verhör unter Zwang erfordert einiges an Vorbereitungen«, antwortete er. Reia öffnete die Tür, vor der der Wachposten stand. »Wenn ich zurückkehre, ist Euch vielleicht auch klargeworden, daß Ihr keine andere Wahl habt außer der, meine Fragen zu beantworten.«

Bevor sie noch protestieren konnte, verließ er mit Reia den Raum. Zum erstenmal hatte ihre Stimme wirklich beunruhigt geklungen; vielleicht würde die Nacht ja ihre Zunge lösen. Bei jedem Schritt würde sie zusammenfahren. Ihre Furcht würde bei jedem Flüstern, bei jedem Rufen größer werden. In der Zwischenzeit gab es für ihn genug zu tun, womit er sich ablenken konnte. Allerdings hatte er kein allzu großes Vertrauen in Geständnisse, die unter dem Einfluß der Folter zustande kamen. Häufig sagte das Opfer nur das aus, was man von ihm hören wollte.

Da seine Männer überall Wache hielten, würde es keine weiteren Todesfälle mehr geben. Nachher würde er sich die Kornspeicher ein zweites Mal ansehen, würde mit Idut und Tante Cherit reden. Ja, es gab viel zu tun. Konnte er es sich da leisten, darauf zu warten, daß Bentanta aufgab? Und wenn er keinen Erfolg mit seinem Vorgehen hatte? Er fragte sich, ob sein eigener Mut groß genug war, seine Drohung wahr zu machen.

Er wollte die Antwort auf diese Frage gar nicht so genau wissen, deshalb verließ er das Gästehaus und ging zum Haupthaus hinüber. Als er unter den Bäumen entlangschritt, die in Gruppen an der Mauer standen, hörte er Schreie. Am Vordertor hatte sich eine Menschenansammlung gebildet. Reia eilte ihm voraus und bahnte ihm einen Weg durch die neugierige Menge. Die Schreie wurden lauter, dann verstummten sie. Diejenigen, die dem Zentrum der Unruhe am nächsten standen, gaben Meren den Blick auf Kysen und Ra frei. Im selben Moment brüllte sein Bruder los wie ein wild gewordener Stier. Er machte einen Satz und hatte plötzlich einen Dolch in der Hand. Augenblicklich zog auch Kysen seinen Dolch.

»Ich werde dir Manieren beibringen, du niedriggeborener Sohn eines Ziegenbocks!«

Ras Arm schoß auf Kysens Bauch zu. Kysen wehrte den Stoß ab. Metall schlug gegen Metall, bis die beiden Waffen sich ineinander verkeilten. Meren stürzte auf die beiden zu, packte Ras Arm und rammte ihm einen Fuß in die Brust. Ra flog zu Boden, ließ seinen Dolch aber keinen Augenblick los. Meren baute sich zwischen seinem Sohn und seinem Bruder auf und funkelte Ra zornig an.

»Von welchem Dämon bist du besessen, daß du es wagst, meinen Sohn anzugreifen?«

Mit dem Handrücken wischte Ra sich den Schweiß von der Oberlippe. »Er hat versucht, mich an der Abreise zu hindern. Dieser Hund hat mir doch tatsächlich befohlen, in mein Gemach zurückzukehren, als wäre ich ein halbwüchsiges Mädchen! Er behauptet, daß ich verdächtigt werde, Sennefer und Anhai getötet zu haben, dieser Dungfresser.«

Meren wich keinen Schritt zurück, als Ra wieder auf die Füße sprang und auf Kysen zuging. Er packte den Unterarm seines Bruders, so daß dieser die Hand, in der er den Dolch hielt, nicht mehr bewegen konnte.

»Du willst doch gar nicht gegen Kysen kämpfen«, sagte er. »Du willst gegen mich kämpfen. Warum tust du es dann nicht?«

Mit einem Ruck befreite Ra seinen Arm aus Merens Umklammerung und starrte den Bruder böse an. Dann verzogen sich seine Lippen zu einem Lächeln. »Beim Zorn des Amun, wie lange ich mir das schon wünsche. Komm also, du mächtiges Auge des Pharao, du großer und einflußreicher Freund des Königs, kämpfe gegen mich, wenn du es wagst. Ich werde dich noch vor Sonnenuntergang töten.«

Kapitel 13

Kysen eilte zu seinem Vater, während Meren den goldenen Halskragen, den Gürtel und sein Obergewand ablegte. »Er kam aus dem Haus gestürzt und sagte, er hätte gehört, du hättest ihm die Abreise verboten. Ich war gerade in der Nähe, als er versuchte, den Wachposten einzuschüchtern, damit dieser ihm das Tor öffnete.«

»Hast du etwa gesagt, daß wir ihn des Mordes verdächtigen?« fragte Meren. Reia nahm Merens Juwelen und sein Gewand an sich.

»Natürlich nicht. Ich sagte, daß in diesem Haus niemand über einen Verdacht erhaben sei, worauf er höchst beleidigt war.« Kysen schaute zu Ra hinüber, der ihnen über den mittlerweile leeren Platz, den die Menge um sie gebildet hatte, zornig zusah. »Ich halte diesen Kampf für keine gute Idee, Vater. Deine Wunden sind noch nicht vollständig verheilt. Sollen doch Reia und seine Männer Ra in Gewahrsam nehmen.«

Meren ergriff Kysens Dolch. »Nein. Er ist vor meinen Männern auf dich losgegangen und hat mich dadurch herausgefordert. Keiner von uns kann jetzt noch zurück. Wenn ich ihn gefangennehme, würde ich ihn außerdem auf eine Weise demütigen, die er mir niemals verzeihen würde.«

Kysen sah, daß Meren seine Entscheidung gefällt hatte. Er trat zurück, fing den Blick eines Wachpostens auf und gab ihm ein Handzeichen. Der Mann nickte und stieß einen Pfiff aus. Ein weiterer Pfiff erklang im Innern des Hauses, dann wieder einer.

Im selben Augenblick begannen Meren und Ra einander zu umkreisen. Die Sonne stand schon recht niedrig und war nur noch durch die Bäume zu sehen. Meren hielt sich mit dem Rücken zu ihr und bewegte sich immer näher auf den Bruder zu. Ra wurde die meiste Zeit vom Sonnenlicht geblendet.

Die Menge der Neugierigen wurde größer – Bauern, Fischer, Diener kamen hinzu. Ein paar Wagenlenker bahnten sich gewaltsam den Weg in die erste Reihe. Kysen machte ein weiteres Handzeichen, und sie bildeten einen losen Ring um die beiden Kämpfenden. Kysen fühlte sich hilflos, ihm blieb nichts weiter, als abzuwarten. Er ließ Ras Dolch nicht aus den Augen. Meren war zwar ein Krieger, aber Ra war sieben Jahre jünger.

Die beiden standen sich jetzt nah genug gegenüber, um zuzustoßen, aber Merens Haltung blieb defensiv. Geduckt bewegte sich Ra auf den Fußballen nach vorn und fuchtelte mit dem Dolch vor seinem Bruder hin und her. Meren würdigte die Waffe keines Blickes, beobachtete aber Ras Gesicht ganz genau. Schließlich verlor Ra die Geduld: Er zielte mit dem Dolch direkt auf Merens Bauch und stieß zu. Mit einem Satz brachte Meren sich in Sicherheit; Ra hätte beinahe das Gleichgewicht verloren. Erneut griff er an, diesmal von der Seite. Die Klinge traf Meren an der Taille, ein dünner Blutfaden wurde sichtbar.

Die Menge stöhnte auf, eine Frau schrie. Kysen sah, wie einer der Wagenlenker Idut am Arm packte, die ihren Brüdern etwas zurief. Keiner von beiden achtete auf sie. Ra lächelte nach seinem Treffer, aber Meren schien das nicht zu bemerken. Er trat ein paar Schritte zur Seite, um die Sonne wieder im Rücken zu haben. Ra schoß mit gezücktem Dolch auf ihn zu. Im letzten Augenblick nahm er die Waffe in die linke Hand und stach zu. Meren duckte sich, wirbelte herum und versetzte Ra einen Stoß, so daß dieser stolperte und auf die Knie fiel.

Kysen war keineswegs überrascht, als Meren sich danach aufrichtete und wartete, bis sein Bruder sich erhob. Merens Haltung fehlte das Offensive. Er hatte offensichtlich nicht die Absicht, mit Ra auf Leben und Tod zu kämpfen. Letzterem schien dies nun ebenfalls klar zu werden, denn er sprang auf, sein schweißnasses Gesicht rot vor Zorn, die Zähne gebleckt.

»Kämpf richtig gegen mich, du verfluchter Sohn Ammits!« Geschwind bewegte sich Ra auf Meren zu. »Du hast mir schon alles andere genommen. Das hier werde ich mir nicht auch noch nehmen lassen.«

Noch bevor er zu Ende gesprochen hatte, stürzte Ra sich auf Meren. Er prallte mit dem Bruder zusammen, der nach hinten fiel und Ras Arm mit dem Dolch packte. Als sie auf dem Boden landeten, lag Ra obenauf. Meren zerrte an Ras Arm und schob damit den Körper des Bruders von seinem herunter. Ra fiel zur Seite und landete mit dem Gesicht im Sand. Er spuckte.

Meren sprang auf die Füße und stand nun über seinem Bruder. Seine Brust hob und senkte sich heftig. »Du hast jetzt mein Blut gesehen, Ra. Das wird dir als Genugtuung wohl reichen.« Er ließ den Dolch sinken und wandte sich ab.

Ra rollte sich auf den Rücken, wischte sich den Schmutz vom Gesicht und sah seinem Bruder nach, wie er auf das Vordertor zuschritt. Blitzschnell war er auf den Beinen und stürzte Meren hinterher, den Dolch hoch erhoben und auf den Rücken seines Bruders gerichtet. Kysen steckte die Finger in den Mund und stieß einen durchdringenden Pfiff aus, die Wagenlenker pfiffen ebenfalls.

Meren drehte sich plötzlich um und hob seinen Dolch genau in dem Augenblick, da Ras Klinge sich auf ihn herabsenkte. Unter der Wucht von Ras Angriff fiel Meren zu Boden, doch er rammte dem Bruder das Knie in den Magen und schleuderte ihn über seinen Kopf hinweg. Ra flog durch die Luft. Sein Kopf schlug heftig auf, als er rücklings auf dem Boden landete. Er war vollkommen verblüfft und überrumpelt. Der Dolch fiel ihm aus der Hand.

Stille senkte sich über die Menge. Meren erhob sich schnell wieder und trat zu seinem Bruder. Ra ruderte mit Armen und Beinen und japste nach Luft. Er versuchte ebenfalls aufzustehen, mit dem Erfolg, daß er aussah wie ein Fisch auf dem Trockenen. Kysen hob Ras Dolch auf. Meren kniete neben seinem Angreifer nieder.

Er packte Ra am Haar und zog ihn in die Höhe. »Denk dran: Ich war nicht derjenige von uns beiden, der kämpfen wollte. Und denke auch an folgendes: Wenn du es noch einmal wagst, Ky auch nur anzurühren, dann kämpfe ich gegen dich wie gegen einen Feind und nicht wie gegen einen verzogenen kleinen Bruder.« Ra schlug Merens Hand beiseite und fluchte. »Du bleibst jedenfalls hier«, fügte Meren hinzu. »Ob als Gast oder als Gefangener ist mir egal. Komm, Ky. Wir haben noch einiges zu erledigen.«

Mit wachsender Überraschung hatte Kysen den letzten Worten seines Vaters gelauscht. Er war sprachlos und schwieg, während Meren seinen Männern den Befehl gab, Ra ins Haus zu bringen. Tief im Innern hatte er immer wieder daran gezweifelt, daß Meren die gleiche Zuneigung für ihn empfand wie für einen leiblichen Sohn.

Nun einen solch überwältigenden Beweis für Merens Liebe zu bekommen war wie ein Geschenk der Götter. Er wußte nicht, wie er darauf reagieren sollte. Glücklicherweise schien Meren sich der Wirkung seiner Worte gar nicht bewußt zu sein. Er reichte Reia seinen Dolch, gab seinen Männern ein Zeichen, die Menge der Schaulustigen zu zerstreuen. Erst dann schaute er zu Kysen.

»Wir können nur zu Amun beten, daß mein törichter Bruder in Zukunft erst nachdenkt und dann handelt. Oh, ewige Verdammnis! Da kommt auch noch Idut! Halt sie auf, Ky. Ich muß mich erst mal waschen. Wir treffen uns dann an den Kornspeichern. Ich will sie mir noch mal anschauen, bevor das Tageslicht ganz weg ist.«

»Tante«, rief Kysen und baute sich vor ihr auf. »Du siehst gar nicht gut aus. Hast du Vaters kleines Spiel mit Ra nicht genossen?«

»Spiel? Das war kein Spiel. Meren! Komm sofort zurück, Meren.«

Kysen tänzelte vor seiner Tante hin und her, während sie sich bemühte, an ihm vorbeizukommen, und suchte verzweifelt nach einer kleinen Notlüge. »Eben ist ein Bote vom Pharao eingetroffen. Vater muß sich sofort um ihn kümmern. Darf ich dir ein Bier kommen lassen? Du bist ja völlig erhitzt, Tante.«

Es war tatsächlich ein Bote des Pharao eingetroffen, aber das war schon einige Zeit her. Er saß jetzt wahrscheinlich in der Küche und schlug sich den Bauch voll, während er auf Merens Antwortschreiben wartete. Kysen gelang es, Idut so lange abzulenken, bis Meren im sicheren Refugium seiner Gemächer verschwunden war.

Kurze Zeit später betrat Kysen den Hof mit den Kornspeichern. Hray war gerade dabei, die Kornrationen auszugeben, mit denen die Arbeiter bezahlt wurden. Während er auf seinen Vater wartete, sprach Kysen noch einmal mit Hray. Doch nein, dem Hüter der Kornspeicher war nichts Ungewöhnliches aufgefallen, hatte nichts berührt, als er Anhai gefunden hatte.

»Aber eines war durchaus ungewöhnlich, Hray.« Unbemerkt hatte Meren sich zu ihnen gesellt.

»Tatsächlich, Herr?«

»Eure Müller hatten einen Streit wegen ihrer Mühl- und Mahlsteine.«

»Ja, Herr. Manchmal sind sie ein recht streitlustiges Völkchen.«

Kysen blickte auf die nach innen gewölbten Mühlsteine und die länglichen Mahlsteine. »Anscheinend bevorzugen bestimmte Arbeiter bestimmte Werkzeuge, besonders zwei von ihnen.«

»Das ist richtig, Herr.«

»Du stimmst mir also zu«, sagte Meren. »Als du Anhais Leichnam gefunden hast, waren zwei der Mahlsteine vertauscht worden, was Anlaß für einen Streit unter den Arbeitern war. Ich will wissen, ob die Mühl- und Mahlsteine nach getaner Arbeit ordentlich dalagen.«

»O ja, Herr«, rief Hray und nickte energisch. »Ich achte genau darauf, daß Mühl- und Mahlsteine am Ende eines Arbeitstages einander zugeordnet werden, und die beiden betreffenden Arbeiter müssen sich mit der Benutzung der Steine abwechseln. Ich dulde keine Streitereien wegen des Werkzeugs. Das ist nichts als Zeitverschwendung.«

»Und doch waren die Mahlsteine vertauscht«, stellte Kysen fest. Als Meren Hray entlassen hatte, ging Kysen zum Sonnensegel hinüber, hob den schwarzen Mahlstein in die Höhe und wog ihn in der Hand. Dann streckte er ihn Meren entgegen. »Ganz schön schwer. Hätte es denn keine Spuren hinterlassen, wenn jemand Anhai damit einen Schlag versetzt hätte?«

Meren wog den Stein ebenfalls in der Hand, wobei er ihn an der Schmalseite festhielt. Aus einem Grund, den Kysen selbst nicht benennen konnte, beschlich ihn bei diesem Anblick ein ungutes Gefühl. Gemeinsam betrachteten sie den schwarzen Stein. Seine Oberfläche war vom beständigen Schleifen vollkommen glatt poliert und glänzte matt. Kysen rieb mit den Fingern darüber, aber sie blieben sauber. Keine Blutspuren. Er legte den Mahlstein wieder auf den entsprechenden Mühlstein. Dabei bemerkte er den Wasserkrug, der in einem Netz hing. Er war aus ungebranntem Ton, der einen Teil der Feuchtigkeit aufnahm, wodurch der Rest kühl gehalten wurde. Er ergriff einen irdenen Becher und goß Wasser hinein. Bevor er Meren folgte, trank er den Becher in einem Zug leer. Sein Vater stand nun am Fuße des Kornspeichers, in dem Anhai gefunden worden war.

Während die Arbeiter und Hray den Hof verließen, standen die beiden Männer vor dem hohen Kornspeicher und musterten ihn nachdenklich.

»Reia und die anderen haben sämtliche Diener und Gäste überprüft«, sagte Meren. »Wir müssen jetzt nur noch Wah, Idut, Sennefers Eltern und Tante Cherit befragen.«

»Du glaubst doch nicht, daß Tante Idut oder die gute alte Cherit...«

»Natürlich nicht, aber vielleicht haben sie ja etwas gesehen.«

»Mit Fürstin Bentanta hast du schon gesprochen?«

Meren trat gegen die Tür am Fuße des Kornspeichers. »Diese Frau ist kühner und unverfrorener als ein weiblicher Falke. Ich schwöre, wenn sie mich ansieht, dann sieht sie immer noch einen kleinen Jungen.«

Kysen betrachtete seinen Vater: Meren war größer als er und hatte den Körperbau eines Wagenlenkers und Kriegers. »Das kann ich mir nicht vorstellen.«

»Doch, es muß so sein. Sonst hätte sie sich nicht geweigert, meine Fragen zu beantworten. Ich habe sie einem förmlichen Verhör unterzogen, und sie hat mich ziemlich arrogant abgefertigt. Sie verbirgt etwas, Ky, und ich werde herausfinden, was es ist. Wenn sie morgen früh nicht nachgibt, dann werde ich – verdammt – ich will nicht tun, was ich dann tun muß.«

»Mach dir keine Gedanken, Vater. Wenn du versucht hast, sie einzuschüchtern, dann hattest du damit auch Erfolg. Darin bist du nämlich ziemlich gut.« Kysen blickte sich auf dem Hof um. »Es wird langsam dunkel. Zeit fürs Abendessen. Und ich will noch ein bißchen schlafen, bevor ich in den Geistertempel gehe.«

»Wenigstens dort waren wir erfolgreich«, sagte Meren.

»Und was ist mit Ra?«

»Morgen früh reite ich in die Oase der Grünen Palme und unterhalte mich höchstpersönlich mit diesen Frauen aus der Taverne. Anschließend werde ich mich mit Bentanta befassen.«

»Was glaubst du, wer von beiden es war?« fragte Kysen.

»Ich habe keine Ahnung.«

»Wäre es dir lieber, wenn Bentanta die Schuldige wäre?«

»Natürlich«, erwiderte Meren. »Natürlich wäre es mir lieber, wenn sie die Täterin wäre und nicht mein Bruder. Egal wie ärgerlich sein Verhalten sein mag.«

»Du scheinst dir da manchmal aber nicht so sicher zu sein.« Das gefährliche Funkeln in Merens Augen brachte ihn zum Schweigen. »Ich bin mir nicht sicher, wer diese Schandtaten begangen hat, und ich mache mir Sorgen, weil dem Rest der Familie vielleicht ebenfalls Gefahr droht.«

»Natürlich«, erwiderte Kysen. »Soll ich den Koch veranlassen, dir etwas zu essen in dein Gemach bringen zu lassen? Ich kann mir nicht vorstellen, daß du heute zusammen mit Tante Idut in der Halle speisen möchtest.«

Nach dem Abendessen verließ Kysen Meren, damit dieser sich seiner Korrespondenz widmen konnte, und stieg die Treppe hinauf in Merens Amtszimmer. Er war gerade dabei, die Berichte von den Befragungen der Diener und Sklaven durchzugehen, als Iry anklopfte und Wah hereinführte. Wah schien auf Baht allgegenwärtig zu sein. Ständig hielt er sich in Iduts Nähe auf und überhäufte sie mit Mitgefühl, Komplimenten und Geschenken. Er hörte Großtante Cherit zu, wenn diese ihre zahllosen Geschichten von Leuten erzählte, die schon vor langer Zeit gestorben waren, wobei er unaufhörlich nickte und Interesse heuchelte. Er hatte versucht, mit Meren ins Gespräch zu kommen, hatte ihm sogar aufgelauert, als Sennefer in den letzten Zügen lag. Entnervt hatte Meren seinem Sohn anvertraut, daß er sich versucht fühlte, Wah einfach ziehen zu lassen, falls dieser – ähnlich wie Ra und Hepu – abzureisen versuchte.

Und jetzt erschien Wah auch noch in Merens Arbeitszimmer, diensteifrig wie ein Jagdhund, seinen unvermeidlichen Dattelkorb in der einen Hand. Mit der anderen wischte er sich verschmierte Schminke vom Auge. Kysen bot ihm einen Hocker an und nahm selbst in Merens Sessel Platz. Er mußte sich dazu zwingen, denn wäre er seinem ersten Impuls gefolgt, so hätte er sich auf den Hocker gesetzt. Aber Meren hätte das nicht gebilligt. Seine Stellung als königlicher Ermittler verlangte von ihm, daß er mit Autorität auftrat. Iry ließ sich in der Nähe nieder, um sich Notizen zu machen.

Wah schaute Kysen besorgt an, bevor er sich auf den Hocker setzte. »Wie furchtbar das alles ist, lieber Kysen. Ich habe versucht, Eure Tante und Fürstin Cherit zu trösten. Sie brauchen mich jetzt um so mehr, da Ihr und Euer Vater so sehr damit beschäftigt seid, den Bösewicht zu finden, der für die schrecklichen Todesfälle verantwortlich ist. Arme Anhai und armer Sennefer! Habt Ihr bereits herausgefunden, wer es war? Wie ich höre, wird Fürstin Bentanta in ihren Gemächern festgehalten, ebenso wie Fürst Nacht – äh, ich meine, Ra.«

»Der Wagenlenker Reia hat mir mitgeteilt, Ihr könnt bestätigen, daß Bentanta das Fest zusammen mit Anhai verließ – und zwar während Hepus Vortrag.«

»Ja«, sagte Wah und warf sich wieder eine Dattel in den Mund. »Ich habe ihren Streit mitbekommen. Aber ich war wohl kaum der einzige. Später haben sie den Festsaal gemeinsam verlassen, was mir angesichts der Tatsache, wie unerträglich sie einander zu finden schienen, doch recht merkwürdig vorkam. Vergebt mir, doch ich kann einfach nicht verstehen, was Fürstin Bentanta überhaupt hier zu suchen hatte. Ja, ich weiß: Idut hat mir erzählt, daß sie bei Sennefer und Anhai zu Besuch war, als die Einladung zu dem Fest dort eintraf. Aber ...«

Dies war der Grund, warum Meren Wah so wenig mochte. Wah steckte seine Nase grundsätzlich in Dinge, die ihn nichts angingen, und er konnte einfach nicht den Mund halten. Kysen ertappte sich dabei, wie er die Armlehnen seines Sessels umklammerte und mit den Zähnen knirschte.

»Habt Ihr Anhai noch einmal gesehen, nachdem Hepu seine Lesung beendet hatte?«

»Nein, aber dafür sah ich Sennefer.« Wah lachte. »Ich erinnere mich, daß ich ihn geradezu ständig irgendwo entdeckte, egal wie dicht das Gedränge war, denn er hatte sich einen frischen Salbkegel aufgesetzt, und der saß schief. Es war ein Wunder, daß er nicht herunterfiel, bevor er Gelegenheit zum Schmelzen hatte.«

»Und das war, nachdem Hepu geendet hatte?«

»O ja. Sennefer unterhielt sich mit einer von Antefokers Töchtern. Das arme Ding errötete ständig und verbarg das Gesicht hinter einem Fächer. Mir ist wirklich schleierhaft, wie es Sennefer bisher gelungen ist, nicht dem Zorn eines rasenden Vaters oder gehörnten Ehemanns zum Opfer zu fallen.«

»Wißt Ihr jemanden, der Sennefer wegen seiner Vorliebe für das weibliche Geschlecht den Tod gewünscht haben könnte?«

»Da kommen einige in Frage«, antwortete Wah. Neugier war in sein Gesicht getreten. »Aber ich dachte, Sennefer sei vergiftet worden – durch Fürstin Bentantas Granatapfelwein.«

»Eure Diener im Gästehaus sagen aus, daß Ihr zusammen mit Nebetta und Hepu vom Fest zurückgekehrt seid – vor Sennefer.«

»Verdächtigt man etwa mich?« Wah richtete sich auf, aber sein Versuch, entrüstete Würde zu demonstrieren, schlug fehl, was größtenteils an seiner unglückseligen Sitzhaltung lag: Die Knie reichten ihm fast bis zu den Ohren.

»Ich bemühe mich lediglich um Gründlichkeit bei meinen Ermittlungen«, erwiderte Kysen.

»Nun gut. Ich habe mich in der Tat zurückgezogen, nachdem ich Idut und Eurem Vater für dieses vergnügliche Fest gedankt hatte. Danach habe ich die ganze Nacht über geschlafen. Ihr könnt meinen Leibdiener fragen.«

»Das habe ich bereits getan«, sagte Kysen. »Und ich habe noch ein paar weitere Nachforschungen angestellt. Ihr wart während des Festes fast ausschließlich in Begleitung meiner Tante, und Ihr seid sogar, während Hepu vorlas, die ganze Zeit über in der Halle geblieben.«

»Ich fand Hepus Ausführungen sehr aufschlußreich. Euer Großonkel ist ein Mann von Charakter und Ehre.«

»Findet Ihr?«

Wah biß in eine weitere Dattel und musterte nachdenklich die restliche Hälfte der Frucht in seiner Hand. »Ich habe schon mehrfach erfolglos versucht, mit Eurem Vater zu sprechen, mein Junge. Ich mache mir Sorgen um Eure Tante und um Eure Schwestern. Vielleicht wäre es sicherer für sie, wenn ich sie nach Memphis mitnähme, bis Ihr dieses Verbrechen aufgeklärt habt.«

»Ihr?«

»Immerhin bin ich Iduts zukünftiger Gatte. Es ist meine Pflicht, mich um sie zu kümmern, und als zukünftiges Familienmitglied mache ich mir natürlich Gedanken um das Wohlergehen meiner kleinen Nichten.«

Kysen hatte nicht die geringste Absicht, diesem dattelkauenden Ehrgeizling seine Schwestern anzuvertrauen. »Ich danke Euch, Wah. Ich werde meinem Vater Euren Vorschlag unterbreiten. In der Zwischenzeit werdet Ihr Tante Idut sicher moralische Unterstützung leisten, indem Ihr noch ein bißchen bei uns bleibt.«

»Gewiß. Ich muß schon sagen: Ihr wart bei Euren Ermittlungen äußerst gründlich. Ich hatte ja keine Ahnung, daß Ihr so genau wißt, was ich auf dem Fest getrieben habe.«

»Wir haben allerdings auch alle anderen Gäste gründlich überprüft. Von Euch wissen wir noch, daß Ihr am Morgen nach dem Fest sehr spät aufgestanden seid, nämlich erst, nachdem Anhais Leichnam gefunden wurde, und daß Ihr den Morgen damit verbracht habt, die Familie zu trösten. Ich weiß auch, daß Ihr erst mit Sennefer gesprochen habt, als alle in den Garten gingen, um dort zu speisen. Es begann ihm schlecht zu gehen, während ihr unweit von ihm auf der Bank lagt.«

»Ihr seid wirklich sehr gründlich«, wiederholte Wah und stellte seinen Dattelkorb auf den Boden. »Dann wißt Ihr also schon, daß ich in der Zeit nicht in seine unmittelbare Nähe gekommen bin.«

»Aber habt Ihr vielleicht gesehen, wie jemand sich Sennefers Weinbecher genähert hat, während er im Garten war?«

»Oh, ich nehme an, das haben fast alle Familienmitglieder getan, doch nur Bentanta hat längere Zeit mit ihm verbracht. Aber was ist mit Ra? Wie ich höre, behauptet er, den Großteil des Tages geschlafen zu haben.«

Kysen erhob sich, was Wah veranlaßte, es ihm gleichzutun. »Danke für Eure Hilfe, Wah.«

»Ich habe nur meine Pflicht getan, insbesondere, da ich ja bald ein Mitglied der Familie sein werde. Nicht mehr lange, und ich werde der Bruder Eures Vaters und damit Euer Onkel sein. Seid versichert, daß ich alles in meiner Macht Stehende tun werde, um die Familie zu schützen. Ich hoffe, Euch allen in Zukunft große Dienste erweisen zu können. Möchtet Ihr vielleicht eine Dattel?«

»Nein, danke.«

»Werdet Ihr mit Eurem Vater über meinen Plan sprechen, Idut und Eure Schwestern von hier fortzuschaffen?«

Kysen drängte Wah aus dem Zimmer. »Sobald wie möglich. Einen schönen Abend noch.« Er schloß die Tür, noch bevor Wah zu Ende gesprochen hatte.

»Ach Iry, ich hatte selten das Gefühl, so sehr meine Zeit zu verschwenden wie bei dem Gespräch mit diesem Narren.«

»Ja, Herr, aber das habt Ihr jetzt wenigstens hinter Euch.«
»Ruh dich aus. Wir reiten los, sobald alle schlafen.«
Kysen nahm dem Krieger die Mitschrift von Wahs Verhör ab. Iry verließ das Zimmer, während Kysen das Schriftstück in einen Dokumentenkasten legte, in dem schon Dutzende von anderen Berichten lagerten, die im Verlaufe ihrer Ermittlungen erstellt worden waren. Daneben stand ein Korb mit Ostraka, Tonscherben, auf denen die Männer sich Notizen machten. Er nahm eine in die Hand, auf der die Aussage eines Küchendieners festgehalten war, dann warf er sie wieder in den Korb zurück.

Wegen der beiden Todesfälle hatte er seinem Vater verschwiegen, daß die Situation im Geistertempel langsam problematisch wurde. Die Wachposten wußten zu berichten, daß Nento sich immer weniger unter Kontrolle hatte. Die langen, dunklen Nachtstunden, die er damit verbrachte, auf die Geräusche des Windes und die Schreie der Hyänen zu lauschen, schienen seinen Mut zum Schwinden gebracht zu haben. Beim kleinsten Geräusch pflegte er zusammenzuzucken, und mittlerweile weigerte er sich sogar, mit den königlichen Toten allein im Tempel zu bleiben. Er bestand darauf, daß mindestens zwei Krieger ihm Gesellschaft leisteten.

Alle dort hatten Kysen versichert, daß kein Grund zur Besorgnis bestand. Das einzige, was die Stille des Tempels störte, waren die Laute der Schakale, Hyänen und Echsen sowie Nentos Entsetzensschreie. Das einzige, was sich bewegte, war der Wind. Kysen nahm sich vor, noch in dieser Nacht mit Nento zu reden und ihm vorzuschlagen, nach Baht zurückzukehren. Es war bestimmt ganz amüsant, ihn zu beobachten, wenn er herauszufinden versuchte, was gefährlicher für ihn war: der Geistertempel oder ein Landsitz, auf dem zwei Menschen ermordet worden waren.

Kapitel 14

Indigoblaue Dunkelheit umgab Meren im Garten Bahts. Obwohl die Sonne schon seit einigen Stunden untergegangen war, hüllte ihre Hitze ihn ein wie ein Kokon und nahm ihm fast den Atem. Seine nackte Haut klebte am Stuhl, und egal wie kräftig er sich Luft zufächelte, nichts brachte Erleichterung. Allein saß er am Ufer des Teichs und schaute auf das Mondlicht, das sich auf der stillen Oberfläche des Wassers spiegelte und die Lotusblüten beschien. Seine Auseinandersetzung mit Ra ging ihm nicht aus dem Sinn, weshalb er sich nach einem einsamen Abendessen auf seinem Zimmer hierher zurückgezogen hatte. Seine kaum verheilten Wunden taten mit erneuter Intensität weh. Es war ihm schwergefallen, seine Schmerzen vor Ra und den anderen zu verbergen.

Als Kinder hatten sich er und sein Bruder nie gezankt. Zuerst war Ra einfach viel zu klein gewesen, und dann war Meren an den königlichen Hof geschickt worden, um dort zusammen mit den Prinzen und den Kindern anderer hoher Würdenträger erzogen zu werden. Meren hatte Ra immer als Winzling betrachtet, als liebenswerten und schutzbedürftigen kleinen Bruder. Aber im Laufe der Jahre hatten Verwirrung und Zorn sich Merens bemächtigt, weil sein Vater ihn und seinen Bruder so unterschiedlich behandelte. Er selbst durfte sich keine Fehler leisten, ebensowenig wie ihm Zeit zum allmählichen Lernen gelassen wurde. Man erwartete von ihm, die Fähigkeiten eines Schreibers und eines Kriegers gleichzeitig zu erwerben, und zwar ohne Hilfe.

Ras Leben verlief völlig anders. Ra war zu allem noch zu klein, hatte man Meren immer gesagt. Ra besaß nicht das kluge Herz, das Meren geschenkt worden war. Ra war einzigartig, hatten seine Eltern ihm versichert; seine Talente mußten gehegt und gepflegt werden. Man mußte ihn fördern und ermutigen.

Vor langer Zeit, noch bevor er in die königliche Schule gekommen war, hatte sein Vater ihm seinen ersten Bogen geschenkt. Er hatte Meren gezeigt, wie man den Kinderbogen spannte, der bis auf die Größe ganz dem eines Erwachsenen glich – ein einziges Mal. Meren hatte versucht, es seinem Vater nachzutun, doch der Bogen schnellte ihm aus den kleinen Händen. Er hatte einen tüchtigen Schreck bekommen und war traurig, daß der Bogen, das erste Zeichen seiner Männlichkeit, zerbrach. Sein Vater aber bekam einen Wutanfall. Heute noch erinnerte er sich daran, wie sehr er sich geschämt hatte, als Amosis ihn vor dem gesamten Haushalt anschrie.

Jahre später hatte Ra seinen ersten Bogen ebenfalls zerbrochen. Mit seinem zweiten und dritten Bogen war ihm dasselbe passiert. Das hatte sein Vater gelassen hingenommen. Ra war eben stark, kein Wunder also, daß der Bogen unter seinen Händen zerbrach. Ra war immer so viel mit Freunden zusammen und war so beliebt bei ihnen. Da war es doch nur verständlich, wenn er seinen Bogen auch mal verbummelte. Es gab immer irgendeine Entschuldigung.

Heute *lebte* Ra förmlich von Entschuldigungen, und Meren fürchtete, sein Bruder würde niemals begreifen, daß sich die Welt seinen Wünschen nicht anpaßte. Er fürchtete, daß Ra die Welt dermaßen mißverstand, daß er sogar zu einem Mord fähig war: Irgendeine Entschuldigung, die ihn vor den Konsequenzen bewahrte, würde sich schon finden.

»Ihr habt nach mir geschickt, Herr.«

»Was?« Meren riß den Blick von dem silbernen Lichtnebel auf dem Wasser los. »Oh, Nebamun, ja. Habt Ihr die Mühl- und die Mahlsteine untersucht? Was denkt Ihr?«

»Herr, jeder, der mit einem solchen Stein erschlagen worden wäre, wäre wohl kaum ohne eine blutende Wunde davongekommen.«

»Ich weiß, aber könnt Ihr Euch eine andere Art vorstellen, einen Menschen damit zu töten?«

»Ich weiß nicht, Herr.«

»Und Ihr habt immer noch keine Spur von dem Gift, das in Sennefers Weinbecher war, auf dem ganzen Anwesen nicht?«

»Nein, Herr. Ich glaube, der Mörder hat alles in den bewußten Krug mit Granatapfelwein getan.« Nebamun räusperte sich. »Ihr habt mich gefragt, wer alles die *tekau*-Pflanze kennen könnte, Herr. Den Ärzten ist sie bekannt, denn in kleinen Mengen nutzt man sie auch als Schlafmittel, um Visionen hervorzurufen oder um Schmerzen zu lindern, aber der Umgang mit ihr ist gefährlich. Ansonsten könnte sich vielleicht auch jemand mit ihr auskennen, der Interesse an Gärten und Pflanzen hat: die Herrin eines Haushalts zum Beispiel.«

»Aber in diesem Garten gibt es die Pflanze nicht.«

»Nein, Herr.«

»Also hat sie jemand mitgebracht. Ihr könnt gehen«, sagte Meren, erhob sich und trat an das Ufer des Teichs. Dann kniete er nieder und berührte das Blütenblatt eines Rosenlotus. Ein Frosch quakte und sprang ins Wasser, so daß ihm etwas von dem kühlen Naß auf die Hand spritzte.

»Was für ein Irrsinn!« sagte er zu sich. »Hör auf, dir um Ra Sorgen zu machen, und denk über das nach, was du bislang herausgefunden hast.«

Anhai. Sie war irgendwann in der Nacht des Festes nach Hepus Vortrag auf mysteriöse Weise getötet und in den Kornspeicher geworfen worden. Sie dort hineinzubefördern war sicher nicht leicht gewesen. Trotzdem hatte man ihre Kleider und ihre Perücke ordentlich zurechtgelegt. Warum sollte jemand auf ihr äußeres Erscheinungsbild achten, nachdem er sie umgebracht hatte?

»Und dann ist da noch der Papyrusfetzen«, murmelte er. Hatte der Mörder Anhais Körper nach einem Schriftstück durchsucht und dann ihre Kleider wieder geordnet, damit niemand etwas merkte? Seit er den Fetzen gefunden hatte, hielt er es für möglich, daß er etwas mit Anhais Tod zu tun hatte, aber eine gründliche Durchsuchung des Hauses hatte keine Papiere zum Vorschein gebracht, die einen Mord wert gewesen wären. Natürlich konnte der Täter die Papiere vernichtet haben oder das Schriftstück immer noch bei sich tragen. Sollte er es wagen, die Mitglieder seiner Familie und Wah durchsuchen zu lassen? Vielleicht würde er dazu gezwungen sein. Doch es war durchaus möglich, daß er einem Phantom hinterherjagte. Vielleicht hatte dieser Fetzen ja auch gar nichts zu bedeuten.

Wer hatte Grund gehabt, Anhai zu töten? Bentanta und vielleicht auch Ra. Meren hielt es für unwahrscheinlich, daß Antefoker oder Wah Anhai wegen ihrer Schulden getötet hatten, und seine Schwester kannte er gut genug, um zu wissen, daß sie keine Mörderin war. Sowohl Bentanta als auch Ra hatten eine enge Beziehung zu Anhai gehabt. Beide hatten in der Nacht des Festes durchaus Gelegenheit gehabt, Anhai zu töten. Und was noch schlimmer war: Beide hatten vielleicht auch einen Grund, Sennefer zu töten. Anhai hatte ihrem Mann möglicherweise erzählt, was sie von Bentanta wußte und mochte letztere auf diese Weise indirekt dazu veranlaßt haben, auch ihn umzubringen. Auch Ra konnte Sennefer ermordet haben – aus Eifersucht auf Anhai oder aus Rache, weil er glaubte, daß Sennefer sie umgebracht hatte.

Meren stöhnte und hielt sich die Hände vor die geschlossenen Augen. Was für eine elende Schar von Verdächtigen! Bentanta schien ihm als Mörderin momentan am ehesten in Frage zu kommen, denn schließlich war es ihr Wein gewesen, nach dessen Genuß Sennefer gestorben war. Aber auch Ra konnte sich von draußen ins Haus geschlichen und den Wein vergiftet haben. Das gleiche galt für alle anderen Bewohner des Hauses – Wah, Nebetta und Hepu. Doch seine Eltern hätten Sennefer niemals getötet, und Wah hatte kein Motiv.

»Ewige Verdammnis«, murmelte Meren. »Ich komme keinen Schritt weiter. Ich hätte meine Jonglierkugeln mitnehmen sollen. Denk nach, du Narr. Kehre an den Anfang zurück – nein – zum Fest.«

Er konzentrierte seine Gedanken auf den vergangenen Abend und versuchte sich daran zu erinnern, ob irgend jemand sich seltsam verhalten hatte. Idut hatte ihn in die Empfangshalle geschleift, damit er seine Gäste begrüßte. Tante Cherit war verärgert gewesen, weil er den Plänen, die die Familie für seine Zukunft geschmiedet hatte, nicht zustimmte. Dann war Antefokers Familie angekommen. Antefoker selbst war entschlossen gewesen, Anhai zur Rede zu stellen, weil sie ihn bei einem Handel betrogen hatte.

Er rief sich ins Gedächtnis, wie Sennefer mit Anhai und Bentanta hereingekommen war. Sofort hatten Mann und Frau begonnen, aufeinander herumzuhacken. Nur Wahs Erscheinen hatte sie alle davor bewahrt, Zeugen eines handfesten Ehekrachs zu werden. Dann hatte man über die Tage in Amarna gesprochen, als sowohl Anhai als auch Wah in Nofretetes Diensten gestanden hatten. Aber Wah hatte sogar das Gespräch über die sagenhafte Königin zu einer langweiligen Angelegenheit gemacht.

Und schließlich war Ra aufgetaucht. Meren riß sich gewaltsam von der Erinnerung an den häßlichen Auftritt seines Bruders los, ebenso wie von dem Ärger darüber, daß Ra mit Anhai angebandelt hatte. Als nächstes fiel ihm ein, daß Wah ihm aufgelauert hatte. Anschließend folgte der Streit zwischen Bentanta und Anhai. Warum hatte Sennefer ihnen nicht Einhalt geboten? Er hatte ganz in der Nähe gesessen, hatte sich auf einem Sessel zurückgelehnt und die

Füße auf einen Schemel gelegt. Er hatte seinen Salbkegel berührt, der gerade zu schmelzen begonnen hatte, und an den Fingern gerochen. Doch er hatte nichts unternommen, um seine Frau oder ihre angebliche Freundin am Streiten zu hindern, obwohl sie sich auf einer so wichtigen Feierlichkeit wie Merens Willkommensfeier befanden.

Nach dem Streit und seinem erfolglosen Versuch, Bentanta zum Reden zu bringen, hatte Antefoker Meren aufgelauert. Kysen hatte ihn vor Antefoker gerettet, doch kurz darauf mußte er Hepus Vortrag lauschen. Dieser Strapaze hatten sich auch Sennefer, Nebetta, Idut und Wah unterzogen, nicht aber Ra oder Bentanta. Doch konnte ihm durchaus einiges entgangen sein, denn daß Isis bei Ras leichtlebigen Freunden stand, hatte ihn abgelenkt. Er beugte sich zum Wasser hinunter und sagte zu seinem Spiegelbild: »Es hat keinen Zweck. Nichts weist mir den Weg. Nirgends Anzeichen von Schuld, keine Spuren oder Hinweise, die mich leiten könnten.«

So langsam hegte er den Verdacht, daß Anhai durch einen Zauber getötet worden war. Wie sonst konnte sie ohne jegliches Anzeichen von Gewalt oder Gift ums Leben gekommen sein? Doch eine Durchsuchung des Hauses und des gesamten Anwesens hatte keinerlei Anzeichen für einen Zauber zutage gefördert – keine kleinen Statuen von Anhai, keine Sammlung von Haaren oder Nägeln der Toten, keinen Hinweis auf ein rituelles Brandopfer. Doch wenn sich jemand während eines häuslichen Rituals der Magie bedient hatte, zum Beispiel an einem Schrein, dann war es durchaus möglich, daß er dabei unbeobachtet geblieben war.

Nein, das ergab keinen Sinn. Wenn tatsächlich jemand einen Zauber eingesetzt hätte, so hätte er Anhai nicht in den Kornspeicher schaffen müssen. Die Magie hätte auch wirken können, während der Mörder auf dem Fest weilte, so daß alle Anwesenden Zeuge seiner Unschuld waren.

Ein paar laute Schläge und ein Aufschrei, dann wieder

einer, unterbrachen seine Überlegungen. Das Tor zum Garten wurde aufgestoßen, und herein marschierte Idut, in der Hand ihren elfenbeinernen Fächer. Hinter ihr krümmten sich die beiden Männer, die darüber hatten wachen sollen, daß er ungestört blieb. Der eine rieb sich den Kopf, der zweite das Schienbein. Idut rauschte auf ihn zu und wedelte mit dem Fächer vor seinem Gesicht hin und her.

»Jetzt ist endgültig Schluß mit deiner Heimlichtuerei und dem Versteckspiel, Meren. Ich will wissen, was passiert ist. Was für ein Dämon hat Besitz von dir ergriffen? Wie konntest du nur den Dolch gegen Ra erheben?«

»Ich?! Ich bin nicht derjenige, der ...«

»Das ist mir gleichgültig«, rief Idut. Sie schlug sich mit dem Fächer auf die Handfläche. »Nicht nur, daß du deinen eigenen Bruder des Mordes bezichtigt hast, Kysen hat auch noch meinen armen Wah verdächtigt. Wah ist nun wirklich kein Mörder. Er ist so sanft und so sensibel und, und ...«

»Und ein Speichellecker und Ehrgeizling.«

»Er hat es nicht nötig, irgendwelchen Posten hinterherzujagen. Immerhin war er einst Haushofmeister bei Königin Nofretete. Und wie kannst du es wagen, Ra und Bentanta in ihren Gemächern gefangenzuhalten? Sie haben doch nichts verbrochen!«

Meren blickte auf den Teich und wünschte sich, in sein schwarzes Wasser hinabtauchen zu können. »Idut, ich versuche zwei Mordfälle aufzuklären, und dazu muß ich allein sein.«

»Nebetta macht dich dafür verantwortlich.«

Meren wandte den Kopf und starrte seine Schwester an: »Mich? Was habe ich ihr denn getan?«

»Ich weiß es nicht. Sie behauptet, daß du am Tod ihrer beiden Söhne schuld seist. Sie sagt, daß Sennefer und Anhai noch leben würden, wenn sie nicht auf dieses Fest gekommen wären.«

»Das kann sie doch gar nicht wissen. Wenn beide von der

gleichen Person getötet wurden, dann war der oder die Betreffende entschlossen, sie zu beseitigen und hätte es woanders möglicherweise ebenfalls versucht. Und als Djet sich das Leben nahm, war ich überhaupt nicht in der Nähe.«

»Das habe ich ihr auch gesagt«, erwiderte Idut. »Aber sie hört mir einfach nicht zu. Eigentlich hört mir niemand zu. Du mußt unbedingt herausfinden, wer Anhai und Sennefer umgebracht hat. Der ganze Haushalt lebt in Angst und Schrecken. Was, wenn es ein Dämon war? Ich finde, daß ich mit den Mädchen zusammen nach Memphis reisen sollte. Wah sagt, daß er uns auf seiner Jacht dorthin bringen will. Du kannst dann mit dem Mörder allein hier bleiben.«

»Meine Wagenlenker halten überall Wache. Es wird keine weiteren Todesfälle mehr geben, und in Begleitung dieses törichten Wah werde ich Bener und Isis nirgendwo hinschicken.«

»Da bist du ja!« Hepu walzte auf sie zu wie ein Koloß mit herabhängendem Bauch und Hängebacken. »Wie ich höre, hast du Ra und Bentanta in ihre Gemächer verbannt. Sind sie etwa für Sennefers Tod verantwortlich?«

»Ich weiß es nicht«, antwortete Meren.

»Warum nicht? Seit dem Tod meines armen Jungen sind jetzt schon viele Stunden vergangen.«

»Einen Mörder dingfest zu machen ist keine einfache Aufgabe, Onkel.«

»Aber diese Frau hat ihn vergiftet«, sagte Hepu aufgebracht.

»Das wissen wir noch nicht genau«, entgegnete Meren.

»O Onkel«, schaltete sich Idut ein. »Ich kann mir nicht vorstellen, daß Bentanta fähig wäre, einen Mord zu begehen.«

»Aha!« Hepu deutete auf Meren. »Ihr beide wollt sie beschützen. Jetzt begreife ich. Ihr steckt alle unter einer Decke.«

Meren trat auf Hepu zu. Der überragte ihn noch immer

um einiges, aber Meren war kein Kind mehr. Er musterte Hepus entrüstetes Gesicht, dann fragte er ruhig: »Beschuldigst du mich des Mordes an Sennefer?« Hepu sah Meren an, und seine Entrüstung verwandelte sich in Verlegenheit. »Ich kann es mir kaum vorstellen, Onkel. Und wenn doch, dann liegt das sicher an deiner übergroßen Trauer. Sie hält dein Herz umschlossen und hat deinen Verstand getrübt.«

»Ich werde jetzt nach Nebetta sehen«, sagte Idut. »Die Wirkung des Tranks, den der Arzt ihr verabreicht hat, ließ schon vor dem Abendessen nach.«

Hepu schickte sich an, Idut zu begleiten, doch Meren hielt ihn zurück: »Einen Augenblick noch, Onkel.« Idut verließ den Garten.

»Was willst du noch?«

»Hast du irgendeine Vorstellung, wer deinem Sohn oder Anhai den Tod gewünscht haben könnte?«

»Alle, die ihn kannten, liebten meinen Sohn«, erwiderte Hepu.

»Die Frauen vielleicht«, antwortete Meren. »Aber die Männer nicht unbedingt.«

»Ich verstehe nicht.«

»Sicherlich wußtest du, daß Sennefer sich ab und an mit anderen Frauen eingelassen hat, insbesondere mit verheirateten.«

Hepu starrte ihn mit offenem Mund an. »Du bist verrückt.«

»Willst du behaupten, daß er niemals mit dir über seine Abenteuer gesprochen hat? Er hat doch sonst überall damit geprahlt.«

»Mein Sohn kannte den Rat der Weisen: Niemals sollst du dich im Haus eines anderen Mannes mit dessen Frau abgeben. Außerdem war er ein Ehrenmann mit Sinn für Recht und Ordnung.

»Aber Hepu! Nach seinen eigenen Angaben gehörte es zu Sennefers Gewohnheiten, verheiratete Frauen zu verführen. Es ist ein Wunder, daß er nicht schon längst von einem gehörnten Ehemann erstochen wurde.«

»Unmöglich!« rief Hepu und richtete sich zu voller Größe auf, so daß er auf Meren herabblicken konnte. »Das hätte er gar nicht gekonnt.«

»Warum nicht?«

Hepu wurde so still wie ein Tempelbild. Es dauerte eine Weile, bis er den Blick abwandte und Meren antwortete: »Weil ich Sennefer gut unterrichtet habe. Im Gegensatz zu Djet hatte er die Tugend, den Respekt und das Verhalten eines anständigen Mannes verinnerlicht. Zweifellos hat ihn Bentanta in einem Anfall von Eifersucht getötet, weil er sie abgewiesen hat. Vielleicht hat sie auch Anhai getötet, um meinen Sohn haben zu können.«

Auf derlei Unsinn fiel Meren keine Erwiderung ein. Jeder wußte, daß eine Frau wie Bentanta kein Verlangen nach Sennefer haben konnte. Das Bild, welches Hepu von seinem Sohn zeichnete, entsprach eher seinen Wünschen als Sennefers wahrem Wesen.

»Ich muß jetzt zu Nebetta zurück. Es geht ihr gar nicht gut.«

Endlich allein, versuchte Meren seine innere Ruhe zurückzugewinnen, damit er erneut über die wenigen Anhaltspunkte nachdenken konnte, die ihn vielleicht auf die Spur des Mörders führten. Schließlich jedoch gab er auf und ging zu Bett. Im Einschlafen fragte er sich, ob er den Mut aufbringen würde, seinen eigenen Bruder des Mordes anzuklagen und zu verhaften.

Am darauffolgenden Morgen hatte in aller Frühe ein Schiff mit den Priestern des Anubis angelegt. Zusammen mit den trauernden Eltern und der Familie war Meren Zeuge des zeremoniellen Umzugs der beiden Leichname auf das Schiff gewesen, das sie zur Einbalsamierung nach Abydos bringen würde. Dann war er zur Oase der Grünen Palme aufgebrochen.

Nun schritt er den Hauptweg hinab, der ins Dorf führte und der von jenen Bäumen gesäumt wurde, welche dem Ort ihren Namen gegeben hatten. Zwischen den Palmen waren Stände aufgebaut, an denen alle möglichen Waren feilgeboten wurden: Gemüse, Obst, Korbwaren, Tongefäße, Amulette, Tücher. Er und Reia blieben neben dem wackeligen Sonnensegel eines Melonenstandes stehen und betrachteten ein zweistöckiges Gebäude. Auf seinem steinernen Türsturz waren die Worte »Zur Grünen Palme« eingemeißelt.

»Du bleibst draußen, Reia. Ich brauche keine Wache, wenn ich hineingehe.«

»Herr«, sagte Reia. »Hauptmann Abu wird mir die Haut vom Körper peitschen, wenn ich Euch allein dort hineinlasse.«

»Abu ist mir verantwortlich und ... na, also gut. Ich bin schließlich kein Milchbart mehr. Aber ich kann mit diesen Frauen nicht sprechen, wenn du daneben stehst. Komme also mit rein, halte dich im Hintergrund, aber laß uns nicht aus den Augen. Versuche, möglichst harmlos dreinzublicken, damit du niemanden einschüchterst.«

»Nicht ich werde derjenige sein, der den Frauen Angst einjagt, sondern Ihr selbst, Herr. Ihr könnt schließlich keine andere Identität annehmen.«

»Zum letztenmal war ich kurz vor dem Tod meines Vaters hier. Niemand wird mich erkennen.«

Reia warf ihm einen skeptischen Blick zu. »Wie Ihr meint, Herr.«

Meren öffnete die Tür und tauchte in die Dunkelheit und den düsteren gelben Schein der irdenen Lampen ein. Der Hauptraum der Taverne war langgestreckt, in seiner Mitte befand sich eine Feuerstelle mit erloschenen Kohlestücken. An drei der Wände waren Bastmatten ausgebreitet, auf denen Kissen und Strohsäcke lagen. Auf den Kissen rekelten sich drei Frauen, in einer Ecke schnarchte auf einem der Strohlager ein Mann.

An der vierten Wand stand ein Tisch, darauf Krüge verschiedener Größe und viele Becher. Ein Mann kam durch die Hintertür herein. Er trug weitere Becher. Ihm folgte ein Mädchen mit zwei Körben, von denen der eine mit Brot, der andere mit Melonen gefüllt war.

Der Mann stellte die Becher auf dem Tisch ab. Meren trat zu ihm, aber der Wirt würdigte ihn keines Blickes. »Ich habe gehört, daß Fürst Nacht während des Festes auf Baht hier gewesen sein soll.«

»Ich pflege nicht über meine Kunden zu klatschen«, antwortete der Tavernenwirt.

»Er hat mir Eure Taverne als behagliches Refugium und als Quell der Freude empfohlen.«

Jetzt sah der Wirt Meren zum erstenmal an. Er betrachtete das elegante Leinen, die bronzene Brustplatte, die Ledersandalen.

»Ah, hoher Herr, ich fühle mich geehrt. Ja, Fürst Nacht war tatsächlich hier und hat sich köstlich amüsiert, während er mein hervorragendes Bier trank. Seit Generationen braut meine Familie das beste Bier in der gesamten Provinz. Und ich habe die schönsten Frauen.«

»Diese Frauen mag mein Freund besonders, und ich bin ebenfalls sehr an ihnen interessiert.«

»Natürlich, hoher Herr.«

Der Tavernenbesitzer eilte um den Tisch herum und führte Meren zu den Frauen hinüber. Keine von ihnen erhob sich. Jede der drei trug nichts außer einem perlenbestickten Gürtel um die Hüften. Obwohl sie stärker geschminkt waren als die Dienerinnen in Merens Haus, fand er keine von ihnen bemerkenswerter oder anziehender. Der Wirt zog eine der Frauen hoch.

»Das hier ist Tabes, eine von Fürst Nachts Favoritinnen. Begrüße den hohen Herr, Tabes.«

»Kommandiere mich nicht so herum, Kamosi.« Die Frau verbeugte sich vor Meren und ließ sich dann langsam wieder auf ihre Kissen herabsinken.

Kamosi warf ihr einen finsteren Blick zu, aber Meren bedeutete ihm, sich zu entfernen. »Ich werde mich ein wenig mit deinen schönen Frauen unterhalten.« Als der Tavernenbesitzer wieder an den Tisch zurückgekehrt war und nun Reia bediente, ließ Meren sich neben Tabes nieder.

»So früh am Tag bekommen wir nur selten Besuch«, sagte sie mit einem Gähnen. Träge streckte sie die Hand aus und tätschelte Merens Oberschenkel. »Aber für so einen gutaussehenden Besucher würde ich sogar noch vor dem Morgengrauen aufstehen.«

»Besten Dank«, erwiderte Meren.

»Oh«, rief eine andere, die wunderschöne, stark geschminkte Augen hatte. »Ich würde sogar mitten in der Nacht aufstehen.« Sie setzte sich auf ihrem Kissen auf, lächelte ihn an und nahm eine Lotusblüte aus einer Schale, die sie ihm reichte.

Die dritte, eine kleine Frau mit flinken, schlauen Augen, berührte ihn mit dem Zeh am Fußknöchel. Meren änderte die Haltung ein wenig, so daß sie nicht mehr an ihn herankam.

»Ich will nichts weiter, als mich mit Euch unterhalten, meine Schönen.« Er bemerkte, daß die drei zunächst überrascht und dann ungläubig dreinblickten, deshalb fuhr er eilig fort: »Ich habe gehört, daß Fürst Nacht mit ein paar Freunden hier war, und zwar an dem Abend, an dem auf Baht das Fest gefeiert wurde. Er war mit dir zusammen, Tabes?«

Schweigen. Die kleine Frau erhob sich und verließ den Raum durch die Hintertür.

»War er hier?« fragte Meren.

»Ein Tavernenmädchen, das zuviel redet, läuft Gefahr, aus dem Dorf hinausgeworfen zu werden«, antwortete Tabes.

Meren beugte sich dichter zu ihr und senkte die Stimme. »Mit mir kannst du reden. Ich bin Fürst Nachts Bruder.«

»Aber er hat nur einen einzigen Brud... o Ihr Götter!«

»Psst.«

»Tabes, das ist Fürst M...«

Tabes packte das andere Mädchen am Arm. »Sei still, Aset. Laß den hohen Herrn seine Geschäfte in aller Stille abwickeln und mit der Geheimhaltung, die er für wünschenswert hält.«

»Du hast ein kluges Herz, Tabes«, sagte Meren.

»Der hohe Herr ist zu gütig«, erwiderte Tabes und verbeugte sich im Sitzen vor ihm. »Der Herr möchte wissen, ob sein Bruder in der Nacht des Festes mit uns zusammen war? Ja, er kam erst spät am Abend und war in ausgelassener Stimmung. Er brachte viele Krüge Bier für die gesamte Taverne mit, und wir haben ihm vorgetanzt.«

»Er war die ganze Nacht hier?«

»O ja, die ganze Nacht, hoher Herr«, erzählte nun Aset. Er ging mit Tabes, Sheftu und mir nach oben. Ra ist immer sehr großzügig. Er gab mir eine Lage feines Leinen vom Delta, und Tabes bekam einen Flakon mit Parfüm aus Byblos. Er hat uns bis tief in die Nacht unterhalten. Ra ist so lustig. Er macht sogar noch Scherze, während wir...«

»Aset!« Mit einem strengen Blick brachte Tabes ihre Freundin zum Schweigen. »Herr, wir alle lieben Euren Bruder.«

»War er bis zum Morgen hier?«

Die beiden Frauen sahen erst einander und dann ihn an.

»Ich bin als erste aufgewacht«, sagte Tabes. »Im Morgengrauen, und da war er schon fort.«

»Mit Sheftu«, ergänzte Aset.

»Wer ist Sheftu?«

»Unsere andere Freundin«, sagte Tabes. »Die, die gerade den Raum verlassen hat, Herr.«

»Wohin ist sie gegangen? Ich will mit ihr reden.«

»Es besteht kein Grund zur Beunruhigung, Herr. Ra und Sheftu sind wahrscheinlich zu ihr nach Hause gegangen. Ihre Großmutter ist eine weise Frau, deren Arzneien und

Kräuter dafür bekannt sind, die Freuden des Leibes zu vergrößern. Sheftu gibt sie häufig an Kunden weiter, die gut bezahlen können, und Ra hat immer viel Korn oder andere Güter bei sich.«

Merens Herz schlug wie eine Kriegstrommel. Er rückte näher an Tabes heran und sagte: »Ihr meint Kräutertränke und Arzneien?«

»Ja, Herr.«

»Blumen, Samen?« fragte Meren weiter. »Beeren?«

Tabes sah ihn neugierig an. »Ja, Herr«, sagte sie wieder.

Meren schloß die Augen vor Schmerz und sagte: »Ich will mit dieser Sheftu reden, die mit Kräutertränken und Arzneien handelt.«

Kapitel 15

Meren öffnete die Augen auch dann nicht, als Tabes sich erhob und im hinteren Teil der Taverne verschwand. Erst als er ihre Schritte erneut vernahm, sah er zu ihr hin. Sie mußte die widerstrebende Sheftu förmlich hinter sich her ziehen. Meren war klar, wieviel Angst Sheftu haben mußte, und er versicherte ihr, daß ihr keine Gefahr drohe, bevor er ihr verschiedene Fragen stellte.

»Ja, Herr, als Ra mich weckte, war es noch dunkel. Er war betrunken, aber nüchtern genug, um eine von Großmutters Kräutertränken zu verlangen. Wir gingen zu mir nach Hause, was nicht weit von hier ist.«

»Du hast ihm gegeben, wonach er verlangte?«

»Ja, Herr, und dann sind wir wieder eingeschlafen.«

»Beide?«

Sheftu zögerte. »Ich bin zwar zuerst eingeschlafen, aber ich bin sicher, daß Ra ebenfalls schlief.«

»Und am nächsten Morgen ist er fortgegangen?«

Das Mädchen nickte.

»Wann?«

»Ich weiß es nicht, Herr.«

»Warum nicht?« fragte Meren hastig.

»Er war schon fort, als ich aufwachte«, erwiderte Sheftu.

»Also hat er dich verlassen zwischen dem Zeitpunkt, da du eingeschlafen bist, und dem nächsten Morgen, als du erwachtest. Kann ihn irgend jemand gesehen haben?«

»Außer meiner Großmutter lebt niemand in meinem Haus, und sie sieht und hört nicht mehr allzu gut.«

»Wann bist du aufgewacht, Sheftu?«

»Die Sonne war schon aufgegangen, Herr. Wir hatten mehr als sonst getrunken, und ich hatte schreckliche Kopfschmerzen.«

»Dann hat mein Bruder dich also vor Sonnenaufgang verlassen.«

»Ich nehme es an, Herr.«

»Und die Freunde meines Bruders?«

Jetzt antwortete Tabes: »Zwei wohnen nicht weit von hier flußaufwärts. Sie haben in der Taverne übernachtet und sind morgens aufgebrochen. Und der dritte? Er ist immer noch da. Er hat in jener Nacht von Sheftus Kräutertrank gekostet und nimmt seitdem immer wieder etwas davon zu sich.« Sie deutete auf den Mann, der auf der Strohmatte in der Ecke schnarchte.

Meren stand auf und ging zu der Gestalt hinüber, die mit dem Gesicht nach unten lag. Er drehte sie um, dann richtete er sich auf, stemmte die Fäuste in die Hüften und schüttelte den Kopf. Mit diesem Narren hätte er im Augenblick eigentlich lieber nichts zu tun gehabt.

»Antefoker, Antefoker, wach auf.«

Doch der lächelte nur im Schlaf, Meren versetzte ihm einen Tritt. Da erwachte er und blickte mit blödem Grinsen zu Meren auf.

»Meren. Wie geht's? Wie war's auf dem Fest letzte Nacht?«

»Ihr scheint einen Tag verloren zu haben, Antefoker. Es wäre wohl besser, Ihr würdet nach Hause zurückkehren.«

»Einen Tag verloren? Was für einen Tag?« Antefoker gähnte und schnarchte schon wieder.

Meren kehrte zu Tabes und ihren Freundinnen zurück. Mit einer Gelassenheit, die er gar nicht empfand, sagte er: »Ich möchte die Arzneien und Kräutertränke deiner Großmutter persönlich in Augenschein nehmen, insbesondere diejenigen, von denen mein Bruder möglicherweise etwas zu sich genommen hat. Führe mich sofort in dein Haus, Sheftu.« Zu Tabes und Aset gewandt, sagte er: »Ihr habt mir sehr geholfen. Ich werde meinen Verwalter anweisen, jeder von euch ein paar Ellen Tuch zu schicken. Doch ich erwarte, daß ihr kein Wort über meinen Besuch hier verliert. Wenn ich Gegenteiliges höre, könnte das unangenehme Folgen für euch haben.«

Nachdem er die Aufforderung des Wirts, doch bitte noch zu bleiben, erfolgreich abgewimmelt hatte, folgte er Sheftu zusammen mit Reia aus der Taverne. Sie wohnte am Ende einer kleinen Gasse, die von zweistöckigen Gebäuden gesäumt wurde. Ihr Haus schmiegte sich dicht an ein erheblich größeres Gebäude. Tiefe Risse zierten die Mauern, und das Dach hing durch und sah aus, als würde es bald einstürzen. Die Großmutter lag im Vorderzimmer auf einer Strohmatte und schlief. Als sie an ihr vorbeikamen, blieb Meren kurz stehen und klatschte ein paarmal in die Hände, woraufhin Sheftu zusammenzuckte. Die Alte jedoch schlief weiter und rührte sich nicht.

Sheftu führte sie in die Küche im hinteren Teil des Hauses. Von der Decke hingen Bündel von Wurzeln, Blättern, Kräutern herab. Dutzende von irdenen Krügen standen auf dem einzigen Tisch und noch mehr auf dem Boden. Außerdem befanden sich dort Mörser und Stößel aus Stein, hölzerne Löffel und Siebe. Meren gab Reia ein Zeichen, woraufhin dieser die Krüge zu öffnen und ihren Inhalt zu untersuchen begann.

Meren berührte ein Bündel federleichter, getrockneter Kräuter und fragte Sheftu: »Was ist das?«

»Dill, Herr«, antwortete sie. »Und das da sind Akazienhülsen und Kerbelsamen. Dies hier ist Sellerie. Großmutter zerstößt ihn und trägt ihn auf Brandwunden auf.«

Er nahm eine Schüssel mit Samenkörnern in die Hand. »Balanos.«

»Ja, Herr.«

Reia verließ die Küche, um auch das restliche Haus zu durchsuchen, während Meren einen quadratischen Korb öffnete. Darin befanden sich weitere getrocknete Blätter. Sie waren rauh und hatten fünf Lappen.

»Das ist weiße Zaunrübe, Herr. Sie dient dazu, den Magen zu reinigen oder Kopfschmerzen zu lindern, aber sie darf nicht häufiger als ein einziges Mal angewandt werden.«

»Giftig?«

»Das ist durchaus möglich, Herr.«

Reia war wieder aufgetaucht. Meren zog fragend die Augenbrauen in die Höhe, aber der Wagenlenker schüttelte nur den Kopf.

Meren stellte den Korb mit Zaunrübe ab. »Kannst du mir jetzt das Kraut zeigen, das mein Bruder genommen hat?«

Sheftu nahm ein kleines Säckchen von einem Stapel auf dem Tisch und reichte es Meren. Es enthielt eine beträchtliche Menge fein gemahlenen Pulvers, das ganz schwach nach schwarzem Pfeffer roch.

Meren berührte das Pulver mit einem Finger und wollte gerade davon kosten, als Reia einen Satz machte und seine Hand festhielt.

»Nein, Herr!«

Meren wischte sich die Finger an einem Tuch ab, das er von einem Regal nahm.

Sheftu beobachtete die beiden Männer, und auf ihrer Stirn bildeten sich Schweißperlen. »Ihr befürchtet, daß unsere Arzneien schädlich sind?« Sie nahm einen Becher und goß Wasser hinein. Dann tat sie etwas von dem Pulver in den Becher, rührte mit einem Stäbchen um und trank den Becher leer.

Meren seufzte und sagte: »Wir suchen nach *tekau*.«

»Das hättet Ihr gleich sagen sollen, Fürst.«

Sheftu stieg auf einen Hocker und griff nach einem Bündel getrockneter, eiförmiger Blätter und Blüten, die früher einmal violett gewesen sein mochten. Sie reichte Meren das

Bündel. Dann holte sie einen runden Tontopf voller zerschrumpelter, braun-schwarzer Beeren hervor.

»Großmutter sagt, daß man außerdem die Stengel der Pflanze gegen schlechten Atem, Katarrh und schmerzende Knochen benutzen kann.«

Meren nahm Sheftu den Topf aus der Hand. Seine Hände waren eiskalt, und er hatte das Gefühl, in einem Alptraum gefangen zu sein.

»Dämonen der Unterwelt«, murmelte er. Reia ergriff den Topf und auch das Bündel Kräuter. »Das muß ich alles mitnehmen, Sheftu.«

Sheftu drückte einen großen Krug fest an sich, als könnte er ihr Schutz gewähren. »Habe ich irgend etwas verbrochen, Herr?«

Meren blickte sich in der dunklen, engen, kleinen Küche um, sah das wenige Korn, das für Brot hier gelagert wurde, ebenso wie das wenige Holz, um Feuer zu machen. In einer Schüssel entdeckte er ein paar verschrumpelte Zwiebeln.

»Hast du meinem Bruder etwas von diesen Beeren oder Blättern gegeben?« fragte er.

»Nein, Herr. Abgesehen von einem Kater war Euer Bruder vollkommen gesund.«

»Du weißt, daß diese Pflanze sehr gefährlich sein kann.«

»Natürlich! Das weiß doch jeder! Man darf sie nur in ganz geringen Mengen anwenden. Wer wäre denn so töricht... Oh, bei allen Göttern, Herr. Ich habe nichts getan!«

Sie sank vor Meren auf die Knie und murmelte Unschuldsbeteuerungen.

Meren wich zurück. »Nur Ruhe, Sheftu, hör mir zu. Ich habe keinen Grund, dich zu verdächtigen. Zumindest im Augenblick noch nicht. Trotzdem muß ich dir jetzt eine wichtige Frage stellen: Fehlt etwas von dem *tekau*.«

Sheftu richtete sich auf und betrachtete das Bündel Kräuter, das Reia in der Hand hielt. Dann biß sie sich auf die Unterlippe und schüttelte den Kopf.

»Ich weiß es nicht, Herr. Wir haben schon seit einiger Zeit kein *tekau* mehr benutzt, während der gesamten Trockenzeit nicht.«

»Nun gut«, sagte Meren. »Ich werde meinen Verwalter herschicken, damit er dir das *tekau* bezahlt. Du bleibst im Dorf, Sheftu.«

»Natürlich, Herr. Wo sollte ich denn sonst hingehen?«

Meren verließ Sheftus Haus mit finsterer Miene. Reia folgte ihm. Der Wagenlenker kannte ihn gut genug, um zu wissen, daß er besser keine Fragen stellte, wenn sein Herr schlecht gelaunt war.

Zuerst war Meren erleichtert gewesen, als er hörte, daß Ra seinen üblichen Exzessen gefrönt hatte. Aber Ra konnte Sheftu in ihrem Rausch verlassen, etwas von den Kräutern mitgenommen und sich nach Baht zurückgestohlen haben, um Sennefers Granatapfelwein zu vergiften. Anschließend wäre es ein leichtes für ihn gewesen, unbemerkt wieder ins Dorf zu gelangen. Seine Freunde hatten ausgesagt, daß sie ihn am Morgen nach dem Fest am Flußufer gefunden hatten. Sie hatten angenommen, daß er Sheftus Haus gerade verlassen hatte. Möglich war das durchaus, aber wenn Meren niemanden finden konnte, der das auch bezeugen konnte …

Als sie das Boot erreichten, das sie zur Oase der Grünen Palme gebracht hatte, war Meren immer noch miserabler Laune. Er stieg ein und sagte mürrisch zu Reia: »Beeil dich. Ich habe hervorragende Arbeit geleistet: Ich habe dazu beigetragen, daß der Mordverdacht, unter dem mein Bruder steht, sich erhärtet hat, und nun kehre ich nach Hause zurück und bedrohe eine Frau mit der Peitsche und dem Brenneisen. Manchmal hasse ich mich selbst, Reia.«

Als sie wieder auf dem Landsitz waren, begab sich Meren sogleich zu den Bedienstetenquartieren im hinteren Teil des

Anwesens. Hier wohnten die Wagenlenker, und hier hatte man auf seinen Befehl hin auch Bentanta untergebracht. Dort wartete sie schon seit gestern abend auf ihn, in einem kleinen, dunklen Zimmer ohne Fenster und ohne Licht. Das Gebäude bestand aus einer Reihe ähnlicher Räume, die als Lagerräume benutzt wurden, sowie aus einem langgestreckten Gemeinschaftszimmer, in dem ein halbes Dutzend Betten standen. Dort legte Meren einen Harnisch aus Leder und Bronze an, der seinen Oberkörper eng umschloß. Dazu Gelenkbänder aus den gleichen Materialien und einen Gürtel, in den er einen Dolch schob. Meren dachte immer noch über das nach, was er in der Oase in Erfahrung gebracht hatte, als Reia ihn fragte: »Herr? Herr, geht es Euch gut?«

Meren sah auf und stellte fest, daß Reia ihm die Peitsche des Kriegers entgegenstreckte.

»Ihr habt darum gebeten, Herr.«
»Oh, ja. Wo sind die anderen?«
»Sie warten draußen, Herr.«
»Ja, ja.« Er räusperte sich. »Sie kennen ihre Befehle? Gut.« Er blickte auf die Peitsche, die er fest umklammert hielt. Er lockerte den Griff. »Es wird Zeit, nicht wahr? Komm.«

Draußen warteten die vier größten und stärksten Männer seiner Truppe. Ihre Beine glichen Palmenstämmen, und ihre Brustkörbe hatten das Ausmaß von Pyramidensteinen. Bei ihrem Anblick kam sich selbst Meren klein vor. Er schritt die Reihe der Türen entlang, blieb vor der letzten stehen und gab Reia ein Zeichen. Der Wagenlenker zog leise den Riegel zurück, dann trat er einen Schritt nach hinten und stieß krachend mit dem Fuß gegen die Tür.

Gleißend hell fiel das Sonnenlicht in die dunkle Leere des Raumes. Reia nahm einem der Männer die Lampe aus der Hand und marschierte hinein. Meren bedeutete den übrigen Wagenlenkern, ebenfalls einzutreten. Mit ihren Speeren bewaffnet, stürmten sie in das Zimmer. Erst jetzt folgte ihnen Meren selbst langsam. Er hatte sich von jeglichem Mitleid frei gemacht und sich vorgenommen, Bentanta als Fremde und Feindin zu betrachten. Nur so konnte er seine Aufgabe erfüllen.

Bentanta stand mit dem Rücken zur Wand da, ihre Arme hingen herab. Normalerweise zog er es vor, ihrem Erscheinungsbild keine Beachtung zu schenken, denn ihre Schönheit hätte die bequeme Distanz vollends aufgehoben, um die er sich so sehr bemühte. Jetzt aber war sie nicht so elegant zurechtgemacht, wie es ihrer Position entsprach, sondern sie stand ihm ohne Schmuck und Schminke gegenüber. Doch nach wie vor glitzerte jene ruhige Heiterkeit in ihren Augen, die er so gut kannte und über die er sich schon so häufig geärgert hatte. Ihre Augen waren groß und ein wenig schräg stehend, was ihren ironischen, kühlen Ausdruck noch verstärkte. Bis auf eine dicke Strähne an ihrer Schläfe hing Bentantas langes, schweres Haar am Rücken herab. Im Gegensatz zu vielen anderen Frauen, die er verhört hatte, vermied sie es, ihre Unterlippe zwischen die Zähne zu nehmen, um sie voller und ihren Mund auf diese Weise anziehender erscheinen zu lassen. Sie sah ihm gelassen entgegen – würdevoll wie eine Große Königliche Frau.

Er nahm die Ehrenbezeigung seiner Wagenlenker entgegen und baute sich vor Bentanta auf, musterte sie mit eisigem Blick. Doch der erhoffte Effekt blieb aus. Bentanta schaute ihn und seine Männer wütend an, wie Sklaven, die sie bei einem Schläfchen am Teich gestört hatten.

»Jetzt habe ich von deinen Einschüchterungsversuchen aber wirklich genug, Meren.«

Er erholte sich rasch von seiner Überraschung und fragte: »Seid Ihr nun bereit, mir die Wahrheit zu sagen?«

»Ich *habe* dir die Wahrheit gesagt.«

Er ließ die Schultern sinken und seufzte tief.

»O Bentanta«, bat er leise. »Vergib mir.«

»Was soll ich dir vergeben?«

»Es tut mir so unendlich leid.« Er blickte erst auf die Peitsche herab, dann sah er Reia an. »Ich muß diese Aufgabe dir überlassen.«
»Ich werde vorsichtig sein, Herr.«
»Ich weiß, daß du das sein wirst, aber es ist schwer.«
»Was ist schwer?« fragte Bentanta.
Reia nahm Meren die Peitsche aus der Hand. »Es ist wohl das beste, wenn Ihr Euch in Eure Gemächer zurückzieht, Herr.«
»Du hast recht.«
»Moment mal«, rief Bentanta.
Meren ließ den Kopf hängen. »Ich muß gehen, Bentanta. Ich bedaure das hier zutiefst. Wirklich.«
»Ich werde vorsichtig sein, Herr«, wiederholte Reia.
»Nun gut. Ich habe beschlossen, daß du auch das Feuer benutzen darfst.«
»Was für ein Feuer?« fragte Bentanta.
»Fürchte dich nicht. Ich werde sofort nach meinem Arzt schicken lassen. Er vollbringt wahre Wunder, wenn es um die Behandlung von Brandwunden geht. Möglicherweise gibt es noch nicht einmal Narben.«
»Du gehst!«
»Du hattest recht!« sagte er. »Ich kann mich einfach nicht überwinden, dich einem hochnotpeinlichen Verhör zu unterziehen. Du hast mich besiegt.«
Meren verließ langsam den Raum. Die Tür schloß sich hinter ihm, schwitzend und zitternd stand er draußen. Er zwang sich, in den Schatten einer Akazie zu treten. Mit düsterem Blick beobachtete er die Tür zu Bentantas Zelle. Endlose Minuten vergingen. Er zuckte zusammen, als er einen Peitschenhieb vernahm. Er hörte einen Schrei, den Schrei einer Frau, allerdings war es ein Wutschrei. Dann hörte er einen Schlag.
»Meren! Meren, komm sofort zurück, verdammt. Du Schlangenbrut! Du Mißgeburt eines Dämons! Meren?

Mögen die Götter dich verfluchen, wenn du nicht da draußen vor der Tür wartest.«

Er zählte bis zwanzig, bevor er die Zelle wieder betrat. Bentanta stand immer noch an der Wand. Ihr langes, obsidianfarbenes Haar hing wild um ihre Schultern, und sie atmete heftig. Ihr Gewand wies einen Riß von der Hüfte bis zum Oberschenkel auf. Reia stand vor ihr, starrte sie ungläubig an und preßte die Hand auf seine gerötete Wange. Die Peitsche lag auf dem Boden. Meren hob sie auf und sah Reia an. Mit verlegenem Gesicht salutierte der Wagenlenker und verließ den Raum, wobei er seinen Männern bedeutete, ihm voranzugehen.

Bentanta stand im Lampenlicht und durchbohrte Meren mit ihrem Blick. Sie umklammerte ihre Oberarme, und Meren wurde klar, daß ihr die Hände gezittert hätten, hätte sie es nicht getan. Sie machte ein paar Schritte von ihm fort, dann wirbelte sie herum und fuhr ihn an: »Du Ausgeburt eines Skorpions, du hast doch tatsächlich angeordnet, mich foltern zu lassen.«

Unter keinen Umständen hätte er die Wahrheit zugegeben. »Ich muß herausfinden, wer Sennefer und Anhai getötet hat. Ich habe geschworen, Maat zu dienen und der Harmonie und der Gerechtigkeit in den Beiden Königreichen.«

»Und außerdem bis du übereifrig. O Ihr Götter, warum habe ich dich nur zu verschonen versucht? Du verdienst es nicht.«

»Mich zu schonen? Wovor willst du mich schonen, Bentanta? Keine Rätsel mehr und keine Tricks. Erzähl mir, was mit Anhai geschehen ist. Sag mir alles, und zwar sofort.«

Sie lachte bitter, lehnte sich mit dem Rücken an die Wand, glitt auf den Boden und zog die Lampe zu sich heran. »Setz dich, Meren. Es wird eine Weile dauern, und es wird hart für dich werden.«

Er setzte sich so hin, daß die Lampe zwischen ihnen

stand. Sie sah sich in dem kleinen Raum um und betrachtete die nackten Wände.

»Keine Fenster, nur eine Tür, ein alleinstehendes Gebäude. Ich nehme an, ich sollte dir dankbar sein, daß du für ein dermaßen verschwiegenes Plätzchen gesorgt hast.«

»Fang schon an«, sagte er.

Bentanta hatte nur jene einzelne, dicke Haarsträhne mit goldenen Ringperlen geschmückt. Jetzt griff sie mit beiden Händen danach, hob die glänzende Strähne in die Höhe und zog etwas hervor, das von den Perlen verborgen worden war – ein fest zusammengerolltes Schriftstück. Sie entfaltete und glättete es. Das Stück Papyrus war so oft auseinander- und wieder zusammengefaltet worden, daß die Pfalzlinien bereits eingerissen waren. Die Kanten waren zerfetzt, aber die Schrift, die das Blatt bedeckte, war dunkel und gut lesbar. Etwas Ähnliches hatte Meren erwartet. Bentanta reichte ihm das Stück Papyrus.

»Djet kann dir die Wahrheit besser sagen als ich.«

»Djet?« Meren begann zu lesen.

Bentanta,

Du hattest wieder einmal recht, wie immer. Wie kann ich es dir erklären? Wie können wir unser Handeln rechtfertigen? Du und ich, wir haben uns gegenseitig getröstet, obwohl wir doch eigentlich wußten, daß Meren derjenige ist, den wir beide in Wirklichkeit wollen. Als Ay mich nach Hause zurückrief, um mich um ihn zu kümmern, glaubte ich für einen Augenblick, daß er sich mir vielleicht zuwenden würde. Das tat er auch, jedoch nur auf die gleiche Weise wie sonst – als Bruder. Er schreibt mir, bittet mich, nach Hause zu kommen. Wie soll ich ihm sagen, daß ich kein Zuhause mehr habe, weil ich den Fehler gemacht habe, meinen Eltern zu erzählen, daß ich meinen Vetter liebe? Ich kann es nicht ertragen, ihm nahe zu sein. Seinen Schmerz mit ansehen zu müssen, wird meinem Ka früher oder später den Tod bringen.

Ich weiß nicht, wie lange ich dieses Meer von Feuer in meiner Seele noch bändigen kann. Du sagst, daß du aus unserer Verbindung ein Kind unter dem Herzen trägst. Ich schicke einen Boten aus Babylon, der dir Gold für dich und das Baby bringt, ansonsten sehe ich keine andere Lösung für unser Dilemma als zu schweigen. So geht es mir schon mein Leben lang. Stets war ich zum Schweigen verdammt, lebte unter vielen und fühlte mich allein. Ich bin müde, schrecklich müde.

Der Brief endete mit Djets Unterschrift. Meren starrte auf das Papier, bis die Zeilen vor seinen Augen verschwammen. Ein Wirrwarr von Erinnerungen stürmte auf ihn ein: Djet, der ihm dabei half, den ersten Fisch mit dem Speer zu fangen, ihre ersten Kriegserfahrungen, bei denen er Djet davor bewahrt hatte, von einem Krummsäbel enthauptet zu werden. Sein *Ka* weigerte sich, die Aussagen dieses Briefes mit dem, was er erlebt hatte, in Einklang zu bringen. Er hob den Kopf und blickte Bentanta an, als sähe er sie zum erstenmal.

»Das hat er mir nie gesagt.«

»Hättest du denn so reagieren können, wie er es sich gewünscht hat?«

Meren vergrub das Gesicht in den Händen und schüttelte den Kopf.

»Das war ihm klar«, sagte Bentanta. »Warum dich mit Gewissensbissen belasten? Er hat mir erzählt, daß er schon seit seiner Kindheit so für dich empfand.«

»Aber er war doch berühmt für seine Eroberungen unter den Frauen.«

»Und unter den Männern. Aber wir wissen beide, wie wenig Abenteuer mit Liebe zu tun haben.« Bentanta wandte den Blick ab. »Und nach jener furchtbaren Zeit, in der er dich nach Hause brachte, nachdem Echnaton dich hatte foltern lassen, wandte er sich mir zu. Erinnerst du dich, ich war zu diesem Zeitpunkt zusammen mit Anhai zu Besuch bei Tante Cherit.«

Meren stand plötzlich auf. »Du ... und Djet. Du und er, Ihr kamt also zusammen. Ich verstehe das nicht – daß man sich einander zuwendet, weil man jemand anders nicht haben kann. Bist du mit meinem Vetter ins Bett gegangen, um ihn zu trösten?«

Bentanta erhob sich ebenfalls und streckte den Arm nach ihm aus, aber Meren riß sich los, als hätte ihn etwas gestochen und wich zurück. Vor seinem geistigen Auge sah er Djet und Bentanta.

»Glaubst du vielleicht, ich rede gern darüber?« fragte sie. »Bei den Göttern, Meren. Ich wurde mit meinem Mann verheiratet, als ich dreizehn war. Er war viel, viel älter als ich. Mit fünfzehn hatte ich bereits Kinder. Kinder, einen Haushalt, einen Ehemann, Pflichten, so viele Menschen, um die ich mich kümmern mußte. Und Frauen unterscheiden sich eigentlich gar nicht so sehr von Männern, weißt du. Auch sie haben ihre Begierden. Sie schenken anderen ihre Liebe. Ich war damals so jung und leicht zu beeindrucken, und du warst immerhin ein königlicher Wagenlenker.«

Sie streckte erneut die Hand nach ihm aus, zog sie jedoch gleich wieder zurück. »Du erinnerst dich sicher nicht an jene Zeit in Amarna, als wir dem Pharao und seiner Gattin in ihrem Lustgarten Gesellschaft leisteten. Eines Tages hattest du dich mit deiner Frau gestritten, und sie kehrte allein in den Palast zurück. Ich bat dich, eines der Boote für mich zu rudern, damit ich mir eine Lotusblüte pflücken konnte. Nein, du erinnerst dich *sicher* nicht, denn du hast mich die ganze Zeit über ignoriert. Nachdem Ay den Pharao überredet hatte, dich nicht töten zu lassen, brachte er dich in unser Haus in der Stadt. Blutüberströmt und phantasierend. Ich war da. Ich bin bei dir geblieben, bis Djet kam.«

»Ich erinnere mich nicht.« Er fuhr sich mit den Fingern durchs Haar und begann vor ihr auf und ab zu schreiten. »Ich begreife nicht, daß er sich das Leben genommen hat, nur weil ich nicht derjenige sein konnte, den er sich wünschte. Es gibt doch so viele andere. Dich und ...« Meren blieb stehen und wandte den Blick langsam wieder Bentanta zu. »Ein Kind. In seinem Brief stand etwas von einem Kind.«

»Tatsächlich sind es sogar zwei Kinder. Die Zwillinge.«

»Dein Sohn und deine Tochter.« Meren versagte die Stimme. Verwirrt und erschüttert betrachtete er das Stück Papyrus in seinen Händen. Er suchte Zuflucht in der Pflichterfüllung: Durch die Pflicht konnte er den Dingen entkommen, die er nicht verstand und von denen er eigentlich auch gar nichts wissen wollte. Also berührte er die abgerissene Ecke des Schriftstücks und sagte: »Anhai war im Besitz dieses Briefes und hat ihn irgendwie gegen dich eingesetzt.«

»Ja. Es ist schon seltsam, wie sich eine langjährige, gute Freundschaft in das Gegenteil verkehren kann. Als Kinder standen wir uns sehr nahe, und als Frauen blieben wir Freundinnen. Doch eines Tages besuchte sie mich und bat mich, Sennefer zu überreden, in die Scheidung einzuwilligen und ihr sein Vermögen zu übertragen. Ich wußte, daß sie äußerst gewissenlos sein konnte, aber ich hätte niemals gedacht, daß sie sich zu so etwas Verrücktem hinreißen lassen würde. Ich weigerte mich, und sie schien meine Entscheidung zu akzeptieren. Ein paar Tage lang. Dann lud sie mich ein, zu ihnen nach Memphis zu kommen, und dort teilte sie mir mit, daß sie im Besitz dieses Briefes sei. Sie hatte ihn in meinem Gemach gefunden, während ich bei ihrem letzten Besuch mit meinem Koch das Menü besprach. Sie wollte mir den Brief nur zurückgeben, wenn ich ihr half. Falls ich mich weigerte, wollte sie ihn dir zuspielen.«

Meren rollte das Stück Papyrus zusammen und ließ es in seinen Gürtel gleiten.

»Du hättest mir die Wahrheit sagen können.«

»Du weißt doch, welche Strafe auf Ehebruch steht! Ich habe nicht das Bedürfnis, geprügelt zu werden oder mir die Ohren und die Nase abschneiden zu lassen.«

»Das wäre nie geschehen.«

»Schon möglich. Aber es gab auch noch ein paar andere Gründe, aus denen ich nicht wollte, daß du den Brief liest. Wenn du dich jetzt selbst sehen könntest, dann wären sie dir klar. Du machst ein Gesicht, als hätte ich die Pest.

Meren senkte den Blick und starrte die Peitsche an, die auf dem Boden lag. Er hob sie auf und ließ die Peitschenschnur durch die Finger gleiten.

»Dann ist also dieser Brief der Grund für deinen Streit mit Anhai gewesen.«

»Ja, und als ich sie nicht dazu bringen konnte, ihn mir zurückzugeben, ließ ich sie in der Loggia stehen.«

»Ich begreife.«

»Dann muß dir doch klar sein, daß ich Anhai wegen dieser Geschichte nie getötet hätte.«

»Ich will dir sagen, was mir klar ist«, antwortete er. »Ich sehe, daß du jetzt im Besitz dieses Briefes bist. Doch in der Nacht des Festes hatte Anhai ihn noch bei sich. Sie hatte ihn unter ihrem Armreifen verborgen.«

»Woher weißt du das?« fragte Bentanta mit schwacher Stimme.

»Du warst nicht vorsichtig genug, als du ihn unter dem Armreif hervorgeholt hast. Eine Ecke des Papyrus ist abgerissen.« Meren zog den Brief wieder aus dem Gürtel und deutete damit auf sie. »Und nun sag mir eines. Hast du ihn ihr abgenommen, bevor oder nachdem du sie umgebracht hast?«

Kapitel 16

Meren wartete auf Bentantas Antwort. Die ganze Zeit hatte er das Gefühl, über eine zeitliche Entfernung von mehr als einem Dutzend Jahren hinweg vergewaltigt worden zu sein. Aber er konnte es sich jetzt nicht leisten, seiner Verwirrung und seiner Trauer nachzugeben. Es kostete ihn ungeheure Willenskraft – und er wußte genau, daß er später dafür würde bezahlen müssen –, seine Bestürzung und seinen Schmerz in einer dunklen Kammer seines *Ka* zu verschließen.

»Es überrascht dich, daß ich das weiß«, sagte er. »Aber du hast dich selbst verraten, weil du alle Spuren beseitigt hast, nachdem du sie in den Kornspeicher gelegt hattest. Dadurch war mir klar, daß sich jemand an der Toten zu schaffen gemacht haben mußte. Und das konnte nur bedeuten, daß der Betreffende sie durchsucht hatte. Den einzigen Hinweis, den ich jedoch entdecken konnte, war ein Papyrusfetzen. Meine Männer haben ganz Baht nach dem dazugehörigen Papyrus durchstöbert, konnten aber nichts finden. Es gab folglich nur zwei Möglichkeiten: Entweder trug die fragliche Person das Schriftstück stets bei sich, oder sie hatte es vernichtet.«

»Ich bin es langsam leid, dauernd wiederholen zu müssen, daß ich Anhai nicht getötet habe. Wie hätte ich sie denn die Stufen zum Kornspeicher hinaufschleppen sollen?«

»Furcht verleiht ungeheure Kräfte. Wenn du jemals im Krieg gewesen wärst, würdest du das wissen.«

Bentanta nahm die Lampe in die Hand und machte einen Schritt auf ihn zu. Sie hielt sie in die Höhe und leuchtete ihm ins Gesicht. Dann verzog sie den Mund. »Du wünschst dir immer noch, daß ich die Mörderin bin. Auf diese Weise wärst du nicht nur mich, sondern auch die Vergangenheit los. Ich bereite dir nur sehr ungern Kummer, aber ich bin unschuldig. Und du mußt mir glauben, denn ich weiß, wer Anhai getötet hat.«

»Ach? Was für ein glücklicher Zufall.«

»Kurz vor seiner Ermordung hat Sennefer mir anvertraut, daß er es war.«

Meren zog eine Augenbraue in die Höhe und sagte: »Was du nicht sagst. Und warum hast du mir das nicht schon längst erzählt?«

»Weil du so fest davon überzeugt warst, daß ich diesen Mord auf dem Gewissen habe, Meren. Du hättest mir sowieso nicht geglaubt, zumindest nicht, solange ich dir nicht die gesamte Geschichte enthüllt hätte, und ich wollte dir das von Djet nicht erzählen.«

»Doch jetzt darfst du mir nichts mehr verschweigen.«

Bentanta setzte sich und stellte die Lampe wieder auf den Boden. Meren kauerte sich ein paar Ellen von ihr entfernt nieder, nah genug, um ihr Gesicht sehen zu können, aber dennoch nicht zu nah.

»Am Abend deiner Willkommensfeier, während Hepu seinen Vortrag hielt, stritten Anhai und ich uns erneut, aber ich ließ sie wieder stehen. Als ich ins Haus zurückkam, sah ich Sennefer hinausschlüpfen, und ich beschloß, ihm zu folgen, um festzustellen, ob er nun endlich auf Anhais Forderungen eingehen würde. Dann hätte sie keinen Grund mehr gehabt, meinen Brief zu behalten. Als ich die Loggia erreichte, sah ich, wie sich die beiden davonstahlen. Sie verschwanden im Schatten der Wand, die von der einen Ecke des Hauses zur Außenmauer verläuft und dann eine Seite des Vorhofs mit den Kornspeichern bildet. Sämtliche Türsteher befanden sich am Vordertor oder anderswo, so daß niemand sah, wie sie in den Hof hineinschlüpften. Ich wartete, wollte sie abfangen, sobald sie wieder herauskamen, aber nichts geschah. Schließlich schlich ich mich zum Tor des Hofes und spähte hinein. Es war niemand zu sehen, also ging ich zum gegenüberliegenden Tor und sah, wie Sennefer die Treppenstufen, die zum hintersten Kornspeicher hinaufführen, hinabstieg.«

»Und Anhai oder jemand anders hast du nicht gesehen?«

»Nein«, erwiderte Bentanta. »Er kam genau auf mich zu, also verbarg ich mich hinter einem Stapel von Weidenkörben. Als er fort war, erklomm ich die bewußten Stufen. Nun konnte ich den gesamten Hof überblicken, doch Anhai war nirgends zu entdecken. Dann fiel mir auf, daß der Deckel des Kornspeichers halb offen stand. Ich weiß nicht, was mich bewogen hat, ihn anzuheben. Vielleicht tat ich es ja einfach nur, weil ich Sennefer dort oben gesehen hatte, an einem Ort, an dem er eigentlich nichts zu suchen hatte.«

»Und da hast du sie gefunden.«

»Ja, sie lag auf der Seite, und das obere Bein war bis zum Kopf angezogen.«

»Und dann hast du nach dem Brief gesucht, ihn gefunden und anschließend ihren Körper und ihre Kleidung neu zurechtgelegt.«

»Ja, und den Rest der Geschichte kennst du.«

»Ich weiß nicht, was Sennefer dir vor seinem Tod noch anvertraut hat.«

»Reicht es dir nicht, daß er tot ist? Warum diese häßliche Geschichte noch mehr aufwühlen?«

Meren beugte sich vor und fixierte sie mit seinem Blick. »Weil du mich noch nicht davon überzeugt hast, daß du wirklich die Wahrheit sagst.« Er schenkte ihr ein schwaches Lächeln. »Immerhin besteht genausogut die Möglichkeit, daß du zusammen mit Sennefer ein Mordkomplott geschmiedet hast.« Bentanta warf ihm einen verächtlichen Blick zu.

Er erinnerte sich an Sennefers Reaktion, als er an jenem Morgen Anhais Leichnam entdeckt hatte: Sein Vetter war starr gewesen vor Schreck. Verständlicherweise, denn wenn er seine Frau tatsächlich nur in den Kornspeicher geworfen hatte, war es sicher eine häßliche Überraschung für ihn, jetzt festzustellen, daß sie ordentlich auf der Seite lag und jemand ihre Kleidung und ihre Perücke geordnet hatte.

»Hat Sennefer dir geschildert, wie er Anhai getötet hat?«

»Du bist ein Esel, Meren. Und du bemühst dich wirklich nach Kräften, ein immer größerer Esel zu werden.«

»Beschränk dich bitte auf die Wiedergabe dessen, was er dir erzählt hat.«

»Er war ziemlich betrunken.«

»Er litt bereits an der Wirkung des Gifts«, erwiderte Meren.

»Er sprach nur noch undeutlich, aber ich konnte ihn trotzdem einigermaßen verstehen. Ich glaube nicht, daß er mir ohne den Einfluß des Alkohols so viel erzählt hätte, doch vielleicht war es ja auch das Gift, das ihm die Zunge löste. Und er hatte Angst vor dir. Er berichtete, daß Anhai ihn um ein nochmaliges geheimes Treffen gebeten hatte, und nachdem sie einen Platz gefunden hatte, wo niemand sie hören konnte, bedrohte sie ihn aufs neue. Diesmal jedoch mit einer Waffe, die sie bisher nicht einzusetzen gewagt hatte, weil ihre Wirkung nicht absehbar war. Wahrscheinlich hat sie geahnt, wie gefährlich sie sein konnte. Weißt du, sie hatte schon seit Wochen entsprechende Andeutungen gemacht, und er war immer verzweifelter geworden.«

»Womit kann sie ihn dermaßen bedroht haben? Auf mich machte er keinen verängstigten Eindruck.«

»Er hat seine Angst ebenso vor der Welt verborgen wie sein Geheimnis. Doch nun verkündete Anhai, daß sie jedem die Wahrheit erzählen würde – nämlich, daß Sennefer impotent war.«

»Impotent!«

»Von den Göttern verflucht, wie er selbst es formulierte.«

Meren dachte über die letzten Tage nach. Als Anhai Sennefer damit beleidigt hatte, daß sie ihm die Schuld an der Kinderlosigkeit ihrer Ehe zuschob, hatte er dies lediglich für eine ihrer Bosheiten gehalten, die man nicht weiter ernst nehmen mußte. Dann erinnerte er sich, wie sehr Sennefer mit seinen Eroberungen geprahlt hatte und wie viele Gerüchte darüber im Umlauf waren. Das alles sollte nur Fassade gewesen sein? Sennefer war offensichtlich sehr gewissenhaft dabei vorgegangen, sich den Ruf eines Draufgängers aufzubauen – vielleicht etwas zu gewissenhaft. Doch noch war Meren nicht bereit, zuzugeben, daß er Bentantas Worten Glauben schenkte, also sagte er nur: »Sprich weiter.«

»Falls Sennefer nicht tat, was sie wollte, beabsichtigte Anhai, der Allgemeinheit zu verkünden, wie kümmerlich es um seine Männlichkeit bestellt war. Sie wollte ihn auf deinem Willkommensfest bloßstellen, wo ja alle so schön versammelt waren.«

»Bei der Fresserin Ammit!« rief Meren.

»Du weißt, wie boshaft sie war. Sennefer bekam einen Wutanfall, und es folgte ein Handgemenge. Sie ergriff einen Mahlstein und warf ihn nach Sennefer, doch er fing ihn auf. Sie stürzte sich auf ihn, und er wehrte sie ab. Den Stein hielt er wie ein Schwert vor sich, so daß er genau ihre Brust traf. Sie schrie auf und sank zu Boden. Er versuchte sie wieder aufzurichten, aber sie war bereits tot.«

Meren schüttelte den Kopf. »Doch nicht von einem einzigen Schlag gegen die Brust.«

»Ich gebe nur wieder, was er mir erzählt hat. Er hat *auch* nicht verstanden, warum sie so plötzlich tot war. Und er versicherte mir immer wieder, daß er nicht die Absicht gehabt hatte, sie umzubringen. Wie sie wirklich zu Tode kam, blieb ihm bis zuletzt ein Rätsel.«

Meren zog die Beine an und legte die Arme um die Knie. Er dachte nach. Bentantas Gesichte ergab durchaus einen Sinn. Sie erklärte, warum die Leiche so ordentlich dagelegen hatte, den Papyrusfetzen, den seltsamen Ort, an dem man Anhai entdeckt hatte, den Zeitpunkt ihres Todes – genau während Hepus Vortrag – alles, außer …

»Selbst wenn ich dir glaube, stellt sich immer noch die Frage, warum auch Sennefer getötet wurde. Er wurde mit deinem Granatapfelwein vergiftet.«

»Ich hatte keinen Grund, Sennefer zu töten«, erwiderte Bentanta wütend.

»Zumindest keinen, den du mir bisher genannt hättest. Vielleicht hatte Anhai ihm den Brief gezeigt, den du seit sechzehn Jahre versteckt gehalten hast.«

»Ich habe Sennefer nicht umgebracht, Meren, und das weißt du auch. Du hast nur Angst, es dir einzugestehen, weil du den wahren Mörder vielleicht kennst. Bei den Göttern! Eher würdest du mich unschuldig verurteilen, als die Möglichkeit ins Auge zu fassen, daß Ra Sennefer aus Eifer- und Rachsucht ermordet haben könnte.«

Jetzt reichte es ihm. Er stand auf und verließ den Raum, wobei er Bentantas Blick mied. Sie folgte ihm. Reia wartete draußen auf sie.

»Bring Fürstin Bentanta in ihr Gemach. Stell einen Wachposten vor ihre Tür und sorge dafür, daß sie dort bleibt.«

»Ich werde morgen früh abreisen, Meren.«

»Du reist erst ab, wenn ich dir die Erlaubnis dazu erteile.«

»Falls du versuchst, mich hier festzuhalten, erzähle ich der Familie von dem Brief.«

Meren sah sie an. »Hätte Anhai mir damit gedroht, ich hätte ihr geglaubt. Aber dir glaube ich nicht.«

»Am liebsten würde ich dir eine runterhauen!«

»Bring sie in ihr Gemach, Reia.«

Er schaute ihr nicht nach. Er war zu sehr damit beschäftigt, darum zu beten, daß sein Elend und seine Verwirrung ihr verborgen blieben.

Am Nachmittag des gleichen Tages stand Meren unter dem Sonnensegel des Deckhauses der *Schwingen des Horus*. Ein paar Schritte weiter unterhielt sich Kysen gerade mit Nebamun. Nach dem Gespräch mit Bentanta hatte Meren hier Zuflucht gesucht, hatte sich versteckt wie eine verwundete Antilope. Voller Gewissensbisse hatte er die Trauer um Djet noch einmal durchlebt. Jetzt verstand er Nebettas und Hepus Feindseligkeit, doch gleichzeitig waren sie es, die er für Sennefers Impotenz verantwortlich machte. Hepu hatte seine Söhne von Kindheit an geschlagen und verhöhnt, und Meren war sicher, daß seine Erziehungsmethoden Sennefer seiner Männlichkeit beraubt hatten. Seine Tante und sein Onkel waren wie zwei Dämonen, die nur Böses zeugten und es innerhalb ihrer Familie verbreiteten.

Er hatte lange gebraucht, um die Fassung wiederzugewinnen, aber schließlich war es ihm gelungen, aus dem schwarzen Loch emporzuklettern, in das er gefallen war. Das war auch dringend notwendig, denn Bentantas Geschichte mußte überprüft werden. Er hatte Kysen kommen lassen und ihm berichtet, was in der Oase der Grünen Palme und in Bentantas Zelle geschehen war. Im Augenblick gab Kysen Nebamun eine zensierte Kurzfassung der Geschichte wider.

»Das war es«, sagte er in diesem Augenblick. »Er hat ihr also eines dieser Dinger in die Brust gerammt.« Er hob den länglichen Mahlstein in die Höhe.

Nebamun nahm ihn entgegen, und sogleich sackte sein Arm unter dem Gewicht nach unten. Er hielt ihn in der Hand und warf ihn gegen die andere Handfläche. Einen Augenblick lang beobachtete Meren den Arzt, dann winkte er Kysen zu sich heran.

»Du hast gesagt, daß Nento im Geistertempel immer mehr die Nerven verliert. Soll ich ihn fortschicken?«

»Ich bin heute abend wieder dort. Wenn es Nento dann nicht besser geht, kannst du ihn morgen früh immer noch ablösen lassen. Du siehst im übrigen ebenfalls nicht besonders gut aus, Vater.«

»Ich habe das Gefühl, einen Fluch mit nach Hause gebracht zu haben.«

»Anhai ist diejenige, die den Fluch über uns gebracht hat«, antwortete Kysen. »Wäre sie nicht so boshaft gewesen, hätte Sennefer sich nicht mit ihr gestritten.«

Meren wandte das Gesicht gen Norden. Aber selbst die von dort kommende Brise konnte die tödliche Hitze nicht vertreiben. Nebamun legte den Mahlstein auf die Planken und kam zu ihnen hinüber.

»Was meint Ihr?« fragte Meren. »Kann mein Vetter den Tod seiner Gattin tatsächlich auf diese merkwürdige Weise verursacht haben?«

»Ich halte es für möglich, Herr.«

»Warum?«

Nebamun deutete auf das Kästchen, das er mitgebracht hatte und in dem er seine medizinischen Texte aufbewahrte. »Die Weisheit der Alten wird seit unzähligen Generationen überliefert. Eine Weisheit, die unsere Vorfahren aus dem Studium unserer Brüder, des Viehs, der Ochsen, der Ziegen und anderer gewonnen haben sowie aus der Erfahrung so bedeutender Heiler wie des großen Imhotep.«

»Das weiß ich, Nebamun. Ihr müßt mir keinen Vortrag halten.«

»Ja, Herr. Wir wissen also, daß das Herz das Haus der Seele ist. Darin wohnen der Verstand des Menschen, sein Charakter und seine Gefühle. Die Götter sprechen zu uns über das Herz und teilen uns durch dieses Medium ihren Willen mit. Außerdem gehen vom Herzen Kanäle aus, die sämtliche Körperteile miteinander verbinden. Diese

Kanäle transportieren Blut, Luft, Tränen, Sperma, Nahrung.«

»Nebamun, ich will doch nur wissen, ob ein heftiger Schlag mit dem Mahlstein Anhai getötet haben kann!«

»Das versuche ich ja gerade zu erklären, Herr. Das Herz ist das Zentrum der Seele, hier laufen sämtliche Körperkanäle zusammen. Ein plötzlicher Schlag könnte den Fluß des Blutes, der Luft und sämtlicher anderer Bestandteile unterbrechen.« Nebamun hielt einen Finger in die Höhe. »Und solch ein Schlag könnte den *Ka* in seinem Haus töten.«

»Dann kann Sennefer seine Frau also tatsächlich mit einem einzigen Schlag umgebracht haben.«

»Ja, Herr, das halte ich für möglich.«

Meren nickte und trat an die Reling. Er hörte, wie Kysen Nebamun dankte und ihn entließ. Als sich sein Sohn zu ihm gesellte, beobachtete er gerade ein vorbeisegelndes Schiff der königlichen Handelsmarine, dessen Deck mit Olibanumbäumen beladen war. Auf dem Mast kletterten ein paar Paviane herum.

»Bener hat heute morgen nach dir gesucht«, sagte Kysen. »Sie hat Isis beschuldigt, dem armen Simut schöne Augen zu machen.«

»Und hat sie recht?«

»Ich fürchte, Simut ist deinen Töchtern nicht gewachsen. Er steht quasi zwischen den beiden und wünscht sich sehnlichst, seiner Pflichten als ihr Leibwächter entbunden zu werden. Er sagte mir, daß er sehr unter der Situation leidet.«

»Ich werde Tante Cherit bitten, sich um die Mädchen zu kümmern. Sie werden die beiden nicht zum Narren halten können.«

»Ich höre schon Beners Entsetzensschreie«, sagte Kysen lächelnd. Dann verblaßte sein Lächeln. »Und was machen wir jetzt?«

»Ich habe noch einmal über die Theorie mit dem Mahlstein nachgedacht. Selbst wenn Nebamun diese Version der Geschichte für möglich hält, kann ich es nicht verantworten, Bentanta einfach so zu glauben. Schließlich habe ich noch immer nicht viel mehr in der Hand als ihre Aussage.«

»Du *könntest* ihr glauben, aber du *willst* es nicht.«

»Bitte, Ky. Nicht jetzt. Ich habe mir nochmals den Ablauf des Festes ins Gedächtnis gerufen und die Zeugenaussagen, die Sennefers Verhalten an jenem Abend zum Gegenstand hatten.«

»Selbst Wah hat Sennefer bemerkt.« Kysen schnitt eine Grimasse. »Nachdem er angedeutet hatte, daß er deinen Bruder und Bentanta für die Schuldigen hält, sagte er, daß er Sennefer nach Hepus Vortrag noch einmal gesehen habe.«

»Was Bentantas Geschichte nicht unbedingt bestätigt.«

Kysen seufzte und stützte die Unterarme auf die Reling. Er starrte auf das tiefblaue Wasser hinaus. »Stimmt genau. Zumal man Wah hier durchaus glauben kann, denn er fügte ein überzeugendes Detail hinzu: Er sagte nämlich, daß er Sennefer nur deshalb in der Menge ausmachen konnte, weil er einen frischen Salbkegel aufgesetzt hatte, der schief auf seinem Kopf saß.«

»Dann weiß ich nicht, wie... Einen Salbkegel, der noch nicht geschmolzen war?«

»Ja.«

»Aber kurze Zeit zuvor trug er einen, der schon im Schmelzen begriffen war.«

Sie sahen einander an.

»Zwischen Bentantas Streit mit Anhai und Hepus endlosem Vortrag hat er also *zwei* Salbkegel benutzt?« Meren blickte wieder über den Fluß hinweg zur Wüste hinüber.

»Warum hätte er das tun sollen?« fragte Kysen. Jetzt hatte auch er Verdacht geschöpft.

»Er könnte den ersten verloren haben.«

»Bei einem Kampf«, fügte Kysen hinzu.

»Vielleicht. Ich werde noch einmal darüber nachdenken, Ky.« Meren schloß die Augen. »Trotzdem ist das noch immer nicht die Lösung des ganzen Rätsels. Selbst wenn Sennefer Anhai getötet haben sollte, stellt sich noch immer die Frage: Wer ermordete Sennefer und aus welchem Grund?« Zögernd öffnete Meren die Augen wieder und blickte seinen Sohn an. »Und da wir so scharfsinnig waren, Beweise für das zu finden, was Bentanta uns erzählt hat, erhöht sich die Wahrscheinlichkeit, daß mein Bruder ein Mörder ist. Ra ist der einzige, den ich – abgesehen von Bentanta – bislang mit Sennefers Tod in Verbindung bringen kann.«

»Mag sein, daß sie uns die Wahrheit über Anhais Tod gesagt hat. Aber das schließt noch lange nicht aus, daß sie keinen Grund hatte, Sennefer zu töten. Einen, von dem wir noch gar nichts ahnen. Außerdem würde ich nach allem, was du mir erzählt hast, auch nicht ausschließen, daß Hepu Sennefer umgebracht hat. Vielleicht wollte er verhindern, daß sein Sohn als Mörder entlarvt wird.«

Meren richtete sich auf und musterte seinen Sohn. »Bei den Göttern, Ky, du bist mittlerweile fast ebenso mißtrauisch wie ich.«

»Ich benutze nur den Verstand, von dem Nebamun behauptet, das er im Herzen sitzt. Hepu ist doch so stolz auf seine Tugend, daß sein Herz vollkommen aus dem Gleichgewicht ist. Es grenzt fast schon an Wahnsinn. Ich kann mir durchaus vorstellen, daß er bereit wäre, sich eines Sohnes zu entledigen, der sowohl impotent als auch ein Mörder ist und somit seinen geheiligten Ruf ruinieren könnte. Du hast mir doch selbst erzählt, daß er zu Gewalttätigkeiten neigt.«

»Aber wenn Ra glaubt, daß Sennefer Anhai ermordet hat«, sagte Meren, »könnte er ihn aus Rache umgebracht haben. Denk daran, daß ich Sennefer sofort einsperren ließ, nachdem wir Anhais Leichnam gefunden hatten. Ra glaubte vielleicht, daß dies nur eines bedeuten konnte, nämlich, daß ich Sennefer verdächtige.«

»Ich habe ja nur andeuten wollen, daß Ra nicht der einzige ist, der ein Motiv gehabt hätte, Sennefer zu ermorden.«

Meren lächelte bitter. »Und Bentanta haben wir schließlich auch noch. Sie fürchtete, daß ihr Ehebruch ans Licht kommen könnte. Wer weiß, was die Familie ihres Mannes gemacht hätte, hätte sie davon erfahren? Sie hat recht. Eine ehebrecherische Frau kann alles verlieren, sogar ihr Leben.«

»Was wirst du jetzt tun?« fragte Kysen.

Meren wandte den Blick flußabwärts in Richtung Memphis. Dann atmete er tief ein und wieder aus. »Ich werde eine Falle stellen, Ky, meinem eigenen Bruder werde ich eine Falle stellen. Komm mit. Wir gehen zuerst in meine Gemächer und anschließend in den Garten.«

Es dauerte nicht lange, bis sie es sich auf zwei Sofas, die im Schatten mehrerer Palmen standen, bequem gemacht hatten. Zwei Sklaven bewegten große Fächer über ihren Köpfen auf und nieder, während ein Diener mit einem Tablett voll Obst erschien und es auf einen niedrigen Tisch zwischen Meren und Kysen stellte. Meren nahm eine Bronzeschale, die zuvor neben seinem Sofa gestanden hatte und stellte sie ebenfalls auf den Tisch. Ra kam auf sie zu. Reia begleitete ihn.

»Ihr habt nach Eurem bescheidenen Gefangenen geschickt, o Herr aller Dinge?« höhnte Ra.

Meren bedeutete Reia, sich zurückzuziehen. »Hüte deine Zunge. Ich ließ dich kommen, um dich um Vergebung zu bitten.«

»Du hast im ganzen Leben noch nie um etwas gebeten«, erwiderte Ra scharf.

»Ich habe mich geirrt, Ra. Bitte verzeih mir.«

»Bist du krank?« fragte Ra. »Oder ist das nur ein Trick?«

»Nein. Ich habe nur gerade herausgefunden, daß Sennefer Anhais Mörder ist.«

»Ha! Wußte ich es doch!« Ra stemmte die Fäuste in die Hüften und musterte Meren voller Schadenfreude. »Endlich hat das mächtige Auge des Pharao sich mal zum Narren gemacht.«

»Ich wußte, das würde dich freuen.«

Ra lachte, schritt zu dem Tisch und goß sich einen Becher Wein ein. »Da bekomme ich richtig Lust zum Feiern.«

Meren grinste. »Es tut mir wirklich leid, Bruder.« Er hob die Bronzeschale in die Höhe. Sie war mit schwarzen Beeren gefüllt, die die Größe von Trauben hatten. »Hier. Nimm dir ein paar Früchte.«

Ra leerte den Becher in einem Zug und wischte sich mit dem Handrücken über die Lippen. Dann sah er auf die Beeren hinab.

»Ich habe keinen Hunger.«

»Den wirst du bekommen, wenn du davon kostest.«

»Sind sie gut? Dann gib her.«

Ra riß Meren die Schale aus der Hand, nahm eine Handvoll Beeren und stopfte sie sich in den Mund. Meren und Kysen sprangen gleichzeitig auf.

»Nein!« schrie Meren. Er klopfte ihm auf den Rücken, und Kysen schlug ihm die Schale aus der Hand. Ra keuchte und spuckte fluchend die Beeren aus. Meren hielt ihm einen Wasserkrug an die Lippen. »Hast du welche hinuntergeschluckt? Nein? Gut. Spül dir den Mund und spuck aus.«

Ra gehorchte. »Was geht hier vor, verdammt noch mal?« Er betrachtete die überall verstreut liegenden Beeren. »Die sind giftig. Du hast versucht, mich zu vergiften!«

»Du weißt also, was das für Beeren sind«, antwortete Meren.

»Aus deinem Verhalten habe ich es geschlossen. Es kann nicht anders sein. Das ist jetzt schon das zweite Mal, daß du mich umzubringen versuchst.«

Meren rollte die Augen. »Weißt du, was das für Beeren sind?«

»Giftige Beeren.«

»Ra, du treibst mich noch mal zum Wahnsinn«, murmelte Meren.

»Ähnliche Beeren haben wir in Sheftus Haus gefunden«, erläuterte Kysen, während er sie auflas und in die bronzene Schale zurücklegte.

Jetzt dämmerte Verstehen auf Ras Gesicht »Du hast mir nachspioniert, Meren.«

»Ich habe festgestellt, daß Sennefer mit solchen Beeren vergiftet wurde«, sagte Meren. »Und ich wollte herausfinden, ob du weißt, was für Beeren das sind.«

»Ich weiß es jetzt.«

»Ich wollte sehen, wie du dich verhältst. Falls du ohne Zögern bereit wärst, sie zu essen, so würde das – so glaubte ich zumindest – deine Unschuld beweisen.«

»Und mich gleichzeitig töten.«

»Ich habe es ja nicht zugelassen. Unglücklicherweise ist es dir trotzdem gelungen, dich verdächtig zu machen.«

»Was?! Du hättest mich beinahe vergiftet und klagst mich immer noch des Mordes an?«

»Du hast gesagt, daß die Beeren giftig sind.«

»Wegen deiner Reaktion, du großer Schlaukopf.«

»Ich versuche nur, gerecht zu sein. Ich versuche, deine Unschuld zu beweisen.«

»Tu das nie wieder. Versuch nie mehr, mir zu helfen! Beim nächstenmal bin ich hinterher vielleicht tot«, fuhr ihn Ra an.

»Ich muß aber etwas unternehmen, Bruder, denn du stürzt dich nur immer tiefer ins Verderben. Du hast mir weder von Tabes und Aset erzählt, noch hast du Sheftu und ihre Großmutter erwähnt oder ihre Arzneien und Kräutertränke.«

»Jeder weiß doch über die Oase der Grünen Palme und die dortige Taverne Bescheid, und jeder, der irgendeine Krankheit hat, geht zu Sheftus Großmutter.«

Meren setzte sich auf sein Sofa und sagte ruhig: »Du hättest dir in Sheftus Haus Gift beschaffen und dich von der Oase hierher zurückschleichen können, um es in Sennefers Wein zu tun.«

»Ich war so betrunken, daß meine Freunde mich nach Hause bringen mußten!«

Kysen stellte die Bronzeschale auf den Tisch. »Dein Kater kann vorgetäuscht gewesen sein!«

Ra ging zu Meren hinüber und blickte auf ihn herab. »Und ich nehme an, daß das Erbrochene, das du gesehen hast, auch nur vorgetäuscht war.«

»Ich habe schon Merkwürdigeres gesehen«, erwiderte Meren müde.

»Du hast zu viel Zeit bei Hofe verbracht«, antwortete Ra. »Das hat deinem Verstand geschadet.«

Meren hob den Kopf und sah Ra an: »Vielleicht hat es meinen Verstand ja auch geschärft! Ich habe vor langer Zeit gelernt, meinen wahren *Ka* zu verbergen und mein Gegenüber durch ein Gesicht zu täuschen, das so leer ist wie eine Totenmaske. Wir sind vom gleichen Blut, Ra. Wenn ich eines solchen Betrugs fähig bin, dann kann man doch sicher erwarten, daß mein Bruder ebensogut darin ist wie ich.«

»Dann hast du ein Problem«, sagte Ra. Er beugte sich zu Meren herab und flüsterte ihm ins Ohr: »Derlei Überlegungen führen nämlich automatisch zu einer anderen Frage: Bist du selbst fähig, einen Mord zu begehen?«

Meren zuckte zusammen, denn sofort mußte er an Echnatons Tod denken.

Ra lächelte spöttisch, richtete sich auf und ging davon. »Die Antwort darauf sollte dir doch sagen, ob ich schuldig bin oder nicht. Findest du nicht auch?«

Kapitel 17

Kysen stand im Geistertempel inmitten verhüllter Särge und Kanopen* und hörte sich erneut Nentos Klagen an. Er war einige Stunden nach Sonnenuntergang hier eingetroffen. Er hatte Meren, dem von den Entdeckungen und Enthüllungen des Tages immer noch der Kopf schwirrte, nur ungern verlassen. Aber irgend jemand mußte sich ja um die heilige Totenwache kümmern, denn Nento hatte sich als Fehlbesetzung erwiesen. Er war kaum noch in der Lage, die erforderlichen Opfer darzubringen oder einen anständigen Zauberspruch aufzusagen.

»Und dann, letzte Nacht, war ich sicher, Schritte zu hören«, sagte Nento gerade. »Euer Gehilfe behauptete, daß ich mir das alles nur einbilde, aber ich bestand darauf, die Männer hinauszuschicken, um die Felsen und Abhänge abzusuchen. Ich bin sicher, die Dämonen, die diesen Ort bewohnen, sind zornig, weil wir ihre Ruhe stören.«

»Aber die Wachen haben niemanden gefunden.«

Nento nickte heftig. »Wenn es ein Dämon war, ist das doch kein Wunder, oder?« Er zerrte an seinem geölten Schnurrbart. »Wir sollten unbedingt ein Feuer anzünden, um die bösen Geister zu vertreiben.«

»Darüber haben wir doch schon Dutzende Male gesprochen. Jedes Feuer wäre weithin zu sehen. Dieses Risiko können wir nicht eingehen.«

Nento schien Kysen mit seinem melonenförmigen Körper

---

* Kanopen sind Krüge, die bei der Bestattung der Toten zur Aufbewahrung der Eingeweide benutzt wurden.

geradezu erdrücken zu wollen. »Dann eben Lampen. Kleine Lampen wie in der Nacht, als der Pharao – möge ihm ein langes Leben, Gesundheit und Reichtum beschieden sein – uns besuchte.«

»Nein, Nento. Das war ein Sonderfall. Wir werden es nicht wiederholen. Wenn es Euch im Tempel graut, dann geht hinaus zu den Männern.«

»Hört nur! Ihr wollt mir doch nicht allen Ernstes erzählen, daß *das* nur der Wind ist.«

Ein heftiger Westwind peitschte durch das Tal. Kysen horchte über Nentos schweres Atmen hinweg auf das hohle Wimmern einer Trompete, die die Ankunft einer unsichtbaren Geisterarmee zu verkünden schien. Unruhig blickte sich Nento im Tempel um. Die hintere Wand wies einen Riß auf, durch den der Wind pfiff, so daß sich die Tücher über Echnatons Sarg heftig bauschten. Einen Augenblick lang schien es, als bewegte sich der Sarg selbst. Nentos Angst war ansteckend. Auch Kysen wurde langsam unbehaglich zumute.

»Ich gehe nach draußen«, verkündete er.

Nento folgte ihm. »Ich komme mit Euch.«

Der Wind blies ihnen Sand in die Gesichter, als sie aus dem Tempel traten. Kysen blieb stehen, als eine besonders starke Bö ein langgezogenes, hohles Stöhnen erklingen ließ, das über dem Tal emporstieg. Jeder wußte, daß die verlorenen Seelen durch die Wüste zu streifen pflegten – die Seelen derjenigen, deren Nachkommen aufgehört hatten, ihnen Nahrung in ihre Ewigen Häuser zu bringen. Sie ernährten sich nun von jenen Glücklosen, die töricht genug waren, sich in die Nähe ihrer verlassenen Gräber zu wagen. Was, wenn derlei Ewige Häuser einst auch unter dem Tempel errichtet worden waren?

Hervorragend, dachte Kysen bei sich. Wenn du nicht aufpaßt, geht es dir genauso wie Nento. Er mahnte sich zur Ruhe. Die Gräber würden bald fertig sein, so daß er weder den Tempel noch Nento viel länger würde ertragen müssen.

Er blickte über das Tal hinweg, das im silbernen Mondenschein lag, und schritt zu ein paar Geröllblöcken am Nordhang hinüber. Nento trottete hinter ihm her. Zwischen zwei der größten Felsblöcke saß Iry und blickte aufmerksam zum Hügelkamm hinauf.

»Alles scheint ruhig zu sein wie immer, Herr«, sagte Iry.

»Gut. Wenn sich keine Veränderungen ergeben, kehre ich ins Haus zurück. Ich weiß nicht, was Fürst Meren unternehmen wird, nun da...«

Er verstummte, als der Schrei eines Falken vom Abhang zu ihnen herunterklang.

Die Gestalt eines Wagenlenkers schoß hinter dem Hügelkamm hervor. Er deutete auf einen Felsen an der Spitze des Abhangs, der ungefähr die Form eines grasenden Bullens hatte. Dann sprintete er darauf zu. In diesem Moment löste sich eine weitere Gestalt aus ihrem Versteck hinter dem bullenförmigen Felsen. Sie rannte ein paar Schritte, dann stürzte sie die gegenüberliegende Seite des Abhangs hinab. Kysen stieß einen weiteren Falkenschrei aus und jagte mit Iry zusammen den Hügel hinauf. Nento jaulte auf und rannte davon, so schnell ihn die Beine trugen.

Kysen hatte keine Zeit, sich um Nento Gedanken zu machen. Er erklomm den Abhang, seine Füße rutschten auf losen Kieseln und Steinen aus. Die Hälfte der Wachen im Tal folgten Iry und ihm, die andere Hälfte blieb am Tempel. Kysen erreichte den Gipfel, hielt inne, um sich zu orientieren, und entdeckte den Wagenlenker, der bereits den Abhang wieder hinabgeglitten war und ihm von dort aus ein Zeichen gab. Dann spurtete er dem Mann hinterher, der nicht mehr als ein dunkler Punkt in der beinahe schwarzen Landschaft war.

Sie liefen in Richtung Osten, auf den Fluß zu. Wenn es dem Eindringling gelang, sein Boot zu erreichen, würde er entkommen. Kysen rutschte mit seinen Männern den Abhang hinunter. Unten angekommen, rannten sie sogleich weiter, ohne auf scharfkantige Felsen oder plötzliche Senken im Boden zu achten. Wer dieser Spion auch war, er war schnell. Kysen tat inzwischen jeder Atemzug weh, doch er rannte unbeirrt weiter – über die Wüste hinweg und auf die Felder zu, die das Ufer des Nils säumten.

Iry lief an seiner Seite. Der Wagenlenker hinter ihnen stolperte und fiel mit einem Schrei zu Boden. Weder Kysen noch Iry blickten sich um. Schließlich erreichten sie die öden, trockenen Felder. Der Boden wurde plötzlich weicher. Sie waren an einen der schmalen Kanäle gelangt, die den abseits gelegenen Feldern Wasser zuführten. Nun mußte er darauf achten, wo er hintrat, sonst konnte er leicht ins Wasser fallen.

Er kam jetzt langsamer voran; er beobachtete, wie der Wagenlenker vor ihm die Felder in einem Winkel überquerte, aus dem er schloß, daß der Spion mittlerweile nach Süden lief. Kysen wurde wieder schneller, sprang über einen schmalen Kanal und jagte auf das Flußufer zu. Bald hatte er es erreicht, umrundete Palmen, stolperte dort, wo das Ufer abgesunken war, ins Wasser, drängte sich durch hohes Schilf. Iry folgte ihm weiterhin auf dem Fuße. Plötzlich hörte er einen Aufschrei. Er durchbrach einen Schilfbusch und entdeckte den Wagenlenker, dem er gefolgt war. Dieser lag auf dem Stumpf einer alten Palme und hielt sich das Bein.

Kysen rannte auf ihn zu und fragte atemlos: »Wohin?«

Der Mann deutete zurück gen Westen. »Er hat plötzlich die Richtung gewechselt, Herr.«

Kysen fluchte, hastete wieder auf die Felder hinaus. Er blieb stehen, als Iry auf ihn zugelaufen kam, gefolgt vom Rest seiner Männer.

Kysen ließ den Blick über die westlich gelegenen Felder schweifen. »Er hat einen Haken geschlagen und kehrtgemacht. Drei von euch laufen nach Norden. Der Rest mir nach.« Er näherte sich nun wieder dem Fluß – diesmal ein

Stück vor der Stelle, wo der verletzte Wagenlenker lag. Da vernahm er einen Ruf und gleich darauf einen fürchterlichen Schrei. Dann hörte man, wie etwas mit lautem Platschen ins Wasser fiel. Weiteres Platschen, noch mehr Schreie – Kysen stürmte auf den Lärm zu.

Die Schreie erstarben so plötzlich, wie sie zu hören gewesen waren. »Da«, rief Iry neben ihm und deutete nach vorn. In nicht allzu weiter Ferne rollte sich ein länglicher, im Mondenschein matt glänzender Körper ins Wasser. Ein Krokodil. Es hatte etwas zwischen den Zähnen.

Als Kysen näher kam, zuckte das Krokodil und drehte sich mehrfach um sich selbst. Ein Teil seiner Beute riß ab, und das Krokodil warf einen dunklen Schatten in die Höhe, fing ihn mit seinem Maul auf und schluckte ihn herunter. Kysen blickte auf den Fluß hinaus und entdeckte pfeilförmige Muster auf der Oberfläche, die die Ankunft weiterer Krokodile ankündigten.

Kysen, Iry und die anderen wateten ins Wasser und schlugen mit ihren Krummsäbeln um sich. Einer der Männer bearbeitete das Wasser mit der Peitsche. Die Peitschenschnur wickelte sich um einen dunklen Körper. Das Krokodil glitt auf sie zu. Kysen stieß einen Warnruf aus und half dem Mann, an der Peitsche zu ziehen, während sie an Land sprangen. Iry stieß seine Waffe weiterhin ins Wasser, dicht vor dem Maul des Tieres. Es gab eine Art Bellen von sich, schnappte nach der Klinge und trat den Rückzug an; es drehte seinen Körper im Wasser, ließ sich unter die Oberfläche gleiten und verschwand.

Völlig außer Atem, schwitzend und voller Blessuren, half Kysen dem Wagenlenker, die dunkle Masse weiter an Land zu ziehen. Die anderen Männer scharten sich um sie, dann wichen sie zurück und machten Zeichen gegen das Böse. Kysen sah den zerschundenen Körper eines Mannes vor sich. Ein Arm war in Schulterhöhe abgerissen, auf der Brust, im Nacken und am Kopf hatte er riesige Wunden.

Kysen war froh, daß es dunkel war, ja, er wünschte sich, daß der Mond nicht ganz so hell geschienen hätte, denn sein Licht fiel auf blutig-nasses Fleisch. Sie hatten das Krokodil daran gehindert, die Überreste seiner Beute unter Wasser zu ziehen. Wenig später, und die anderen Krokodile hätten den Körper vollends in Stücke gerissen. Doch lebend wäre ihm der Spion bedeutend lieber gewesen, denn so konnte er keine Fragen mehr beantworten.

Einer der Wagenlenker versuchte, etwas Stroh vom nahen Feld anzuzünden. Kysen musterte den Toten, fluchte leise und tauschte einen bedauernden Blick mit Iry. Da vernahm er ein Schniefen. Blitzschnell wandten sich alle um und sahen Nento, der durch das Schilf auf sie zukroch und dabei vor sich hin heulte: »Hilfe, Hilfe, Hilfe, Hilfe!«

Kysen seufzte und zog Nento an einem Arm in die Höhe. »Haltet den Mund.«

»Er ist einfach aufgetaucht – aus dem Nichts.« Nento hielt den Kopf in beiden Händen und stöhnte. »Wir krachten mit den Köpfen zusammen, und dann ist er in den Fluß gefallen.«

»Dann ist dies hier also Eure Schuld?« fragte Kysen. Er zerrte an Nentos Arm. »Hat er irgend etwas gesagt?«

»Ich habe mir den Kopf verletzt. Seht Ihr nicht, daß ich blute? Ich brauche Hilfe. Holt einen Heiler. Holt einen Arzt. Ich sterbe.«

Kysen schlug Nento die Hände runter und knurrte: »Hört mit dem Gejammer auf, sonst werfe ich Euch den Krokodilen zum Fraß vor. Hat der Spion irgend etwas zu Euch gesagt?«

»Ich erinnere mich nicht. Ohhh. Ich blute!« Kysen machte eine Handbewegung, so als wollte er Nento eine Ohrfeige verpassen, und dieser sprach eilig weiter.

»Ob er etwas gesagt hat? Laßt mich nachdenken, laßt mich nachdenken. Nein. Wir stießen mit den Köpfen zusammen, er stolperte und fiel rückwärts ins Wasser. Es war gar nicht genug Zeit, um etwas zu sagen.«

»Verdammt!«

Kysen wandte sich wieder den Wagenlenkern zu, die den Leichnam umstanden. Plötzlich flammte das trockene Stroh auf. Einer der Krieger hielt es vor das Gesicht des Toten.

»Herr«, rief Iry. »Das ist einer der Männer von Fürst Pasers Jacht.«

»Paser? Bist du sicher?«

»Ja, Herr. Ich erinnere mich an ihn, weil er immer als Beobachtungsposten am Bug Dienst hatte und eine seiner Augenbrauen deutlich höher stand als die andere.« Iry schaute flüchtig auf das entstellte Gesicht herab. »Jetzt kann man das natürlich nicht mehr sehen.«

Kysen kletterte die Uferböschung hinauf und stand am Rande des Feldes. Iry folgte ihm. Beide blickten suchend den Fluß auf und ab.

»Paser selbst hast du nicht gesehen, oder?« fragte Kysen.

»Nein, Herr, nicht seit wir auf Baht sind.«

»Wenn er zurückgekehrt ist und unser Geheimnis um den Geistertempel herausgefunden hat, haben wir ein ziemliches Problem.«

»Aber niemand hat sein Schiff gesehen, Herr.«

»Vielleicht ist ihm plötzlich ein kluges Herz zuteil geworden, und er hat die Jacht zurückgelassen«, antwortete Kysen. »Aber selbst in seinen besten Momenten ist Paser alles andere als klug. Er wird irgendwo in der Nähe lauern, nur nicht nah genug, daß wir ihn gleich entdecken.«

Irys und Kysens Blicke trafen sich, und sie sagten wie aus einem Munde: »Die Grüne Palme.«

»Begib dich sofort dorthin und nimm die Männer mit«, befahl Kysen. »Ich komme per Schiff. Vielleicht brauchen wir es. Möglicherweise vermißt Paser seinen Spion schon und hat beschlossen zu fliehen.«

Nachdem Kysens Bote ihn geweckt hatte, war Meren gleich zum Vordertor des Landsitzes hinausgeeilt. Er hatte die meisten seiner Männer, die im Haus ihren Dienst versahen, zum Tempel geschickt, für den Fall, daß im Tal mehr als nur ein Spion sein Unwesen trieb. Mit grimmigem Gesicht machte er sich nun auf den Weg zum Hafen.

»Meren, Meren, warte! Bleib sofort stehen!«

Er wandte sich um und sah seine Schwester auf sich zulaufen. »Jetzt nicht, Idut.« Er wollte weitergehen, aber schon war Idut an seiner Seite und paßte ihre Schritte den seinen an. Sofort begann sie ihn mit Vorwürfen zu überhäufen.

»Ist dir eigentlich bewußt, was für einen Skandal du heraufbeschwörst?«

»Es ist nicht meine Schuld, daß Sennefer seine Frau versehentlich getötet hat. Und jetzt laß mich in Ruhe. Ich habe zu tun.«

Er ging schneller, doch Idut ließ sich nicht abschütteln. »O nein, Meren. Diesmal entkommst du mir nicht. Wieso siehst du nicht ein, daß Sennefer sich aus Reue über Anhais Tod das Leben genommen hat? Warum behandelst du die Familie einschließlich Wah weiterhin wie Gefangene? Diese ganzen Hofintrigen haben dich deinen Verstand gekostet. Alle wünschen sich nichts sehnlicher, als nach Hause zurückzukehren. Nebetta und Hepu möchten endlich ihren Sohn betrauern können, und Wah wird mit jedem Tag nervöser.«

Langsam näherten sie sich dem Hafen. Meren schritt weit aus, doch Idut lief weiterhin neben ihm her. »Sennefer hat sich nicht selbst getötet, Idut. Nur du hältst das für wahrscheinlich. Nur du und möglicherweise noch seine Eltern begreifen nicht, wie wenig er Anhai mochte. Nicht ihr Tod hat ihn so erschüttert, sondern die Tatsache, daß er unbeabsichtigt die Ursache dafür war.

»Dann hat eben Bentanta ihn vergiftet«, sagte Idut. »Aber du freust dich viel zu sehr darüber, endlich Ra die Schuld in die Schuhe schieben zu können, anstatt die Wahrheit zuzugeben.«

Meren blieb plötzlich stehen und starrte seine Schwester an. »Du glaubst allen Ernstes, daß ich...« Doch Idut blickte mit offenem Mund über seine Schulter hinweg und deutete aufs Wasser.

»Amun sei uns gnädig, was hat denn das da nun wieder zu bedeuten?« fragte sie.

Mit der Strömung kam ein kleines Frachtschiff auf sie zu. Es schlingerte in wildem Zickzack-Kurs hin und her und gefährdete so die anderen Boote, die schon so früh am Morgen auf dem Fluß waren. Fischerboote und kleine Schiffe machten ihm eilig Platz. Auf dem Deck kreischte ein kahlköpfiger Mann den beiden Männern an den Rudern etwas zu, ergriff selbst das Steuerruder und zog es zu sich heran. Er schien sehr aufgeregt zu sein.

Meren fluchte, als er ein leises, stetiges, dumpfes Geräusch hörte, das von dem Klatschen vieler Ruder begleitet wurde, die ins Wasser eintauchten. Die *Schwingen des Horus* kam um die Flußbiegung und hielt direkt auf das kleine Frachtschiff zu. Der Steuermann auf dem kleineren Schiff blickte über die Schulter, sah die schwarze Jacht und schrie auf. Er machte vor Angst einen großen Satz, dabei rutschte ihm das Steuerruder aus der Hand. Das Boot drehte sich im Kreis und trieb nun seitwärts in der Strömung, während die *Schwingen des Horus* direkt darauf zu fuhr. Ein Matrose, der am Bug von Merens Schiff stand, schrie dem Kahlköpfigen eine Warnung zu. Die langen Ruder hoben sich alle gleichzeitig aus dem Wasser.

Idut stand immer noch neben Meren am Ufer und schrie plötzlich: »Sieh doch, es ist Paser! Paser, weg da! Weg da!«

Doch Paser war viel zu sehr damit beschäftigt, in wilder Panik über das Deck seines Frachtschiffes zu kriechen. Da erschien Kysen am Bug der *Schwingen des Horus* und rief Paser etwas zu – ohne Erfolg. Meren mußte zusehen, wie der Bug seines Schiffes das Gefährt des anderen genau in der Mitte rammte. Man hörte Holz splittern und Menschen ins Wasser springen – die Männer schwammen um ihr Leben.

»Wenn er mein Schiff beschädigt hat, ziehe ich ihm das Fell über die Ohren«, knurrte Meren.

»Was hat Paser denn auf einem kleinen Frachtschiff zu suchen?« fragte Idut, während sie beobachteten, wie Kysens Männer denen im Wasser Taue zuwarfen. »Und warum hat er versucht, es selbst zu steuern?«

Meren drehte die Augen gen Himmel und sagte: »Geh nach Hause, Idut.«

»Und wo war Kysen so früh am Morgen?«

»Er wollte in die Oase der Grünen Palme fahren. Gehst du jetzt bitte nach Hause! Ich werde nachsehen, was mit diesem Blödmann Paser passiert ist.«

»Das stimmt doch nicht, was du sagst, Meren. Kysen würde die *Schwingen des Horus* nicht für so eine kurze Reise nehmen.«

»Verdammt, Idut! Vielleicht wollte er ja einer Frau imponieren. Ich weiß es nicht, und es ist auch nicht wichtig. Wirst du jetzt freiwillig nach Hause zurückkehren, oder muß ich dich höchstpersönlich hinschaffen?«

»Ich gehe ja schon, ich gehe ja schon. Aber glaube nur ja nicht, daß ich dir deine selbstgerechte Art noch viel länger nachsehe. Die ganze Familie wird sich gegen dich stellen, wenn du uns weiter wie deine Gefangenen behandelst.« Idut warf einen Blick auf die Männer, die Paser an *Bord der Schwingen* des Horus hievten. »Bring Paser ins Haus. Ich werde ihm ein paar frische Kleider heraussuchen.«

Meren bekam allmählich Kopfschmerzen. Er rieb sich den Nacken. »Verschwinde endlich, Idut«, wiederholte er.

Als seine Schwester außer Sichtweite war und sein Schiff angelegt hatte, schritt Meren über eine Planke und sprang an Deck der *Schwingen des Horus*. Er landete unmittelbar neben Kysen. »Wo ist er?«

»Im Deckhaus. Ich habe ihn gleich dort hineinschaffen

lassen, um in Ruhe darüber nachdenken zu können, was wir mit ihm anstellen sollen.«

»Gut.« Meren blieb unter dem Sonnensegel stehen. Granatapfelrot ging die Sonne am Horizont auf. »Ich werde ihn nicht auf den Landsitz lassen. Idut platzt jetzt schon vor Neugierde. Außerdem ist die ganze Familie wütend auf mich, mit Ausnahme deiner Schwestern.«

Nickend deutete Kysen auf eine Gruppe von Männern, die sich um eine randvoll gefüllte Kohlenpfanne scharten. »Ich dachte mir, daß du keine Verzögerung wünschst und daß wir die Wahrheit so bald als möglich aus diesem Einfaltspinsel herausbekommen sollten.«

Meren berührte den Armreif, der die sonnenscheibenförmige Narbe an seinem Handgelenk verbarg. Drei Todesfälle. Drei Tote während seines Aufenthalts auf Baht, wo er sich eigentlich eine Atempause hatte gönnen wollen. »Und du bist sicher, daß du alle Besatzungsmitglieder des kleinen Frachtschiffes verhaftet hast?«

»Meine Männer suchen noch immer das Gelände ab, aber die Dorfbewohner haben uns versichert, daß es sich insgesamt nur um drei Männer handelte. Wenn man den Toten mitzählt, haben wir sie alle gefaßt.«

»Diese Geschichte gefällt mir gar nicht, Ky. Ich weiß, daß Sennefers Mord an Anhai nichts mit der heiligen Fracht zu tun hat, die wir über den Fluß geschafft haben. Trotzdem gefällt es mir nicht, daß die drei Todesfälle so dicht beieinander liegen. Oh, ich weiß, was du jetzt sagen willst: daß mein *Ka* durch Mißtrauen in die Irre geführt wird, wie das bei jemandem eben ist, der am Hof aufwuchs. Ich versuche ja schon, meinen Argwohn unter Kontrolle zu halten. Laß uns weitermachen.«

Kysen nahm eine Alabasterlampe zur Hand, die neben einer weiteren Kohlenpfanne gestanden hatte, und schritt Meren voran. Im Deckhaus saß Paser zusammengekauert auf einem Hocker zwischen zwei Wagenlenkern. Er blinzelte ihnen entgegen. Die Wagenlenker salutierten vor Meren. Pasers Augen, die bislang nur Kysen gesehen hatten, weiteten sich. Meren stellte sich vor ihn hin und musterte seinen rasierten Schädel und sein Gesicht.

»Warum habt Ihr meinen Männern nachspioniert?«

»Nachspioniert? Nachspioniert?« krächzte Paser. »Davon weiß ich nichts. Ich habe einfach nur eine Vergnügungstour mit meinem neuen Boot unternommen, als sich Euer Sohn auf mich stürzte, als wäre ich ein räuberischer Nomade.«

Kysen stellte die Alabasterlampe auf einen Ständer. Meren ergriff den Ständer und rückte ihn näher an Paser heran.

»Ich habe nicht vor, mich mit Euch zu streiten«, sagte Meren. »Ihr wart mit einem kleinen Frachtschiff unterwegs, Paser, nicht mit einer Jacht. Und Ihr habt Euch das Gesicht und den Kopf rasiert. Sagt mir, was Ihr vorhattet.«

Paser versuchte aufzustehen, aber die Wagenlenker drückten ihn auf den Hocker zurück. »Meine Freunde bei Hof werden von dieser Ungeheuerlichkeit hören. Ich bin ein freier Mann. Ich darf mich auf dem Nil bewegen wie jeder andere Mann von Adel auch.«

Meren hörte sich Pasers Gefasel ein paar Minuten lang an. Dann hob er plötzlich die Lampe hoch und hielt sie schräg über Pasers Kopf, so daß sich ein dünnes Ölrinnsal über dessen Glatze ergoß. Paser schrie und sprang auf. Die Wagenlenker blieben in angemessener Entfernung stehen, während er heulte und sich den Kopf rieb.

»Verflucht sollt Ihr sein, Meren, das war heiß!«

Meren stellte die Lampe wieder ab und verschränkte die Arme vor der Brust. »Ich erkläre Euch Eure Situation nur ein einziges Mal. Einer Eurer Männer ist dabei erwischt worden, wie er um einen verlassenen Tempel herumschlich, der zufällig in der Nähe der Gräber meiner Vorfahren liegt. In meinem Haus hat es zwei Mordfälle gegeben, und ich erwische Euch dabei, wie Ihr hier herumschnüffelt. Ich will wissen, warum. Ihr habt ein großes Problem, Paser.«

»Mordfälle!« Paser rieb sich seine rote Kopfhaut. »Ich weiß nichts von Morden.«

»Ihr folgt mir nun schon seit Tagen«, sagte Meren. »Warum?«

Paser warf ihm einen schlauen Blick zu. »Ich bin eben in die gleiche Richtung gefahren wie Ihr. Ich wollte Euch nicht folgen.«

»Mir fehlt die Geduld für Eure plumpen Lügen«, erwiderte Meren. »Kysen, befiehl den Männern, das Brenneisen hereinzubringen.«

Pasers Augen weiteten sich erneut. Er gab ein Quieken von sich, sprang an Meren vorbei und war draußen, bevor die Wachen noch begriffen, was geschah. Kysen rannte hinter ihm her, Meren folgte ihm sofort. Paser raste über das Deck. Jetzt hatte er die Männer um die Kohlenpfanne entdeckt. Er wich ihnen aus und rannte auf die Reling zu. Sicher wäre er über Bord gesprungen, hätte sich sein Fuß nicht in einem zusammengerollten Seil verfangen. Paser stürzte, fiel nach vorn und schlug mit dem Kopf gegen die Reling.

Wenig später kniete Meren mit seinem Sohn neben ihm nieder. Sie drehten ihn um. Paser blutete aus einer tiefen Wunde an der Stirn. Einer der Wagenlenker drückte ein Tuch darauf.

»Er hat das Bewußtsein verloren«, sagte Meren, als sie sich wieder erhoben. »Ich frage mich, welchen Gott ich beleidigt habe, daß ich dermaßen vom Pech verfolgt werde. Das alles verheißt nichts Gutes, Ky.«

»Verlaß dich darauf, Vater, Paser weiß von nichts. Wir haben diesen Mann entdeckt, bevor er seinem Auftraggeber erzählen konnte, was er herausgefunden hatte.«

»Aber er kann auch vor der vergangenen Nacht am Tempel herumspioniert haben.«

»Noch nicht einmal Paser wäre töricht genug, zu bleiben, wenn er entdeckt hätte, was der Tempel beherbergt. Meinst du nicht auch?«

»Vielleicht hast du recht. Ich habe vor Morgengrauen noch mehr Männer zum Geistertempel geschickt, aber nun haben wir nur noch zwei Wachen für die Familie. Ich mußte schon die Türsteher zur Bewachung von Bentanta und Ra einteilen. Laß mir Bescheid geben, wenn dieser Dummkopf wieder zu sich kommt. Ich gehe jetzt zum Haus zurück.«

Als er Baht erreichte, begann sich der Haushalt gerade zu regen. Er hörte das Schreien der Esel in den Kornhöfen und das stetige Schleifgeräusch der Mühlsteine. Er eilte in sein Arbeitszimmer, entließ Reia und begann den Stapel Berichte durchzuarbeiten, in denen die Ergebnisse der Befragungen zusammengefaßt waren, welche seine Männer unter den Mitgliedern des Haushalts durchgeführt hatten. Er versuchte, seine ganze Aufmerksamkeit darauf zu konzentrieren, aber immer wieder sah er Bentanta und Djet vor sich.

Schließlich warf er die Berichte zu Boden und holte seine Jonglierkugeln hervor. Er schleuderte eine in die Luft, beförderte eine andere von der einen Hand in die andere und fing die herabfallende Kugel wieder auf. Nachdem er seinen Rhythmus gefunden hatte, begann er, in seinem Arbeitszimmer umherzuwandern, wobei er sich aufs Jonglieren konzentrierte.

Er hatte Sorgen mehr als genug. Die Familie – insbesondere Idut – war wütend auf ihn wegen der Art und Weise, wie er Ra und Bentanta behandelt hatte. Nebetta sprach immer noch kein Wort mit ihm und machte ihn weiterhin für Sennefers Tod verantwortlich. Und Sennefers Mörder hatte er auch noch nicht gefunden. Das hieß, er glaubte, ihn noch nicht gefunden zu haben. Oder scheute er sich tatsächlich davor, sich einzugestehen, daß er ihn bereits kannte? Wenn er diesen Mordfall nicht bald aufklärte, würde er die Frauen doch noch nach Memphis schicken müssen. Bener würde das gar nicht gefallen, aber sie würde sich seinem Willen beugen müssen. Er wollte kein Risiko eingehen, nicht jetzt, da eine neue Gefahr drohte.

Er brauchte mehr Zeit, doch ausgerechnet die hatte er nicht, denn Paser, dieser Wurm, konnte ihr Geheimnis im Geistertempel auffliegen lassen. Paser gehörte zu Prinz Hunefers Lager. Sollte Hunefer herausgefunden haben, daß Echnatons Grab leer war? Am wichtigsten bei der ganzen Sache war Geheimhaltung, zumindest wenn man eine weitere Greueltat verhindern wollte. Immer noch gab es am Hof viele, die den Bruder des Pharao liebend gern seines ewigen Lebens beraubt hätten, indem sie seinen Leichnam zerstörten. Er mußte Paser zum Reden bringen. Und das würde er, dessen war er sich sicher. Paser war nicht nur ein Dummkopf, sondern auch ein Feigling. Wenn er wieder zu sich gekommen war, würde es nicht lang dauern, bis sie seinen Willen gebrochen hatten.

Bis dahin würde er genau das tun, was seine Position ihm eigentlich verbot: Er würde darüber nachdenken, welche Faktoren es gab, die den Mordverdacht von Ra ablenkten. Sein Plan, die Unschuld seines Bruders zu beweisen, hatte nicht so funktioniert, wie er sich das vorgestellt hatte. Ra war seiner widerspenstigen Natur treu geblieben und hatte durch sein Verhalten noch mehr Zweifel an seiner Unschuld aufkommen lassen.

Er kehrte zu dem Kästchen zurück, in dem er seine Jonglierkugeln aufbewahrte. Er fing die drei auf, die er bisher benutzt hatte, und nahm noch eine zusätzliche vierte heraus. Jetzt hielt er zwei Kugeln in jeder Hand. Er warf die zwei in seiner Rechten als erstes in die Höhe. Anschließend tat er das gleiche mit den Kugeln in seiner Linken. Dann versuchte er, die Kugeln in der Luft in und her zu werfen. Doch ohne Erfolg. Er wollte sie auffangen, doch alle vier fielen zu Boden.

Mit einem Seufzer legte er die vierte Kugel beiseite und jonglierte wieder mit dreien. Er war mit seiner Geduld ohnehin am Ende, und nun auch noch diese Sache mit Paser.

Plötzlich verharrte Merens Hand reglos in der Luft. Die Kugeln fielen zu Boden und hüpften durchs Zimmer. Ein böser Verdacht wollte nicht von ihm weichen. Pasers Auftauchen konnte durchaus etwas mit Sennefers Tod zu tun haben. Nein, Kysen hatte recht. Zu viele Jahre bei Hof hatten dazu geführt, daß er hinter jedem Ereignis eine verborgene Bedeutung mutmaßte und jedem Menschen einen geheimen Plan unterstellte. Sennefer hatte bei Hof niemals einen wichtigen Posten innegehabt. Niemand auf dem Fest war besonders einflußreich gewesen.

Es stimmte, daß Anhai einst der Großen Königlichen Frau, Nofretete, gedient hatte – ebenso wie Bentanta, aber keine von beiden hatte jemals in der Gunst von Tutenchamuns Königin Anchesenamun gestanden. Wah war kurze Zeit vor Nofretetes Tod deren Haushofmeister gewesen, doch einen Platz bei Hofe hatte auch er nicht ergattert. Er hatte keine Macht, und Meren glaubte nicht, daß sich Wah und Paser überhaupt kannten.

Trotzdem gefiel es ihm nicht, daß Paser und seine Spione ausgerechnet zu einem Zeitpunkt aufgetaucht waren, da er einen Mörder jagte. Und etwas anderes störte ihn ebenfalls, etwas an dem Festabend, an seinen Verwandten, die alle um ihn versammelt gewesen waren und unaufhörlich redeten, redeten, redeten. Ra, der mit Anhai sprach. Bentanta, die mit Sennefer flüsterte. Wah, der ihm ständig etwas vorjammerte. Hepu, der unaufhörlich Moralpredigten hielt. Meren war sich sicher, daß ihm etwas entgangen war, etwas Wichtiges.

Er beugte sich über seinen Ebenholzstuhl und streckte die Hand nach einer Jonglierkugel aus, die darunter lag. Er selbst drohte momentan, im Selbstmitleid zu versinken, wo doch eigentlich Sennefer derjenige war, den er bemitleiden sollte. Sein Vetter hatte in der ständigen Angst gelebt, daß man von seiner Impotenz erfahren würde. Auf dem Fest war er sicher völlig entnervt gewesen, als Anhai ihm gedroht hatte, es allen zu erzählen. Kein Wunder, daß er so viel Granatapfelwein getrunken hatte, sowohl vor als auch nach ihrem Tod. Als er das Gift bereits in sich hatte, hatte Meren angenommen, er wäre lediglich betrunken oder krank ... Meren hielt die Jonglierkugel in der Hand und setzte sich auf seinen Ebenholzsessel.

»Bei allen Göttern Ägyptens«, murmelte er. Dann begann er die Kugel wieder in die Höhe zu werfen, ganz langsam, und währenddessen wanderten seine Gedanken ein letztes Mal zurück auf jenes Fest.

Kapitel 18

Kysen raste die Treppen hinauf zum Arbeitszimmer seines Vaters und stürmte hinein. Meren sprang von seinem Sessel hoch. Beide fingen gleichzeitig an zu reden.

»Paser ist wieder bei sich, und er will nur mit dir persönlich sprechen.«

»Mit dem Gift habe ich mich geirrt, Ky.«

»Was?« Kysen starrte Meren an.

Meren warf die Jonglierkugel ins Kästchen. »Wir haben keine Zeit zu verlieren. Ich hoffe, ich habe durch meinen Irrtum niemanden in Gefahr gebracht.«

Kysen rannte hinter Meren her. »Geirrt? Mit dem Gift? Wie meinst du das? Warte, Vater!«

Meren war schon auf dem nächsten Treppenabsatz, und Kysen holte ihn erst ein, als er vor Ras Tür haltmachte. Auf der Schwelle kauerte ein Türsteher und hielt sich den Kopf.

»Wo ist mein Bruder?« fragte Meren scharf.

Der Türsteher stöhnte. Plötzlich hörte man Schreie aus der großen Halle. Meren und Kysen jagten dorthin. Sämtliche Familienmitglieder nahmen hier gewöhnlich das Frühstück ein. Jetzt standen ein paar von ihnen und einige Diener um Tante Cherits Sänfte herum wie eine Schar Gänse um ein paar Brotkrumen. An der Hintertür des langgestreckten Raumes war ein eiförmiger Weinkrug von einem Ständer gekippt. Seine Scherben lagen überall auf dem Boden verstreut, die Matten hatten Weinflecke.

»Was ist geschehen?« fragte Meren, als sie die Gruppe erreicht hatten. »Ra ist fort.«

Cherit tätschelte die Hand der weinenden Nebetta. »Er raste hier durch wie ein Dämon der Unterwelt, und er wäre auch durch die Vordertür entkommen, wenn ihm deine Männer nicht den Weg versperrt hätten.«

»Also ist er hinten raus?« fragte Kysen.

Cherit nickte. »Simut und die anderen beiden Wachleute verfolgen ihn.«

Kysen machte einen Schritt auf die Hintertür zu, aber Meren hielt ihn zurück. Er betrachtete die hier Versammelten. Cherit murmelte Verwünschungen gegen törichte junger Männer vor sich hin, die guten Wein einfach verschütteten. Isis kaute ruhig an einem Stück Melone, während Nebetta schniefte.

»Wo ist der Rest der Familie?« fragte Meren.

»Warum jagst du nicht deinem mordlustigen Bruder hinterher?« schluchzte Nebetta.

Beunruhigt bemerkte Kysen den vernichtenden Blick, den Meren ihr zuwarf.

»Isis, wo sind die anderen?« fragte Meren noch einmal.

»Onkel Hepu ist in seinem Zimmer und arbeitet an einer Gedenkrede für Sennefer. Tante Idut und Wah sind weggegangen, noch bevor Onkel Ra hereinstürmte, und Bener ist ihnen gefolgt.« Sie schluckte ihr letztes Stück Melone hinunter. »Sie wollte herausbekommen, was sie vorhaben. Ich habe ihr gesagt, sie soll es lieber sein lassen, aber auf mich hört sie ja nicht.«

»Und die Wachen haben sie gehen lassen?« fragte Kysen.

»Idut und Wah wollten nur ein Weilchen in den Garten gehen und versprachen, bald wieder zurück zu sein«, sagte Isis. »Du weißt doch, wie unsere Tante ist. Sie hat dem armen Simut so lange zugesetzt, bis er einwilligte. Bener ist ihnen gefolgt, als Simut und die anderen Wachleute Onkel Ra hinterherjagten.«

Meren fluchte vor sich hin. Ohne weitere Erklärung stürmte er zur Tür hinaus. Kysen folgte ihm und rief über die Schulter zurück: »Bleibt ja alle, wo ihr seid.«

Draußen holte er Meren gerade in dem Augenblick ein, als dieser das Gartentor aufstieß. Sie drängten in den Garten und erblickten Idut, die eine Akazie an der Mauer anschrie.

»Bener, du streitsüchtiges, ekelhaftes Gör, komm sofort zurück!«

Schon standen sie vor ihr.

»Wo sind sie?« fragte Meren.

Idut warf hilflos die Hände in die Höhe. »Da siehst du, welche Folgen deine inkonsequente Erziehung hat, Meren. Bener schleicht schon seit Tagen im Haus umher und spioniert die Leute aus, stellt impertinente Fragen, macht Unterstellungen.«

»Idut!«

Selbst Kysen fuhr zusammen, so scharf war sein Ton. Idut funkelte ihren Bruder zornig an, aber zumindest hielt sie jetzt den Mund.

»Wo sind sie hingegangen?« wiederholte Meren.

»Er sagte, daß er in den Mauern dieses Hauses Platzangst zu bekommen drohe. Er ist sehr sensibel, weißt du, und all diese Todesfälle haben ihm ziemlich zugesetzt. Sie werden gleich zurück sein.«

»Idut«, rief Meren und machte einen Satz, um sich an einem Ast der Akazie hinaufzuziehen, »du hast den Verstand einer Antilope.«

Kysen schwang sich ebenfalls in den Baum hinauf und kletterte mit Meren auf die Mauer. Von hier aus hatten sie einen Blick auf ein paar Sykomoren und den Gemüsegarten. Dahinter verlief der Kanal, der das Wasser vom Nil zu den Feldern brachte, die hinter dem Anwesen lagen. Meren deutete auf eine schnell laufende Gestalt in langem Gewand. Es war Bener, sie lief diagonal über das Feld auf den Kanal zu. Offenbar wollte sie dort ein Boot erreichen, das sich schnell auf den Fluß zu bewegte.

»Wir müssen sie einholen, bevor sie ihn erreicht.«

»Wen?« fragte Kysen, aber Meren war bereits von der Mauer heruntergesprungen.

Kysen versuchte, die Höhe der Mauer abzuschätzen, dann duckte er sich und ließ sich hinabgleiten. Seine Vorsicht verschaffte Meren einen gewissen Vorsprung und zwang Kysen, ein scharfes Tempo vorzulegen. Zum zweitenmal innerhalb eines Tages rannte er nun über ein Feld, das mit Stoppeln und von der Sonne ausgedörrten, harten Erdklumpen übersät war.

Im Laufen sah er, wie das Boot den Fluß erreichte und auf den Hafen und die *Schwingen des Horus* zuglitt. Als Bener am Ufer war, erhob sich der Mann im Boot gerade und versuchte, mit der langen Stange, mit der das kleine Boot normalerweise im Wasser vorangestakt wurde, das Gleichgewicht zu halten. Jetzt konnte Kysen zum erstenmal einen genaueren Blick auf ihn werfen. Vor Überraschung wäre er beinahe über seine eigenen Füße gestolpert.

Plötzlich ertönte ein Schrei vom Deck des Schiffes. An der Reling stand Paser. Mit der einen Hand hielt er sich den Kopf, mit der anderen deutete er auf den Mann im Boot. Da hob letzterer die Stange und schlug Paser damit auf den Kopf. Paser fiel über Bord. Im selben Moment bückte sich Bener, nahm einen Erdklumpen und schleuderte ihn auf den Angreifer. Er traf ihn direkt im Rücken.

Meren und Kysen stießen einen Warnruf aus. Der Mann geriet aus dem Gleichgewicht und wäre beinahe ins Wasser gefallen. Er drehte sich um und ging mit der Stange auf Bener los. Kysen schrie auf, Meren stieß seine Tochter zur Seite, duckte sich unter dem Schlag, der einen Stein hätte zerschmettern können, und ergriff die Stange. Er zog sie zu sich heran, dann rammte er dem Angreifer das eine Ende in die Brust.

»Ah!« Der Mann krümmte sich, ließ die Stange jedoch nicht los. Meren zog noch einmal daran, so daß der andere nun endgültig das Gleichgewicht verlor. Er landete halb im Wasser und versuchte verzweifelt, wieder festen Boden unter die Füße zu bekommen. Kysen drückte ihm seinen Dolch unters Kinn.

»So schnell schon seid Ihr unserer Gastfreundschaft überdrüssig, Wah?«

Wah blieb reglos liegen, als er die Spitze des Dolches fühlte. Sein Schurz und seine Brust waren über und über mit Schlamm bedeckt.

»Steht auf«, rief Kysen.

Meren zog Bener hinter sich. »Langsam, wenn Euch Euer Leben lieb ist.«

»Seid ihr denn alle verrückt geworden?« fragte Wah, während er gehorchte.

Inzwischen waren ein paar Krieger von Bord der *Schwingen des Horus* gesprungen und eilten ihnen zu Hilfe. Matrosen fischten Paser aus dem Wasser. Frauen, die zum Fluß gekommen waren, um Wäsche zu waschen, Fischer und Reisende versammelten sich in diskretem Abstand und gafften.

Bener steckte den Kopf hinter Merens riesigem Körper hervor und rief strahlend: »Siehst du, Kysen, ich wußte es. Ich wußte, ich würde den Mörder finden, wenn ich nur wachsam genug wäre.«

»Sei still!« Meren drehte sich zu ihr um. »Ich zweifle an deinem Verstand. Wie konntest du ein solches Risiko eingehen? Du hättest zu mir kommen sollen, statt selbst hinter ihm herzujagen. Er hat versucht, dich umzubringen, du dumme Gans.«

Bener deutete auf das Boot. »Aber vielleicht wäre er entkommen, wenn ich ihm nicht gefolgt wäre.«

»Vater«, sagte Kysen und wies auf die Schaulustigen. »Sollten wir uns nicht besser auf das Schiff zurückziehen?«

Meren sah flüchtig zu den Fischern und Waschfrauen hinüber und sagte: »Mach, daß du nach Hause kommst, Bener. Wir sprechen uns später.« Dann schritt er auf sein Schiff zu.

Kysen schob Wah vor sich her, und schon waren sie an Bord, umgeben von Wagenlenkern und Matrosen. Kysen preßte dem Gefangenen seinen Dolch in den Rücken, während Meren zu Paser ging, der auf dem Deck lag und von ein paar Männern bewacht wurde. Er beugte sich zu ihm hinunter.

»Paser ist tot.«

Meren begab sich nun unters Sonnensegel des Deckhauses und ließ sich auf einem Stuhl aus geschnitztem Zedernholz nieder. Kysen stieß Wah ins Kreuz, damit er sich vor seinem Vater hinkniete. Dann gab er den Kriegern ein Zeichen. Sie stellten sich so um das Sonnensegel herum auf, daß weder Meren noch Kysen noch Wah von außen gesehen werden konnten. Wah warf einen Blick auf die Mauer aus Soldatenkörpern und wischte sich den Schmutz von Gesicht und Brust.

»Was soll das ganze Getue, Herr?« fragte er. »Ich wollte nichts weiter, als mich auf dem Wasser ein wenig abkühlen, nachdem ich so lange auf Baht eingesperrt war.«

»Und so ganz nebenbei habt Ihr Paser ermordet?« fragte Kysen und steckte seinen Dolch in die Scheide.

»Oh, das war ein Unfall. Idut erzählte mir, daß Ihr ihn aus irgendeinem Grund in Gewahrsam genommen habt. Als ich seinen Schrei hörte, glaubte ich, daß er zu fliehen versuchte, und wollte ihn aufhalten.« Unsicher sah Wah Meren an. Der schwieg nach wie vor, also redete Wah weiter: »Und dann – und dann hat Eure Tochter einen Lehmklumpen nach mir geworfen. Ich habe mich vielleicht erschrocken! Und ich habe reagiert, ohne nachzudenken.«

Kysen lachte hämisch. »Für wie blöd haltet Ihr uns eigentlich, Wah?«

Wah protestierte lautstark, doch Kysen schenkte seinem Geschwätz keine Beachtung. Sein Vater schwieg immer noch. Geistesabwesend saß er da und rieb die sonnenscheibenförmige Narbe an seinem Handgelenk. Sein Gesichtsausdruck sagte Kysen, daß er gar nicht zuhörte. Für den Bruchteil einer Sekunde wirkte er ängstlich. Doch schon waren seine Augen ausdruckslos wie immer. Schließlich schien er aus seiner Erstarrung zu erwachen und winkte Kysen zu sich heran.

»Wir müssen ihn allein verhören. Keine Wachen, niemand außer uns«, flüsterte er.

Kysen packte Wah und stieß ihn ins Deckhaus. Meren befahl den Wagenlenkern und Matrosen, das Schiff zu verlassen. Nur Reia blieb an Bord. Er hielt in gebührendem Abstand vom Sonnensegel Wache, so daß auch er kein Wort von dem verstehen konnte, was im Deckhaus gesprochen wurde.

Meren folgte seinem Sohn ins Deckhaus. Der Raum wurde nur von dem Licht erhellt, das durch die hohen, rechteckigen Fenster fiel. Wah trat von einem Fuß auf den anderen und schaute abwechselnd Meren und Kysen an.

»Ich verstehe nicht, warum Ihr mich derart grob behandelt, Herr. Ich schwöre bei der Feder der Wahrheit, daß ich ...«

»Wah.«

Meren hatte seinen Namen nur geflüstert, doch Wah verstummte sofort und wich vor ihm zurück. Er tat Kysen beinahe leid, denn Meren verhielt sich wirklich ziemlich irritierend.

»Ihr steht nun schon eine lange Zeit unter äußerster innerer Anspannung, nicht wahr? Ihr bewahrt ein unaussprechliches Geheimnis, fürchtet Euch vor Vergeltung, lebt in ständiger Furcht vor der Entdeckung. Und schließlich, als Ihr Euch endlich wieder in Sicherheit wähntet, erzählte Euch meine geschwätzige Schwester, daß Paser sich in der Gegend herumtreibt«, sagte Meren ruhig. »Deshalb habt

Ihr die Nerven verloren und seid geflohen. Ihr wußtet, daß ich Paser verhaftet hatte und ihn zum Reden bringen würde. Ihr hattet Angst vor dem, was er sagen würde.«

»Paser hatte den Verstand eines Ziegenbocks!« schrie Wah. »Er hat versucht, sich bei Prinz Hunefer einzuschleimen, indem er Euch nachspionierte. Wie ein Esel hat er sich dabei angestellt, mit dem Erfolg, daß Ihr mißtrauisch wurdet und auf der Hut wart, während ich doch versuchte, Eure Gunst zu gewinnen. Mehr gibt es in dieser Sache nicht zu sagen.«

»Schweigt einen Augenblick«, bat ihn Meren in dem gleichen, ruhigen, mitleidvollen Ton, den er schon zuvor angeschlagen hatte. »Mich führt Ihr nicht hinters Licht, Wah. Ich weiß, daß mehr hinter der Geschichte steckt als Pasers unkluges Vorgehen. Ihr versteht doch, was ich sage? Ah, ich sehe, daß Ihr mich in der Tat versteht. Dann ist Euch ja auch klar, daß ich Euch Einhalt gebieten muß. Ich hoffe, ich habe mich deutlich genug ausgedrückt und Ihr gebt diese absurde Scharade jetzt auf.«

Kysen wurde immer unbehaglicher zumute. Meren hatte offenbar herausgefunden, daß Wah Sennefer getötet hatte, aber das erklärte noch lange nicht das Verhalten seines Vaters. Meren sah Wah weiterhin an, als sei er schon tot.

Wah taumelte gegen die Wand des Deckhauses und sagte mit schwacher Stimme: »Ihr wißt also alles?« Er würgte, als müßte er sich übergeben. »Wie habt Ihr es herausgefunden.«

»Ich erinnerte mich an das Gespräch zwischen Anhai, Sennefer und Euch auf meiner Willkommensfeier.« Meren warf Kysen einen Blick zu. »Aber ich hatte bisher keine Gelegenheit, meinem Sohn alles zu erzählen, der zweifellos bereits die Schlußfolgerung gezogen hat, daß Ihr meinen Vetter ermordet habt.«

»Nur warum?« fragte Kysen.

Meren schritt vor Wah auf und ab. »Du warst noch nicht

anwesend, als Wah am Tag des Festes auf Baht eintraf, aber Anhai und Sennefer waren schon da. Anhai kannte Wah, denn vor Jahren hatten sie beide im Haushalt der Großen Königlichen Frau, Nofretete, gedient.«

»Aber was hat das mit Sennefer oder Anhai zu tun?«

»Erinnerst du dich, Kysen, wie Sennefer starb? An das Fieber, an die Fieberphantasien, die laute Stimme seines Herzens und dann die Betäubung, die in den Tod überging? Er starb so unerwartet, daß ich die Symptome seiner Krankheit zunächst mit keinem anderen Ereignis in Verbindung brachte. Anhais Tod unterschied sich vollkommen von seinem. Und Pasers Spion kam durch ein Krokodil ums Leben und hatte scheinbar nichts mit den Mordfällen in unserem Haus zu tun. Aber wie du bereits richtig bemerkt hast, bin ich mißtrauisch, und als Paser und seine Männer auftauchten, konnte ich nicht umhin, eine Verbindung zwischen all den Todesfällen zu mutmaßen. Also ließ ich das Fest nochmals vor meinem geistigen Auge Revue passieren, doch lange Zeit wollte mir nichts Merkwürdiges auffallen, bis ich mich plötzlich an die Unterhaltung erinnerte, die Wah mit Sennefer und Anhai geführt hatte.«

In Wahs Augen stand jetzt das nackte Grauen. »Weißt du, Ky, sie sprachen über Nofretete, und Anhai erwähnte ihren Tod. Aber erst kurz bevor du vorhin in mein Arbeitszimmer kamst, wurde mir klar, daß die Symptome der Seuche, die die Königin dahinraffte, und Sennefers Vergiftungserscheinungen Ähnlichkeit aufwiesen.«

Wah wimmerte, und Kysen starrte ihn mit weit aufgerissenen Augen an. Die schwarze Schminke um seine Augen lief ihm das Gesicht herunter. Er schien in sich zusammenzuschrumpfen.

»Eigentlich war es Anhais Fehler, nicht wahr?« fragte Meren. Wah nickte, die Knie schienen ihm weich zu werden. »Weißt du, Ky, Anhai sagte, daß sie gar nicht gern daran zurückdächte, wie sehr die Königin gelitten habe –

ihre Haut sei gerötet und trocken gewesen, ihr Herz habe vernehmlich gepocht, und sie habe an Fieberphantasien gelitten. Einziger Unterschied: Im Gegensatz zur Königin, deren Todeskampf tagelang dauerte, starb Sennefer schnell. Die Parallelen hätten mir vielleicht eher auffallen können, aber zwischen den beiden Todesfällen liegen etliche Jahre, und die Königin starb zu einer Zeit, da Ägypten von einer Seuche heimgesucht wurde.«

Meren trat dichter an Wah heran: »Die eine starb langsam, der andere schnell, doch beide auf ähnliche Art. Wenn Sennefer vergiftet wurde, dann muß auch die Königin vergiftet worden sein.« Meren schwieg, und auch Wah sagte nichts. Doch er mied Merens Blick. »Ihr fühltet Euch von Sennefer bedroht, als dieser sagte, daß seine Frau ihm schon oft von Euch erzählt habe, habe ich recht, Wah? Ihr trugt Euer Geheimnis nun schon so lange mit Euch herum, ohne daß irgend jemand Verdacht geschöpft hatte. Doch dann erschienen Sennefer und Anhai auf der Bildfläche und begannen ohne jede Vorwarnung von Nofretetes Tod zu sprechen und darüber, wie sie sich über Euch unterhalten hatten. Ihr wart außer Euch vor Angst, nicht wahr? Ihr habt erwartet, entweder verraten oder erpreßt zu werden.«

Wah erbleichte. Er versuchte zu sprechen, nickte dann aber nur.

»Ihr wart wahrscheinlich überglücklich, als Anhai tot im Kornspeicher gefunden wurde«, sagte Kysen verwundert. »War es das? Habt Ihr einfach beschlossen, die Gelegenheit beim Schopfe zu packen und Euch auch Sennefers zu entledigen, bevor er noch Gelegenheit hatte, Euch zu drohen oder zu erpressen?«

Wahs Stimme war nur noch ein Krächzen. »Ich glaubte, Ihr würdet Fürstin Bentanta oder Fürst Nacht verdächtigen oder beide.«

»Ich war nahe dran«, sagte Meren. »Bis Paser einen Fehler machte und dadurch mein Mißtrauen weckte. In welcher Verbindung steht er zu Euch und den Ereignissen der Vergangenheit?«

»Dieser Idiot! Er glaubte, daß Ihr in geheimer Mission für den Wesir oder General Horemheb hier wäret. Ich versicherte ihm mehrfach, daß Ihr einfach nur nach Hause wolltet, um Euch auszuruhen, aber er wollte mir nicht glauben. Ich hätte ihn viel früher umbringen sollen.«

Kysen schüttelte den Kopf und versuchte sich an den Gedanken zu gewöhnen, daß die Ereignisse eine solch seltsame Wendung genommen hatten. Sennefer war also nicht, wie vermutet, aus persönlichen Motiven ermordet worden. Ra hatte sich nicht an ihm rächen wollen, und auch Bentanta hatte ihn nicht vergiftet, um ihre Verfehlungen der Vergangenheit zu verschleiern. Er war getötet worden, weil Wah angenommen hatte, daß er das Geheimnis um Nofretetes Tod kannte.

Kysen sah Meren an und sagte: »Aber Sennefer wußte doch gar nicht ...«

Meren donnerte mit der Faust gegen die Wand des Deckhauses. »Nein! Sennefer hatte keine Ahnung. Das ist das Schlimmste von allem. Dieser Hund hat meinen Vetter wegen nichts und wieder nichts getötet. Wenn Sennefer etwas von dem Geheimnis gewußt hätte, er hätte sich mir anvertraut. Er war vielleicht in bezug auf Frauen ein ziemlicher Esel, er hat vielleicht gelogen, um seine Schwäche zu verbergen, aber er war kein Verräter.« Meren wandte sich wieder Wah zu. »Und jetzt will ich die Wahrheit wissen, du Miststück. Wer hat dich mit dem Mord an Nofretete beauftragt?«

Wah wich zurück. Er preßte die Lippen aufeinander, schüttelte heftig den Kopf.

»Ihr werdet es mir erzählen«, sagte Meren. »Ich bin mit meiner Geduld am Ende. Ich warne Euch. Sterben werdet Ihr ohnehin, Wah. Ihr könnt nur wählen, wie langsam und schmerzhaft Euer Tod sein wird. Ich will wissen, wer den

Befehl gab, die Königin zu töten. Ich frage nur noch dieses eine Mal. Raus mit der Sprache!«

Wah beugte sich vor und stöhnte. Kysen zuckte zusammen. Er hielt sich mit den Händen die Ohren zu, als das Stöhnen zu einem schrillen Kreischen anschwoll, und war somit nicht darauf vorbereitet, als Wah sich plötzlich auf ihn stürzte, seinen Dolch packte und ihn zu Boden warf. Auch Meren war davon überrumpelt. Er hechtete Wah hinterher, als dieser mit einem Schrei aus dem Deckhaus stürmte.

»Wenn ich spreche, wird es noch viel schlimmer für mich!«

Kapitel 19

Meren rannte seinem Gefangenen hinterher. Wah verließ den Schutz des Sonnensegels, zögerte, als er sah, daß Reia ihm den Rücken zukehrte, dann stürzte er mit gezücktem Dolch und ohrenbetäubendem Gebrüll auf den Wagenlenker zu. Reia fuhr herum und erblickte den kreischenden Wah. Er drehte den Speer um und vermochte ihn damit abzuwehren. Meren schrie Reia eine Warnung zu. Reia versuchte zurückzuweichen, doch Wah stieß mit dem Dolch nach ihm. Mit dem Speer schlug Reia Wah den Dolch aus der Hand und ging dann sogleich wieder in Verteidigungsstellung, so daß Wah genau in den Speer lief. Meren hörte einen dumpfen Laut, als er sein Fleisch durchbohrte. Reia zog seinem Gegner gerade den Speer aus dem Bauch und warf ihn beiseite, als Meren ihn erreichte. Wah stand noch immer aufrecht und hielt sich den Bauch, während ihm das Blut durch die Finger rann. Jetzt war auch Kysen da. Meren und Reia legten Wah aufs Deck.

»Er hat sich ganz bewußt in meinen Speer gestürzt«, rief Reia. »Welcher Verrückte würde sonst versuchen, mit einem Dolch gegen einen Speer anzutreten?«

»Nur ein Mann, der den schnellen Tod einem langsamen vorzieht«, antwortete Meren und betrachtete Wahs verzerrte, schweißüberströmte Züge. Als er ihn berührte, war seine Hand auf der Stelle voller Blut. »Wah, könnt Ihr mich hören? Sagt mir, auf wessen Befehl Ihr gehandelt habt.«

Wah blickte zu ihm auf. »Schade, daß ich alles Gift für Sennefer aufgebraucht habe.« Aus seinem Mund sickerte Blut.

»Ihr würdet es dem Wesir erzählen.« Ein Hustenkrampf unterbrach ihn. »Ay würde mich pfählen und mir die Haut vom Leib ziehen, während ich um den Tod bettelte.«

»Stellt Euch dem Wägen Eures Herzens beim Totengericht nicht, ohne mir die Wahrheit zu sagen«, riet ihm Meren. »Wah?«

Der hatte die Augen geschlossen, er keuchte. Meren beugte sich zu ihm hinunter und hielt das Ohr an die Lippen des Sterbenden, aber aus dessen Kehle drang nur noch ein Gurgeln. Bei diesem vertrauten Geräusch des Todes richtete sich Meren auf und trat ein paar Schritte zurück.

»Herr, vergebt mir«, sagte Reia. »Er hat mich so plötzlich angegriffen, daß mir keine Zeit zum Nachdenken blieb.«

»Ich weiß«, sagte Meren. »Er hat uns ebenfalls überrumpelt. Wer hätte erwartet, daß so ein Ehrgeizling und Speichellecker fähig sein könnte, sich auf solche Art umzubringen. Hülle den Leichnam in ein Tuch und schaffe ihn zusammen mit Pasers Leiche ins Haus. Kysen, ich muß mit dir reden.«

Mit ruhigem Schritt, der seine innere Anspannung Lügen strafte, ging er zum Deckhaus zurück. Als sie allein waren, nahm er einen Stuhl und winkte seinen Sohn zu sich heran.

»Wah war es also!« sagte Kysen und setzte sich neben Meren auf den Boden. »Er glaubte also, daß Sennefer in ihm den Mörder Nofretetes erkannt hatte und ihm drohen wollte.«

»Er war offenbar nicht in der Lage, vernünftig darüber nachzudenken. Wenn Anhai und Sennefer ihn eines solchen Verbrechens verdächtigt hätten, hätten sie ihn sicher schon längst damit konfrontiert.« Meren rieb sich den Nacken. »Ich glaube, es hat seinem Verstand geschadet, dieses furchtbare Geheimnis so lange Zeit für sich zu behalten. Er lebte ständig in der Furcht vor Entdeckung. Wahrscheinlich hatte er gerade begonnen, sich in Sicherheit zu wähnen, sonst hätte er nicht meine Gunst gesucht.«

»Und gerade als er glaubte, einen Weg gefunden zu haben, auf dem er zu Macht und Wohlstand gelangen konnte, fingen Sennefer und Anhai an, über seine Anwesenheit im Hause der sterbenden Königin zu reden.«

»Sennefers Tod hat also weder mit Ra noch mit Bentanta zu tun.«

Kysen sah zu Meren auf. »Trotzdem siehst du nicht allzu erleichtert aus.«

»Nofretete wurde ermordet, Ky, und wir kennen den Auftraggeber nicht. Wah hätte es wohl kaum aus eigenem Antrieb getan, und wenn sich die Nachricht von seinem Tod herumspricht ... nun ja ... du hast ja gesehen, wieviel Angst er hatte. Selbst die Fresserin Ammit ruft nicht soviel Angst und Schrecken hervor.«

»Dann müssen wir also herausfinden, in wessen Auftrag er gehandelt hat.«

»Aber wie sollen wir das bewerkstelligen? Sollen wir Regierungsbeamten, Hohepriestern und unseren Freunden erzählen, daß die Königin in Wirklichkeit ermordet wurde?«

»Das ist gefährlich, nicht wahr?« fragte Kysen.

»Außerordentlich. Ich wette, wir würden dieses Jahr nicht überleben.«

»Was für eine Version sollen wir also verbreiten?«

Meren legte das Kinn in die Hand und dachte einen Augenblick lang nach. Dann antwortete er: »Pasers Tod war ein Unfall, ebenso wie Wahs. Er ist gestolpert, während wir ihn für den Kampf mit dem Dolch ausbildeten.«

»Zwei Unfälle an ein und demselben Tag?«

»Es grenzt an ein Wunder, daß Pasers Dummheit ihn nicht schon längst umgebracht hat, das weiß jeder. Bei Wah könnte dem einen oder anderen der Verdacht kommen, daß mehr dahintersteckt, aber uns wird schon niemand beschuldigen. Immerhin wollte er Idut heiraten, wir hatten also keinen Grund, ihm nach dem Leben zu trachten. Gerede gibt es so oder so, aber man kann uns nichts nachweisen.

Wenn wir beharrlich schweigen, werden die Gerüchte irgendwann von selbst verstummen, weil sie keine Nahrung mehr bekommen.«

»Wahrscheinlich haben wir keine andere Wahl.«

»Über den Tod der Königin sollten wir absolutes Stillschweigen bewahren, Ky. Ein einziges Wort darüber könnte uns beiden den Tod bringen.«

»Du willst es also einfach dabei belassen?«

»Nein, aber wir müssen vorsichtig sein. Die ganze Angelegenheit ist ziemlich kompliziert. Wir wissen nicht, warum Nofretete umgebracht wurde, und noch viel weniger, wer den Befehl dazu gab und wer davon profitierte.« Meren berührte Kysen am Arm. »Wir wissen noch nicht einmal, ob Ay die Wahrheit kennt.«

»Hätte er Wah dann nicht gesucht und getötet?«

Meren zögerte. Er fragte sich, ob er seine Vermutungen aussprechen sollte. »Vielleicht kennt er die Wahrheit ja bereits und hat sich auf Wahs Auftraggeber konzentriert ...« Je weniger Kysen wußte, desto besser für ihn. »Aber wahrscheinlich hast du recht. Es spricht vieles dafür, daß Ay keine Ahnung hat.«

»Also bleibt uns nichts weiter als eine Lügengeschichte«, sagte Kysen. »Sennefer hat Anhai ermordet und sich dann das Leben genommen?«

»Ja.«

Kysen zog eine Augenbraue hoch und sagte: »Diese Geschichte wird Idut gefallen.«

»Im Gegensatz zu Nebetta und Hepu. Aber ich gehe davon aus, daß sie auch weiterhin bemüht sein werden, Sennefers Impotenz geheimzuhalten. Reue über den Unfalltod seiner Frau ist eine weit bessere Erklärung für seinen Selbstmord als das Eingeständnis, daß der eigene Sohn von den Göttern verflucht und deshalb kein richtiger Mann war.«

In einträchtigem Schweigen, das nur durch die Geräusche

Reias und der anderen Männer, die draußen arbeiteten, unterbrochen wurde, saßen sie eine Weile beieinander.

»Wie groß ist die Gefahr, in der wir schweben, eigentlich wirklich, Vater?« fragte Kysen schließlich.

Meren seufzte. »Unermeßlich groß. In den letzten Jahren von Echnatons Herrschaft gierten die verschiedensten Splittergruppen nach der Macht. Es gab solche, die versuchten, den Pharao für sich zu nutzen, indem sie Hingabe an den Sonnengott mimten. Und es gab die, die darunter litten, daß er unsere ausländischen Verbündeten und Vasallen nicht unterstützen wollte. Und dann war da noch eine dritte Gruppe, die Nofretetes Einfluß ablehnte, entweder weil es ihr nicht gelungen war, ihn daran zu hindern, die alten Götter abzuschaffen, oder weil sie sich weigerte, ihre Macht dazu zu benutzen, ihnen die Taschen zu füllen. Außerdem stand Tutenchamun – möge ihm ewiges Leben beschieden sein – unter ihrem Schutz, und sie brachte ihm besonderes Wohlwollen entgegen.«

»Und wenn wir Nachforschungen über Wah anstellen?«

»Wenn wir ungeschickt vorgehen, bringen wir uns in Todesgefahr. Ich muß erst einmal genau darüber nachdenken, welchen Kurs wir jetzt einschlagen.« Meren erhob sich. »Unterdessen scheint zwar im Geistertempel keine Gefahr mehr zu drohen, aber wir müssen uns immer noch mit der Familie herumschlagen.«

»Soll ich mich vielleicht jetzt auf die Suche nach Ra machen?«

»Ja, und ich kehre ins Haus zurück. Ich muß ein paar Briefe schreiben, in denen ich die beiden jüngsten Todesfälle erkläre, und muß den Familien die Leichname schicken. Bei den Göttern, Ky, wahrscheinlich hätte ich an der Seite des Pharao mehr Ruhe gehabt als in meinem eigenen Haus.«

»Ich habe dich ja gewarnt.«

Meren verließ die *Schwingen des Horus* und begab sich

langsam auf seinen Landsitz zurück. Obwohl es immer noch Morgen war, stieg von der knochentrockenen Erde Hitze zu ihm empor. Zar würde schmollen, wenn er sein schreckliches Äußeres sah: Sein Schurz war blutbefleckt, seine Beine schlammbespritzt. Meren schleppte sich an einem alten Türsteher vorbei durch das Tor. Er war entschlossen, ein Bad zu nehmen, bevor er mit Idut und den anderen sprach.

Doch in der Loggia wartete eine ganze Phalanx von Verwandten auf ihn und versperrte ihm den Weg. Mit Ausnahme von Ra schienen alle anwesend zu sein. Meren warf der Gruppe einen Blick zu, dann erklomm er die Stufen. Ein Gehstock schlug ihm gegen das Schienbein und ließ ihn stehenbleiben.

»Da bist du ja endlich, mein Junge«, sagte Cherit, zog ihren Stock zurück und machte es sich wieder in ihrer Sänfte bequem. »Komm her und erkläre uns, was diese absurde Hektik der vergangenen Stunden zu bedeuten hat. Hast du dich mittlerweile durchgerungen, deinen eigenen Bruder des Mordes anzuklagen?«

»Nein, Tante.«

»Was für eine himmelschreiende Ungerechtigkeit!« Hepu baute sich vor Meren auf, sein riesiger Körper platzte fast vor selbstgerechter Entrüstung. »Ich weiß, daß du in der Oase der Grünen Palme warst und diejenigen ausfindig gemacht hast, die Ra mit dem Tod meines Sohnes in Verbindung bringen.«

Cherit schlug Hepu mit ihrem Stock auf den Arm. »Halt den Mund und laß Meren reden.«

Meren musterte einen nach dem anderen. Idut sah verwirrt aus. Hinter ihr zappelten Isis und Bener unruhig hin und her. Isis schien die bevorstehende Konfrontation regelrecht zu genießen. Bener hingegen machte einen eher besorgten Eindruck. In Nebettas Gesicht spiegelte sich – wie mittlerweile meist bei ihr – eine Mischung aus Leid und

Anklage. Meren vermied es, ihr in die Augen zu sehen und wandte sich an Hepu.

»Ich möchte unter vier Augen mit dir und Nebetta sprechen, Onkel Hepu.«

Er schritt zum Ende der Loggia und blieb neben einer Säule stehen. Mit feindseligen Mienen folgten ihm die beiden.

»Vor nicht allzu langer Zeit«, sagte Meren zu Hepu, »machtest du eine seltsame Bemerkung, als ich dir von Sennefers Verhalten in bezug auf Frauen berichtete. Du sagtest zu mir, daß er sie nicht verführen könne, daß ihm das gar nicht möglich sei. Ich erinnere mich, wie sehr deine Worte mich damals verwirrt haben.«

»Mein Sohn war verheiratet…«

»Laß mich aussprechen. Ich habe gewisse Dinge in Erfahrung gebracht, die mir deutlich gemacht haben, was du damals tatsächlich meintest. Sennefer war impotent, nicht wahr?«

Nebetta keuchte: »Was soll denn diese Lüge nun wieder?«

Hepu blähte den Brustkorb auf und warf Meren einen vernichtenden Blick zu. »Wer läßt sich zu derlei Verleumdungen hinreißen? Ra vielleicht? Nun, der hat schließlich auch allen Grund, so etwas zu behaupten.«

Die beiden erhoben ein ohrenbetäubendes Gezeter. Mehr Heuchelei und Schuldzuweisungen hielt er nun wirklich nicht mehr aus. Er holte tief Luft und brüllte so laut er nur konnte: »Ruhe!«

Nebetta kreischte auf und klammerte sich an den Arm ihres Mannes. Um Hepus Kiefer arbeitete es, aber er schwieg.

Mit leiserer Stimme fuhr Meren fort. »Ich weiß über Sennefer Bescheid. Aus Respekt vor dem Verstorbenen spreche ich nicht weiter über sein – sein Unglück. Und ich werde auch in Zukunft schweigen. Ansonsten habe ich folgendes herausgefunden: Und er berichtete ihnen von Anhais

Unfalltod. Dann besann er sich auf seine Fähigkeit, andere zu täuschen, und erfand eine rührende Geschichte von Sennefers Reue und seinem Selbstmord. Er log nicht gern, aber anders ließ sich die gefährliche Wahrheit nicht verbergen. Seine Tante und sein Onkel schienen langsam zu begreifen.

»Wie schrecklich«, sagte Nebetta.

»Unerträglich«, stöhnte Hepu.

»Ich weiß, es ist eine Tragödie«, pflichtete Meren ihnen bei.

Hepus Gesicht rötete sich: »Was werden die Leute von uns denken?«

»Diese Schande. All unsere Bekannten werden es herausfinden. Was sollen wir jetzt tun, mein Gemahl?«

Meren wartete noch einen Augenblick, dann ließ er die beiden allein, damit sie ihre weitere Strategie planen konnten. Wenn er noch länger hätte zuhören müssen, hätte er sich vielleicht versucht gefühlt, Hepu eines seiner Lehrbücher in den Schlund zu stopfen. Er ging zu Tante Cherit zurück und erklärte auch der Familie die von ihm erfundenen Hintergründe für Anhais und Sennefers Tod, ohne jedoch Sennefers Impotenz zu erwähnen. Dann berichtete er von Wahs Unglück und kümmerte sich um seine verwirrte und traurige Schwester. Als er fertig war, sehnte er sich nur noch nach einem Bad und einem Mittel gegen seine Kopfschmerzen.

»Aber Vater«, rief Bener. »Wah ist doch weggelaufen. Ich habe es selbst gesehen!«

»Dann hast du dich geirrt.«

»Aber er ...« Beners Worte erstarben auf ihren Lippen, als sie Merens zornigen Blick bemerkte.

»Bener, Isis, kommt mit mir in die Halle. Ich will mit euch reden.«

Als sie die Haupthalle betreten hatten, erschienen sogleich ein paar Dienstmägde mit einem Krug Bier. Er nahm sich einen Becher und entließ die Dienerinnen. Dann leerte er den Becher in einem Zug und reichte ihn Bener.

»Er ist tatsächlich davongelaufen, nicht wahr?« fragte sie.

»Woher willst du das wissen?« zeterte Isis.

»Weil er auf einen Baum geklettert ist und über die Felder rannte, als wäre eine Hundertschaft hethitischer Krieger hinter ihm her, Fräulein Zweifle-gern.«

»Hört auf, euch zu streiten«, rief Meren. »Bener, du wirst nie wieder hinter jemandem herrennen, den du für einen Mörder hältst – ebensowenig wie hinter jemand anderem. Haben wir uns verstanden?«

»Aber ich habe doch nur versucht, dir zu helfen.«

»Du hättest dabei getötet werden können!«

»Ich hatte also recht«, sagte Bener mit strahlendem Lächeln. »Er war tatsächlich schuldig.«

»Du wirst vor allem nicht von Dingen reden, die dich nichts angehen.«

»Sie glaubt, daß alles sie etwas angeht«, stichelte Isis.

Merens Blick erstickte Beners Widerspruch im Keim.

»Du wirst es uns also nicht erzählen?« fragte sie.

»Ich habe euch alles erklärt, gerade eben.«

»Ach so.« Bener und Isis sahen einander an. »Wir wissen doch, daß das nur Theater war.«

Er mußte sie zum Schweigen bringen – zu ihrem eigenen Schutz. Er musterte seine beiden Töchter mit jenem Ausdruck höhnischer Autorität, die er sich sonst für unverschämte Wagenlenker aufsparte. »Wenn ich euch etwas hätte vortäuschen wollen, ich versichere euch, ihr hättet es nicht mitbekommen. Jedenfalls bin ich es nicht gewohnt, daß man meine Worte anzweifelt, und ich will jetzt nichts mehr hören. Andernfalls bin ich gezwungen, Maßnahmen zu ergreifen, die euch euren Ungehorsam schon austreiben werden. Und nun geht. Ich bin sicher, eure Tante braucht heute eure Hilfe im Haushalt.«

Sie verließen ihn, mürrisch, aber zumindest gefügig.

Doch Meren wußte, daß ihr Gehorsam nicht lange währen würde. Er floh in seine Gemächer und versuchte, sich von Zars Diensten die Kopfschmerzen und die Unruhe in seinem *Ka* vertreiben zu lassen. Das Geheimnis einer längst verstorbenen Königin raubte ihm den Seelenfrieden, aber die Aussicht, sich Ra und Bentanta stellen zu müssen, beunruhigte ihn fast noch mehr. Seine Qual steigerte sich noch, als plötzlich Karoya in seinem Schlafgemach auftauchte. Gerade war er dabei gewesen, in ein Paar gefärbte Ledersandalen zu schlüpfen. Er sah zu dem Leibwächter des Pharao auf.

»Bei sämtlichen Göttern Ägyptens, ich hoffe, du bist allein gekommen.«

Karoyas Miene blieb wie immer ausdruckslos. »Das bin ich. Ich komme als Bote des Pharao.«

»Gut. Dann hast du also einen Brief für mich?«

»Nein.« Karoya spähte zu Zar und den beiden anderen Dienern hinüber, die Meren beim Ankleiden halfen.

»Geht!« befahl ihnen Meren.

Als die Diener fort waren, sah Meren Karoya fragend an. Der Nubier baute sich vor ihm auf und begann: »Horus, der starke Bulle, aufgewachsen in Theben, ewig in seiner Herrschaft wie Ra im Himmel, mächtig an Kraft, majestätisch im Aussehen, der König Ober- und Unterägyptens, Herr der Beiden Länder, Nebcheprure Tutenchamun, möge ihm ewiges Leben beschieden sein, spricht wie folgt: Auf meinen allerhöchsten Befehl wurden die neuen Ewigen Häuser errichtet. Alles ist bereit. Nunmehr erteile ich dem Fürsten Meren allerhöchsten Befehl, nach Memphis zu kommen, so daß wir darüber beratschlagen können, was mit der ihm anvertrauten Last zu geschehen hat.«

»Das ging aber schnell«, sagte Meren.

»Der Sohn des Ra befahl Eile, und so geschah es«, kam gelassen die Antwort.

»Nun gut. Ich habe die Wünsche des Pharao vernommen,

möge ihm ewiges Leben beschieden sein. Sein Wille geschehe. Möchtest du dich noch ausruhen und erfrischen?«

»Ich habe Befehl, sofort zurückzukehren.«

»So möge Amun dich auf deiner Reise beschützen.«

Karoya ging, und Zar erschien erneut. Er brachte ein durchsichtiges Obergewand und schmückte Meren dann mit einem Halskragen aus Türkisen, Elfenbein und Bronzeperlen sowie einem reich mit Perlen besetzten Gürtel und einem Zierdolch. Meren war zu erschöpft, um zu protestieren. Geduldig wartete er, bis man ihm den Dolch in den Gürtel geschoben hatte. Erst als Zar ihm auch noch die mit Einlegearbeiten geschmückten Bronzearmreifen brachte, winkte er ab. Dann verließ er seine Gemächer, entschlossen, zunächst einen offiziellen Bericht über die Ereignisse zu verfassen. Diesen würde er Ay dann persönlich vorlegen, damit er in den Amtsräumen des Wesirs verwahrt werden konnte. Am Hof würde er besonders wachsam sein müssen, wenn man Wahs Tod bekanntgab. Er würde seinen diversen Spionen und engen Freunden den Befehl erteilen müssen, nach Zeichen besonderen Interesses Ausschau zu halten. Als er nun durch die Haupthalle ging, um anschließend die Treppe emporzusteigen, die in sein Arbeitszimmer führte, vernahm er eine vertraute Stimme.

»Da bist du ja!« rief Ra. Flankiert von Wagenlenker Simut und einem anderen Wachposten hatte auch er gerade die Halle betreten. Hinter ihnen kam Kysen herein. Er stützte eine betagte Frau, die immer drei Schritte machte, wo ihr Begleiter nur einen benötigte. Ra marschierte seinen Bewachern voran auf Meren zu. Er stellte sich mit gespreizten Beinen vor ihm auf, kreuzte die Arme über der Brust und sah seinen Bruder verächtlich an. Doch dann stutzte er und musterte ihn von dem sorgsam frisierten Haar bis zu den vergoldeten Sandalen.

»Wo bist du gewesen?« fragte Meren.

»In der Oase der Grünen Palme«, antwortete Ra bitter.

»Um meine Unschuld zu beweisen, bevor du mich des Mordes anklagst. Es wird dir nicht gelingen, deinen bösen Plan in die Tat umzusetzen.« Ra trat einen Schritt zur Seite, um Platz für Kysen und die alte Frau zu machen. Er deutete auf die beiden und beteuerte laut und wütend: »Ich bin unschuldig, und ...«

»Ich weiß.«

»Das hier ist Sheftus Großmutter. Sie ist eine weise Frau ... Was?«

»Ich sagte, ich weiß, daß du unschuldig bist.«

»Aber du hast mich gefangengesetzt!«

»Vergib mir«, sagte Meren und spürte, wie ihm die Röte ins Gesicht stieg. »Ich habe mich geirrt. Sennefer hat sich das Leben genommen – aus Reue.« Er erklärte den Unfall, der Anhais Tod verursacht hatte, während Ra mit verblüfftem Gesichtsausdruck zuhörte.

»Und woher weißt du das alles?« fragte Ra.

Er wollte Bentanta nicht vor aller Ohren erwähnen, deshalb antwortete Meren nicht. Statt dessen sagte er: »Auch Hepu ist der Ansicht, daß es sich so abgespielt haben muß. Warum also hast du diese Frau zu mir gebracht?«

»Nedjmet ist eine weise Frau, Meren. Die Bewohner vieler Dörfer kommen zu ihr, wenn sie einen Streit geschlichtet haben möchten oder nach der Wahrheit suchen. Schon viele Male hat sie von der Offenbarung der Götter Zeugnis abgelegt und auf diese Weise Fälle von Diebstahl und Vergewaltigung aufzuklären oder Verschwundene wiederzufinden geholfen. Ich habe sie um ihre Hilfe gebeten. Berichte Fürst Meren, was du weißt, Nedjmet.«

Während Ra sprach, hatte die Alte sich eine Hand ans Ohr gehalten und den Hals in seine Richtung gereckt. Nun blinzelte sie ihn an, dann versuchte sie sich auf dem Boden niederzulassen, aber Kysen hinderte sie daran.

»Hochgeehrte Alte«, sagte Meren. »Was hast du mir zu sagen?«

Nedjmet hielt einen Finger in die Höhe. Die Gelenke waren geschwollen, die Haut rissig, aber er zitterte nicht. »Großer Herr, ich bin Nedjmet, eine *rekhet*, eine Wissende. Euer Bruder kam zu mir, damit ich bezeuge, daß er am Abend Eures Willkommensfestes die ganze Nacht über bis in den frühen Morgen hinein in meinem Haus war. Leider kann ich ihm diesen Gefallen nicht tun, denn in jener Nacht schlief ich tief und fest, ohne etwas zu hören. Aber als Fürst Nacht mein Haus betrat und mich um Hilfe bat, kam eine Offenbarung der Göttin Maat über mich. Maat, die Göttin der Wahrheit, ist mit ihm. Sein *Ka* ist unberührt von der Sünde des Mordes.«

»Da«, rief Ra triumphierend. »Siehst du?«

Meren verschränkte die Hände auf dem Rücken, senkte den Kopf und begann auf und ab zu schreiten. Es war allgemein bekannt, daß sich die Götter in Situationen, die von großer Tragweite waren, einigen Menschen offenbarten. Einmal war er Zeuge gewesen, wie ein Mann bei einem Diebstahl seine Unschuld zunächst beteuert, kurz darauf jedoch alles zugegeben hatte, nachdem ihn die Götter mit Blindheit geschlagen hatten. Wissende in den Dörfern des ganzen Landes vermittelten zwischen dem einfachen Volk und den Göttern. Sie erteilten weise Ratschläge und halfen, bei Gerichtsverhandlungen das richtige Urteil zu fällen. Dieses zusätzliche, verläßliche Zeugnis von Ras Unschuld war mithin ein weiterer Trost für ihn.

»Ich bin dankbar für deine Hilfe, Wissende. Die Weisheit des Amun hat die wahren Umstände, unter denen mein Vetter verstarb, bereits enthüllt. Aber deine Offenbarung ist ein zusätzlicher Beweis für die Unschuld meines Bruders. Kysen, sorge dafür, daß jemand die hochverehrte Alte heimbringt, und sag Kasa, daß Nedjmet und ihre Enkelin zum Dank eine Portion Korn und Bier erhalten sollen.«

Die alte Frau verbeugte sich mehrfach, während Kysen sich mit ihr rückwärts aus der Halle entfernte. Der Wagenlenker und der Wachposten folgten ihnen, so daß Meren nun mit Ra allein war. Er schaute dem Bruder in die anklagenden Augen und fühlte sich wie ein Verbrecher, der zusieht, wie sein schuldiges Herz auf der himmlischen Waage der Götter gewogen wird und sich als schwerer erweist als die Feder der Wahrheit. Er zwang sich, Ra die offizielle Version vom Hergang der beiden Morde zu erzählen.

»Verdammt sollst du sein, Meren. Du hast dir gewünscht, daß ich schuldig bin!«

»Das stimmt nicht. Ich kenne dich einfach nur, Ra. Wenn du dahintergekommen wärst, daß Anhai dich lediglich benutzt hat ... Begreifst du denn nicht? Es wäre durchaus möglich gewesen, daß du an beiden Rache hättest nehmen wollen. Du hast deine Lage nur verschlimmert, indem du dich weigertest, offen und aufrichtig zu mir zu sein.«

»Ich hätte wissen müssen, daß du mir die Schuld für deine Fehler in die Schuhe schieben würdest.«

»Nein, nein, das tue ich nicht. Ich habe mich geirrt. Ich habe das Schlimmste von dir angenommen.« Meren trat dichter an Ra heran, der jedoch steif wie ein Stock blieb und ihn wütend musterte. »Aber ich habe nie aufgehört, nach einer anderen Erklärung für die beiden Todesfälle zu suchen. Glaubst du vielleicht, das hätte ich getan, wenn mir nicht an deiner Unschuld gelegen hätte?«

Ras Miene hellte sich ein wenig auf. »Nein, wahrscheinlich nicht.«

»Ich habe um deine Vergebung gebeten, Bruder. Gewährst du sie mir?«

»Der mächtige Fürst Meren, der Freund des Pharao, bittet mich um Vergebung? Dem Andenken an diesen Tag sollte ich einen Ochsen opfern. Oh, sieh mich nicht so finster an. Ich vergebe dir, wenn du dafür sorgst, daß ich zum Hauptmann der Wagenlenker ernannt werde.«

»Bei den Göttern, Ra, lernst du denn nie dazu?«

Mit einem Grinsen drehte Ra sich auf dem Absatz um. »Ich wußte gleich, daß du dich *so* schuldig nun auch wieder nicht fühlen würdest. Ich kehre jetzt nach Hause zurück, Bruder. Und zu deinem nächsten Willkommensfest möchte ich lieber nicht eingeladen werden.«

Während Meren in seine Amtsräume zurückging, bemühte er sich, nicht darüber nachzudenken, daß die Beziehung zu seinem Bruder nun endgültig einen Riß hatte. Da die meisten seiner Männer mit anderen Aufgaben beschäftigt waren, befahl er Kasa, einen Schreiber zu schicken, dem er seinen Bericht an den Wesir diktieren konnte. Zu seiner Überraschung kam der Junge Nu zu ihm. Über seiner Schulter hing die Schreibpalette.

»Was tust du denn hier? Ich brauche einen Schreiber.«

Nu verneigte sich tief. »Meister Kasa hat mich geschickt, denn ich bin schneller und genauer als seine Söhne, Herr.«

»Tatsächlich?« fragte Meren. »Wir werden sehen.«

Nu setzte sich auf den Boden und breitete seine Schreibutensilien aus. Meren ratterte die förmliche Anrede des Berichts herunter, ohne ein einziges Mal innezuhalten. Als er das Ende der langen Begrüßungsformel erreicht hatte, machte er eine Pause. Nu schrieb nur einen Augenblick lang weiter, dann tauchte er den Binsenhalm erneut in die schwarze Tinte und wartete. Meren betrachtete das Papyrusblatt, das auf Nus gekreuzten Beinen lag. Die Anrede war makellos. Die Hieroglyphen waren deutlich, die Worte klar und genau geschrieben.

»Für einen deines Alters bist du recht talentiert«, sagte Meren.

»Der Herr ist sehr großzügig.«

»Ich werde dir eine Stellung verschaffen, wo deine Fähigkeiten zur Geltung kommen. In einem Haus auf dem Lande ist deine Begabung verschwendet.«

Nu errötete vor Freude, und Meren schenkte ihm ein leichtes Lächeln. Er beabsichtigte, ihm einen Posten zu besorgen, auf dem er etwa zehn Jahre bleiben könnte und der ihn weit weg von seiner Tochter führte. Vielleicht war Nu das ja sogar gleichgültig! Er konnte zum Beispiel in die Dienste des Vizekönigs von Kush treten, im tiefsten Süden Nubiens. Dort würde er am besten aufgehoben sein.

Meren nahm das Diktat wieder auf, als ihn ein Klopfen an der Tür unterbrach. Es war Bentanta, die sein Arbeitszimmer betrat. Sie kam allein.

»Geh jetzt, Nu«, sagte er.

»Das wird nicht nötig sein«, bemerkte Bentanta. »Ich bin nur gekommen, um dir mitzuteilen, daß ich nach Hause fahre.«

»Geh«, sagte Meren noch einmal zu dem Jungen, der bereits aufgestanden war. Als sie allein waren, bot Meren Bentanta einen Stuhl an, aber sie wollte sich nicht setzen.

»Du hättest mir zumindest *selbst* sagen können, daß du den Mord an Sennefer aufgeklärt hast, statt mir einen Diener zu schicken, der mir mitteilt, daß ich wieder frei bin. Und wie Sennefer gestorben ist, mußte ich dann von Idut hören«, sagte Bentanta.

»Verzeih mir. Ich hatte andere wichtige Dinge zu erledigen.«

»Du hast dich geschämt.«

Er sah sie wortlos an. Wieder stieg in ihm, wie immer in ihrer Gegenwart, jene ihm wohlvertraute Verärgerung auf.

»Und wie ich höre, starb Wah bei einem Unfall. So viele unglückliche Zufälle! Man kann kaum umhin, Verdacht zu schöpfen, wenn sie sich derart häufen.«

»Ich bitte dich um Verzeihung«, sagte Meren und hob den unfertigen Bericht auf. »Ich bin sicher, daß du irgendwann erkennen wirst, wie vernünftig meine Schlußfolgerungen angesichts unseres Wissensstandes waren.«

»Oh, natürlich. Sehr vernünftig, aber dennoch bist du ein größerer Narr, als ich dachte, wenn du wirklich glaubst, daß ich dir diese Selbstmordgeschichte abnehme.«

Meren gab vor, den Bericht zu überfliegen, und sagte leichthin: »Ich bin es nicht gewohnt, daß mein Urteil angezweifelt wird.«

»Das, mein Fürst, hat einen äußerst schädlichen Einfluß auf Euren Charakter.«

Meren ließ den Bericht sinken und fragte: »Bist du hier, um dich zu verabschieden oder um mit mir zu streiten?«

Bentantas Reaktion war höchst beunruhigend: Sie trat zu ihm und nahm ihm das Papyrus aus der Hand.

»Du bist offenbar auf dem Rückzug«, sagte sie und klopfte ihm mit dem Papyrusblatt auf den Arm. »Du wurdest vernichtend geschlagen und bist nun vor neuen Angriffen auf der Hut. Begreifst du nicht, daß ich nur nicht wollte, daß du mehr über Djet erfährst, als gut für dich ist. Du kannst nicht wirklich annehmen, daß ich erst von dir festgesetzt werden wollte, um meinen törichten Fehler aus der Vergangenheit einzugestehen, dessen ich mich heute mehr denn je schäme. Wir sollten vielleicht mal herausfinden, wer wen mehr gedemütigt hat.«

Meren riß Bentanta den Bericht aus der Hand und entfernte sich ein paar Schritte von ihr. »Ich kann jetzt nicht darüber sprechen.«

»Ich will nichts als deine Zusicherung, daß du aufhörst, darüber nachzugrübeln, wie du mich am besten loswirst, nur um dir selbst Schmerz zu ersparen.«

»Du glaubst also, ich hätte dich deshalb verdächtigt? Und warum hast du Trost bei meinem Vetter gesucht ...«

»Bringe nicht die Vergangenheit und die Gegenwart durcheinander, Meren.«

»Und du bring nicht durcheinander, was ich in meiner Eigenschaft als Auge des Pharao tue und was als Privatmann.«

»Wir haben uns nicht privat unterhalten, nicht über Djet.«

Er wartete, aber sie sprach nicht weiter. Er stand mit dem

Rücken zu ihr, als er sagte: »Fahr nach Hause, Bentanta. Es gibt für uns beide nichts mehr zu besprechen.«

»O gnädige Götter, du würdest dich wohl lieber unbewaffnet einer Horde räuberischer Nomaden stellen als ...«

Er wirbelte herum, zeigte ihr aber nur die teilnahmslose Maske des Höflings. »Zwing mich bitte nicht, noch unhöflicher zu werden.«

Sie schnaubte vor Wut, dann stolzierte sie aus dem Zimmer. Vom Treppenabsatz schallte es zu ihm zurück: »Feigling!«

In diesem Augenblick trat Kysen ein. Er hatte das letzte Wort wohl gehört, äußerte sich aber nicht dazu.

»Nento hat sich auf das Boot geflüchtet und weigert sich, in den Geistertempel zurückzukehren.«

Meren kämpfte gegen einen Ansturm von Gefühlen an, denen er sich eigentlich nicht stellen wollte. Schließlich antwortete er: »Was? O ja – nun, wir werden den Tempel auch nicht mehr allzu lange brauchen. Ich habe soeben eine Nachricht vom Pharao erhalten.«

»Nento wird wahrscheinlich überglücklich darüber sein. Du hörst mir ja gar nicht richtig zu. Stimmt etwas nicht?«

»Nein, alles in Ordnung. Hilf mir beim Abfassen der Berichte, Ky, und danach reisen wir gleich ab nach Memphis. Ich werde die Mädchen mitnehmen. Sie sind einfach zu viel für Idut.«

»Du meinst, sie sind zu schlau.«

Meren ließ sich auf einen Sessel sinken und seufzte. »Weißt du, daß ich jetzt viel erschöpfter bin als zu dem Zeitpunkt, als ich hier ankam, um mich auszuruhen? Zänkische Verwandte sind weitaus aufreibender als gewöhnliche Mörder und Spione.«

»Einzeln sind die Mitglieder unserer Familie durchaus erträglich, Vater, aber alle auf einmal ...«

Meren nahm einen Brief des Pharao zur Hand, der auf dem Tisch lag. Sein Blick fiel auf eine Passage, in der sein

Versprechen erwähnt wurde, den Pharao auf einen Feldzug mitzunehmen, und er stöhnte. Er massierte sich die Nasenwurzel, dachte ein paar Minuten nach, dann setzte er sich aufrecht hin und schlug mit der Hand auf die Sessellehne.

»Schaff die Akrobaten vom Fest herbei, Ky. Wir reisen sofort ab, noch bevor Tante Cherit mir jenes lange Gespräch aufzwingen kann, nach dem sie sich so sehr sehnt.«

»Und was soll ich mit den Musikanten, Sängern und Akrobaten dann tun?«

»Sie sollen uns begleiten.« Meren fuhr mit dem Arm über den Tisch, auf dem sich die Briefe türmten, so daß ein Teil von ihnen zu Boden segelte. »Wir geben ein Fest, ein Fest an Bord der *Schwingen des Horus*. Und zwar nicht mit all den Landplagen, von denen Idut glaubt, daß ich sie einladen müßte, sondern mit Menschen, die die wahre Bedeutung des Wortes Freudenfest kennen.«

Kysen jauchzte laut auf. »Na endlich. Es ist bestimmt Monate her, seit du eins deiner berühmten Feste gegeben hast. Der ganze Hof beklagt sich schon darüber.«

Meren bahnte sich einen Weg durch die überall verstreut herumliegenden Papyrusrollen und suchte ein sauberes Blatt, auf dem er schreiben konnte.

»Und laß jede Menge Granatapfelwein herbeischaffen. Ich habe eine gewisse Vorliebe dafür entwickelt.«

»Ach ja?«

Meren grinste: »Nur für den Wein, verdammt noch mal. Nur für den Wein.«